C. Hunag

Das Leben ist zu kurz zum Sterben

Roman

Bibliografische Information der Deutschen Nationalbibliothek:
Die Deutsche Nationalbibliothek verzeichnet diese Publikation in der
Deutschen Nationalbibliografie; detaillierte bibliografische Daten sind
im Internet über http://dnb.dnb.de abrufbar.

Herstellung und Verlag: BoD – Books on Demand,

Norderstedt

ISBN: 9783756841486

Wenn ein Volk gottlos wird, werden Regierungen ratlos, Politiker charakterlos, Beratungen ergebnislos, Mode schamlos, Schulden zahllos, Lügen grenzenlos, Sitten zügellos, Ehen bindungslos, Aussichten hoffnungslos.

Antoine de Saint-Exupéry, 1938

Lieber Leser,

Dieses Buch orientiert sich vorwiegend an der Realität.

Manches jedoch ist Fiktion.

Aber ist nicht Fiktion von heute die Realität von morgen?

EINFÜHRUNG

Seit der großen Depression, der weltweiten Wirtschaftskrise der 20er Jahre, gab es bei finanziellem Wachstum über Jahrzehnte keine einzige Finanzkrise. Das Finanzwesen in den USA wurde streng reguliert. Die meisten Banken handelten vor Ort und Vorschriften verhinderten, dass mit den Ersparnissen der Kunden spekuliert werden durfte. Investmentbanken, die mit Aktien und Wertpapieren handelten, waren kleine Privatunternehmen und Spekulationen wurden vorsichtig getätigt. Paul Volker war von 1979 bis 1987 Notenbankchef und verdiente, bevor er in die Regierung wechselte, 45.000 US-Dollar jährlich.

Morgan Stanley, ein Finanzdienstleister, hatte 1972 110 Angestellte, eine Niederlassung und 12 Millionen US-Dollar Eigenkapital. Heute sind es 50.000 Angestellte, weltweit Niederlassungen und ein Kapital von vielen Milliarden.

In den 80er Jahren explodierten die Finanzmärkte. Die Investmentbanken gingen an die Börse. 1981 wurde der Vorsitzende von Merrill Lynch, ebenfalls Finanzdienstleister, Ronald Reagans Finanzminister. Seine Aussage: Die Wall-Street und der Präsident haben die gleichen Interessen. Unter der Regierung Präsident Reagans begann nun eine andauernde Entgleisung der Märkte. So wurde es möglich, mit dem Geld der Anleger riskante Investitionen zu tätigen. Am Ende des Jahrhunderts hatten hunderte dieser Investmentgesellschaften Schiffbruch erlitten und kosteten den Steuerzahler 124 Milliarden US-Dollar und vielen Anlegern ihre Ersparnisse. Viele dieser Investmentbanker landeten im Gefängnis. Alan Greenspan, späterer Vorsitzender der amerikanischen Notenbank, verteidigte als Ökonom diese riskante Anlagestrategie. Während der Clinton-Regierung wurde diese Strategie weitergetrieben.

Die Macht der Wall Street nahm zu. Ende der 90er hing der gesamte Finanzsektor von einigen wenigen gigantischen Firmen ab, von denen jede einzelne das gesamte System ins Wanken bringen konnte.

Zudem entstand in den 1990ern mit Derivaten ein neues Produkt. Man konnte nun auf alles setzen: den Ölpreis, das Wetter, Getreide, Konkurse und vieles mehr. Ende der 90er waren Derivate für über 50 Milliarden US-Dollar auf dem Markt. 1998 wurde versucht sie zu regulieren. Das Finanzministerium lehnte das ab. Der damalige Finanzminister verdiente später als Berater eines Hedgefonds 20 Millionen US-Dollar. Im Jahr 2000 wurde ein Gesetz beschlossen, das die Regulierung aufhob. Danach explodierte der Handel mit Derivaten. Bei der Regierungsübernahme durch George W. Bush waren die Finanzmärkte mächtiger als je zuvor. Fünf Investmentbanken, zwei Unternehmensgruppen, drei Versicherungsfirmen und drei Ratingagenturen bestimmten das Geschehen.

1998 vereinigten sich zwei dieser Giganten zur Citygroup, dem größten Finanzunternehmen der Welt. Man verstieß mit diesem Zusammenschluss gegen ein Gesetz, das nach der großen Depression zum Schutze der Anleger verabschiedet worden war um riskante Spekulationen zu verhindern. Greenspan hat dagegen nichts unternommen. Die Notenbank gab ihnen eine Ausnahmegenehmigung. 1999 wurde das Gesetz komplett aufgehoben, auf Drängen des späteren Vizepräsidenten der Citygroup, der damals 126 Millionen US-

Dollar verdiente. Aussage des ehemaligen Chefökonomen der Citygroup: „Große Banken haben großen Einfluss und müssen ab einer bestimmten Größe vom Staat gerettet werden." Anonyme E-Mails von Banken, die besorgt waren, gingen an die Chefredaktion der Financial Times. Systematische Ermittlungen blieben aus.

Im September 2008 meldete Lehmann Brothers Konkurs an. Weltweit brachen die Börsen ein. Es kam zur Rezession. Das Staatsdefizit der USA verdoppelte sich. Weltweit stieg die Arbeitslosigkeit. 30 Millionen Menschen erlitten zum Teil existenzielle Verluste. Die Verantwortlichen durften ihr gesamtes Vermögen behalten.

Die Krise wurde von einem Markt verursacht, der teilweise außer Kontrolle geraten war. Zu diesem Zeitpunkt hielt Lehmann Brothers für 107 Milliarden US-Dollar sogenannte faule, das heißt nicht abgesicherte Kredite. Es gab Investmentfirmen, die faule Wertpapiere verkauften und gleichzeitig auf deren Verlust setzten. Die Investmentbanken verdienten Millionen. Die Anleger verloren alles. Der Verschuldungsgrad der Kredite zum Eigenkapital betrug zum Schluss 33:1. Die Bankenaufsicht schritt nicht ein. Es kam zu einem weltweiten Schneeballeffekt. Die Wall Street verdiente an dieser Blase hunderte Milliarden.

Auf dem G7 Gipfel 2008 in Tokio verneinte die USA ein Problem: „Wir haben ein globales Wachstum und somit keine Rezession." Tatsächlich startete die Rezession bereits Monate vor diesem Statement. Seit den 80er Jahren kam es zu immer größeren Finanzkrisen mit noch mehr Schaden, wobei die Gewinne der Finanzindustrie immer größer wurden. Es wurde immer mehr Geld in Firmen investiert, obwohl man wusste, dass diese scheitern würden. Aktienanalysten erhielten Gewinnbeteiligungen. So bekam zum Beispiel Infospace die höchstmögliche Bewertung, wurde aber intern als „der größte Mist" bezeichnet. Im September 2002 zahlten 10 Investmentfirmen 1,4 Milliarden US-Dollar Strafe. Seit der Liberalisierung der Märkte wurde den größten Finanzunternehmen immer wieder Beihilfe zu Geldwäsche, Betrug oder Bilanzfälschungen nachgewiesen. So wurde z.b. die Bestechung von Regierungsbeamten, Geldwäsche für Diktator Pinochet, Waschen von Geldern für den Iran oder Geldwäsche von Drogengeldern aufgedeckt. Viele der damaligen Verantwortlichen fanden sich später in der Politik wieder.

In Europa gingen den Finanzbehörden mehr als 55 Milliarden an Steuergeldern durch Cum-Cum, Cum-Ex und Cum-Fake-Geschäfte verloren. Bei Cum-Cum-Geschäften verliehen ausländische Inhaber deutscher Aktien vor dem Dividendenstichtag ihre Aktien an deutsche Banken. Diese führten auf die Dividende die Kapitalertragssteuer ab und ließen sich diese vom Fiskus rückerstatten. Anschließend wurden den Anlegern nun die Aktien inklusive der vollen Dividende, abzüglich fünf Prozent Bearbeitungsgebühr für die Banken, zurückgegeben. Bei Cum-Ex-Geschäften liegen in der Regel Leerverkäufe vor. Das heißt, Papiere wurden gekauft, aber erst zu einem späteren Zeitpunkt geliefert. Die Zeit dazwischen wurde genutzt, um durch Scheintransaktionen Bescheinigungen für die Kapitalertragssteuer zu bekommen, die so gar nicht bezahlt wurde. Trotzdem wurde diese bei den Finanzbehörden mehrfach geltend gemacht. Bei Cum-Fake-Geschäften gibt es keine real existierenden Aktien.

Seit 2013 sind alleine bei der Deutschen Bank 14 Milliarden Euro an Rechtsstreitigkeiten zusammengekommen.

PROLOG

„Wo bin ich? Was ist passiert? Warum kann ich nicht sehen?"
Nein. Das waren nicht die Fragen, die sich mir im ersten
Augenblick meines neuen Lebens stellten. Da war auch kein
Gefühl der Angst. Unerklärlicherweise suchte ich in diesem
Moment die Antwort auf die Frage: Ist tiefschwarze
Dunkelheit, Dunkelheit, die nicht einmal durch den Hauch
eines Lichtschimmers durchdrungen wird, ist solche
Dunkelheit eine Farbe oder ein Gefühl?

Aber noch bevor ich mich auch nur dem Bruchteil einer
Antwort annähern konnte, tauchte ich wieder in dieses tiefe
schwarze Dunkel, welches mich umgab wie ein Kokon und
jeden weiteren Gedanken hinwegschwemmte.

Haigener Kurier 22.10.2018

*Am Dienstag gegen 10.30 Uhr ereignete sich auf der Dilltalbrücke ein
dramatischer Unfall. Nach Angaben der Polizei durchbrach ein Sportwagen,
vermutlich in Folge nicht angepasster Geschwindigkeit, das Brückengeländer
und stürzte in die Tiefe. Nur dem raschen Eingreifen eines LKW-Fahrers, der
dort zu diesem Zeitpunkt unter der Brücke eine Rastpause eingelegt hatte, ist
es zu verdanken, dass der lebensgefährlich verletzte Fahrer aus dem
Unfallfahrzeug befreit werden konnte, bevor dieses in Flammen aufging.*

1. BUCH

KAPITEL 1

Ich konnte mehr als zufrieden sein. Leiter der europäischen Filialen einer großen amerikanischen Bank. Vermögend, glücklich verheiratet, Vater einer bezaubernden dreijährigen Prinzessin namens Ramona, die Aussicht auf einen weiteren Karrieresprung in den Staaten. Was wollte man mehr?

Hätte ich mich selbst beschreiben sollen, so wäre diese Beschreibung nur kurz ausgefallen:

Mario Kramer, achtunddreißig Jahre, Glückspilz, vom Leben verwöhnt.

Aber da war keine Hochstimmung. In meinem Körper machte sich eine eisige Kälte breit, und meine Eingeweide fühlten sich an, als wären sie zu einem einzigen Eisklotz erstarrt. Meine Gedanken rasten, und doch hatte ich ein Gefühl der völligen geistigen Leere.

--Was nicht sein darf, das nicht sein kann--

Falsch!

Es durfte nicht sein, es konnte nicht sein. Aber alles deutete darauf hin, dass es so war.

Flashbacks zogen in Sekundenbruchteilen an mir vorbei: Als Sechzehnjähriger von der gutaussehenden Freundin meiner

Mutter in die Geheimnisse der sinnlichen Freuden eingeführt, verhalf mir dies erfolgreich, mich zukünftig ausgiebig in die Gefühlswelt des weiblichen Geschlechts zu versetzen. Getreu dem Motto: Man lernt nie aus.

Landesmeister meiner Gewichtsklasse im Taekwondo. Abitur. Abgeschlossene Banklehre. Duales Studium der Informatik. Sechsmonatiger Südamerikatrip. Master Degree.

Kurz gesagt: Ich mutierte immer mehr zum arroganten, überheblichen Arschloch.

Glücklicherweise lernte ich Sonja kennen. Seit dem ersten Blick, den ich in ihre tiefgrünen Augen warf, war ich unsterblich verliebt. Ein Gefühl, das mir bis zu diesem Zeitpunkt völlig fremd war. Und obwohl mehr als ein halbes Jahr verging, dass ich erstmals nicht mit, aber bei ihr schlafen durfte, wusste ich ab der ersten Sekunde: Mit dieser Frau willst du den Rest deines Lebens verbringen.

Und als einige Jahre später unsere Tochter geboren wurde, war das Glück vollkommen.

Dies und vieles mehr raste gedanklich an mir vorbei, an jenem verhängnisvollen Abend im Oktober, sechs Wochen bevor sich mein Leben radikal verändern sollte.

„Herrgott! Hast du mich erschreckt!"

Angelo di Monte, der meist als Letzter das Gebäude verließ, bevor die Security die Sicherung übernahm, schrie seinen Freund an.

„Alle sind weg. Es ist bereits Abend und nur hinter deiner Tür habe ich in deinem Büro durch die Glaswand einen Schatten gesehen. Die Security ist bereits unterwegs. Warum sitzt du im Dunkeln? Was machst du überhaupt noch hier? Es ist Freitagabend, und soweit ich weiß wolltest du mit Sonja heute nach langer Zeit mal wieder einen Zug um die Häuser machen".

Ich hatte Angelo auf meinem Trip durch Südamerika kennengelernt. Nach Angelos Ansicht hatte ich ihm das Leben gerettet. Und auch heute, wenn ich mich an den damaligen

Zwischenfall erinnerte, war ich dankbar für den Weg, den das Schicksal für mich bestimmt hatte.

Als ich damals durch die engen Gassen der Altstadt Bogotas schlenderte, hörte ich nicht weit entfernt in einer kleinen Seitengasse Geräusche einer Auseinandersetzung.

„Not my money, you fucking sons of a bitch".

Rasch näherte ich mich unbemerkt dem Geschehen und sah drei junge Männer, die in einer schmalen, durch eine Laterne kaum beleuchteten Gasse, einen Touristen attackierten, der sich heftig zur Wehr setzte. Es fiel mir aufgrund meiner Taekwondo-Ausbildung nicht schwer, den ersten Angreifer außer Gefecht zu setzen. Als die beiden anderen sich überrascht umdrehten, gelang dem Angegriffenen ein schmerzhafter Tritt in die Weichteile eines weiteren Angreifers. Als der Dritte seine beiden Kumpane stöhnend am Boden sah, ergriff er die Flucht, ohne sich weiter um diese zu kümmern.

„Hallo! Ich bin Angelo", stellte sich der gutgekleidete, jetzt aber doch etwas derangiert wirkende Angegriffene vor.

„Vielen Dank für deine Hilfe."

„Und ich bin Mario", erwiderte ich dem trotz seiner amerikanischen Kraftausdrücke eher südländisch aussehendem Fremden.

„Was sollen wir mit den beiden machen?"

„Lassen wir sie einfach hier liegen, passend zum Müll der Umgebung. Vielleicht zum Abschied jedem noch einen kleinen Tritt ans Schienbein, damit sie uns nicht doch noch nachkommen." Seinem Vorschlag ließ Angelo die Tat folgen, was die beiden zu einem erneuten Aufstöhnen veranlasste.

„Komm, lass uns in eine Bodega gehen. Ich würde meinem Retter gerne einen Drink spendieren."

Während in der kleinen gemütlichen Bodega, die Angelo angesteuert hatte, das Leben pulsierte, fragte ich neugierig:

„Was verschlägt dich nach Bogota und dazu noch in eine solch unsichere Gegend für gutgekleidete Touristen?"

„Hier in der Nähe habe ich mein Appartement. Eigentlich wollte ich auf dem Weg dorthin eine Abkürzung nehmen. War wohl keine so gute Idee. Ich bin Amerikaner und habe nach meinem Jurastudium auf Anraten meines Vaters und durch dessen Beziehungen einen Job in einem amerikanischen Bankenkonsortium angenommen, um die ‚Wege des Geldes‘ kennenzulernen. Oder, wie mein Vater zu sagen pflegt: ‚Geld bedeutet auf dieser Welt Macht und Einfluss. Es ist stets besser zu den Mächtigen zu gehören und Macht und Einfluss zum Wohle anderer zu verwenden, als zu denen, die unter den Mächtigen dieser Welt leiden.‘ Aktuell bin ich bereits seit acht Monaten in Bogota und soll für unsere Banken den Privatkundenkreis des südamerikanischen Kontinents weiter ausbauen.

Und was machst du in Bogota?“

„Ich bin Backpacker und habe mir vor Ende meines Studiums ein halbes Jahr Auszeit gegönnt, um Südamerika zu bereisen.“

„Super. Und was studierst du?“

„Informatik. Außerdem arbeite ich ebenfalls bei einer Bank, bei der ich meine Ausbildung zum Bankkaufmann bereits abgeschlossen habe.“

„Und was ist dein nächstes Reiseziel?“

„Ich wollte noch nach Costa Rica, von dort noch einige Tage nach Florida und dann zurück nach Deutschland. Es bleiben nur noch vier Wochen.“

„Wie findest du folgenden Vorschlag?“, fragte Angelo, während er die nächste Runde Bier und einheimischen selbstgebrannten Schnaps bestellte, von dem ich befürchtete am nächsten Morgen erblindet aufzuwachen.

„Du fliegst morgen oder übermorgen bereits nach Costa Rica, bleibst dort zwei Wochen, und kommst dann nach Santa Barbara in Kalifornien. Hier wohnen meine Eltern und ich, und du verbringst die letzten Tage vor deinem Rückflug als unser Gast.“

„Du bist mir wirklich nichts schuldig. Dass ich mich in deine Auseinandersetzung eingemischt habe war eine Selbstverständlichkeit.“

„Nonsense! Das war sicher keine Selbstverständlichkeit. Außerdem muss ich wegen eines Termins sowieso zurück in die Staaten und glaube, dass unser Zusammentreffen am Arsch der Welt etwas Schicksalhaftes an sich hat. Okay?"

„Okay. Dann lass uns jetzt auf unsere ‚schicksalhafte Begegnung' ein paar Drinks nehmen und schauen, ob wir diese überleben."

Der Abend endete, als die ersten Morgenstrahlen ihr warmes Licht verbreiteten und wir auch mit dem letzten der noch Anwesenden „Brüderschaft" getrunken hatten. Zum Abschied bestand Angelo, der mir zwischenzeitlich noch seine private Handynummer gegeben hatte, auf dem Versprechen, ihn wirklich in Kalifornien zu besuchen.

Als mich zwei Wochen später, nach wunderschönen Tagen in Costa Rica, Angelo, den ich rechtzeitig vor meiner Ankunft benachrichtigt hatte, vom Flughafen abholte, wollte ich meinen Augen nicht trauen, als dieser auf dem Parkplatz zielsicher auf einen silberglänzenden Mercedes McLaren zusteuerte.

„Deiner?"

„Nein. Der gehört meinem Vater. Aber schnelle Fahrzeuge sind unser Hobby und dich als Deutschen wollte ich doch mit einer deutschen Marke überraschen. Wirf dein Gepäck in den Kofferraum. Er ist zwar nicht allzu groß, müsste jedoch für deinen Rucksack langen."

Noch überraschter war ich, als wir uns dem Wohnsitz seiner Eltern näherten. Eingelassen in eine nicht enden wollende weiße Mauer öffnete sich wie von Geisterhand ein kunstvolles schmiedeeisernes Tor.

„Überwachungskameras und Sensoren", meinte Angelo, als er mein Erstaunen registrierte.

„Wir fahren ja durch einen Golfplatz", bemerkte ich, als wir uns vom Tor entfernten. Es war eine traumhafte Anlage. Seen, riesige Blumensträucher, Palmen, das satte Grün der Landschaft, und als Hintergrundkulisse das in den Himmel ragende Gebirgsmassiv der Rocky Mountains.

„Ist das nicht gefährlich, hier zu wohnen und mit dem Auto zu fahren, wenn man stets auf sich verirrende Golfbälle achten muss?"

„Nicht, wenn du der einzige Spieler bist."

„Willst du sagen…?"

„Ja. Mein Vater hat das Gelände rund um unsere Villa als Golfplatz anlegen lassen, um zu entspannen, wenn er Zeit hat. Ich persönlich verstehe überhaupt nicht, wie man sich beim Golfen entspannen kann. Mich überkommt jedes Mal der große Frust, wenn ich mal wieder einen schlechten Tag habe. Aber was soll's. Meine bescheidene Hütte steht übrigens bei Loch neun, damit sich mein Vater bei einer Pause einen frischen Drink genehmigen kann."

Die Villa, vor der wir in der Zwischenzeit angekommen waren, übertraf all meine Erwartungen.

Es war ein mehrfach geschachteltes, ein- bis zweistöckiges Haus, wobei das Wort „Haus" deutlich untertrieben war. Trotz der riesigen Größe war die Wirkung durch die Verschachtelung keinesfalls überdimensional. Der Eingangsbereich führte in ein etwa 300 Quadratmeter großes untergliedertes Foyer, welches fast rundum verglast war, jedoch durch die Untergliederung den Besucher nicht zu erschlagen drohte, sondern durch das von allen Seiten einfallende Licht freundlich und einladend wirkte.

Das Interieur war in spanischem Stil gehalten und wirkte, durch zahlreiche zum Teil blühende Pflanzen, wie ein riesiger Wintergarten.

Als Angelo meine Fassungslosigkeit bemerkte, lächelte er und meinte: „Vergaß ich zu erwähnen, dass mein Vater nicht unvermögend ist? Er hält sich jedoch recht bedeckt und erscheint nur sehr selten in den Medien. Komm, lass uns auf die Terrasse gehen. Dort ist es jetzt schön schattig und man hat einen wundervollen Blick."

Der Blick von der Terrasse war ebenfalls überwältigend. Im Hintergrund die Rocky Mountains. Soweit das Auge reichte erstreckte sich eine parkähnliche Anlage, der man die Nutzung als Golfplatz nicht ansah und ein Swimmingpool, dessen Wasser versteckt durch die Bäume glitzerte und der die Größe eines öffentlichen Schwimmbades hatte, teilweise überdeckt durch ein gläsernes Kuppeldach.

Hinter einem komplett verglasten Nebengebäude glaubte ich mehrere Luxuskarossen erkennen zu können.

Als Angelo verschwand um uns etwas zu trinken zu holen stand ich, erschlagen von diesem unermesslichen Reichtum, wie verloren in diesem Anblick.

Während ich noch versuchte meine Eindrücke zu verarbeiten, trat ein etwa sechzigjähriger, braungebrannter, athletisch wirkender Mann, dessen Gang zwischen lässig, elegant und geschmeidig einzuordnen war, auf mich zu und umarmte mich spontan.

„Du musst Mario sein. Mein Sohn erzählte mir, wie du ihm in Bogota beigestanden hast. Danke. Betrachte mein Haus als das deine."

Hier war nichts aufgesetzt. Oder arrogant. Dieser Mann strahlte Herzlichkeit, aber auch Autorität aus. Er war die gereifte Ausgabe von Angelo. Ich hatte sofort das Gefühl willkommen zu sein.

„Meine Frau lässt sich entschuldigen. Sie ist noch geschäftlich in Florida und kommt erst heute Abend zurück. Aber ich glaube, wir drei Männer kommen bis dahin auch alleine zurecht. Vor allem, wenn Angelo mir auch noch ein Bier holt, bevor wir es uns auf der Terrasse gemütlich machen".

Die Tage bei den di Montes vergingen wie im Flug, während mir der persönliche Golftrainer von Angelos Vater die ersten Grundkenntnisse des Golfsports vermittelte und Angelo mir nicht nur die Schönheit der Landschaft zeigte, sondern mich auch in die regionalen Bars und Clubs einführte, in denen er kein Unbekannter zu sein schien.

Als ich mich am Flughafen vor dem Rückflug nach Deutschland verabschiedete, versprachen wir, in Kontakt zu bleiben.

Kurz vor Abschluss meines Studiums erreichte mich das Angebot einer amerikanischen Bank, die auch in Frankfurt eine Niederlassung unterhielt. Ich war mir sicher, dass hier Angelo oder sein Vater ihre Hand im Spiel hatten, obwohl beide dies während eines Telefonates von sich wiesen, und das Angebot alleine meinen Fähigkeiten zuschrieben.

Das alles flammte bei mir auf, als Angelo hereinplatzte, der nun seit bald zwei Jahren in derselben Bank unabhängig am Aufbau des Privatkundensektors für Europa tätig war.

Mein wohl geistesabwesender Blick durch die riesige Fensterfront auf die Lichter der Stadt klarte auf.

In diesem Moment stürmte einer der beiden Sicherheitsleute in mein noch immer unbeleuchtetes Büro, während der andere die Ausgangstüre sicherte. Nachdem ich mich ja bereits aus meinem tranceähnlichen Zustand zurückorientiert hatte, sprach ich beruhigend auf die beiden, die mir, wie auch alle anderen Mitarbeiter namentlich bekannt waren, ein.

„Keine Sorge, Tim. Hallo, Dirk. Mir scheint, dass Angelo heute seinen ängstlichen Tag hat", was diesen zu einem mürrischen Brummen veranlasste.

„Ich brauchte nur etwas Ruhe um ein Problem gedanklich zu analysieren, wobei ich wohl so vertieft war, dass ich noch nicht einmal die einbrechende Dunkelheit realisierte. Aber für heute ist Schluss. Angelo, was hältst du davon, Sonja und mich heute Abend zu begleiten? Wir gehen erst zum Spanier zum Essen und testen dann in Sachsenhausen die Getränkekarten der verschiedenen Lokalitäten".

Da Angelo sich gerade mal wieder in der Trennungsphase einer zweiwöchigen Beziehung befand, kam ihm der Vorschlag gerade recht.

„Geht klar. Aber auf den Schreck geht die Rechnung auf dich und ich höre mir dann dein Problem an. Oder war dein Problem einfach nur, dass du eingepennt bist?"

Zusammen mit den Sicherheitsleuten verließen wir das Büro, um mit dem Aufzug in die Tiefgarage zu fahren.

„Wir holen dich gegen acht Uhr mit dem Taxi ab", rief Mario seinem Freund zu, bevor er in seinen Porsche stieg, um schnellstmöglich nach Hause zu fahren.

Auch Angelo bestieg seinen Wagen. Dem Familienhobby entsprechend fuhr er einen alten Aston Martin. In Gedanken war er jedoch bei seinem Freund, dessen seltsames Verhalten ihn beunruhigte. Er kannte Mario lange genug um zu wissen, dass hinter dessen Versuch, die Angelegenheit zu verharmlosen, mehr steckte. Dessen rascher Abschied und die angespannte Körperhaltung entsprachen einem völlig anderen Verhaltensmuster.

Dies bestätigte auch der gemeinsame Abend. Denn trotz gutem Essen und hervorragenden Weinen, war Mario nicht zu bewegen, über sein Problem zu reden. Im Gegenteil. Er reagierte ungewohnt unwirsch als auch Sonja wissen wollte, um was es denn ginge. Er überspielte zwar die Situation, indem er drei Otard bestellte um dazu zu bemerken, dass man bei einem guten Cognac an einem solch schönen Abend nicht unbedingt Geschäft und Privatleben vermischen sollte, aber die gewohnte Ungezwungenheit wollte sich nicht mehr einstellen. So lösten sie ihr Zusammensein weit vor der üblichen Zeit auf, nachdem Mario bemerkte, er wäre zu müde, um noch zu bleiben.

Als sie sich verabschiedet hatten, stellte Sonja Mario im Taxi zur Rede: „Was ist heute wirklich los mit dir? Dass du müde bist hat noch nicht einmal Angelo geglaubt."

„Schatz, ich weiß nicht ob ich mich täusche, oder ob wir wirklich ein Riesenproblem in der Bank haben. Ich bin heute auf etwas gestoßen, was ich unbedingt heute Nacht noch weiter recherchieren will. Ich setze dich gleich zu Hause ab, schaue nach der Kleinen und lass mich dann mit unserem Taxi weiter in die Bank fahren. Sei so gut und ruf dem Babysitter dann noch ein Taxi. Auf mich brauchst du nicht zu warten. Es kann spät werden."

„Hast du ein Problem mit der Bank, oder hat die Bank ein Problem mit dir?"

„Weder noch, aber wenn sich bewahrheitet, was ich heute zufällig entdeckt habe, haben wir alle ein riesiges Problem."

Zu Hause angekommen, bat ich den Taxifahrer zu warten. Stephanie, unsere Babysitterin, döste vor dem Fernseher. Unsere Prinzessin schlief tief und fest. Ich gab ihr einen Kuss und hoffte, dass sich meine Befürchtungen noch heute Nacht als großer Irrtum erweisen würde.

Nachdem ich mich auch von Sonja zärtlich verabschiedet hatte, eilte ich zum wartenden Taxi und bat den Fahrer, mich in die Bank zu fahren.

Auf dem Weg dorthin spiegelten der Nieselregen und die ersten Blätter, die vom Wind auf die Straße geweht wurden, meine aktuelle Stimmungslage.

KAPITEL 2

Es war bereits kurz vor Mitternacht als ich das Bürogebäude betrat und dem überraschten Nachtportier erklärte, wohl noch bis in den frühen Morgen arbeiten zu müssen.

In Büro angekommen fuhr ich den Rechner hoch und hoffte, dass sich das Problem, welches mich bereits den ganzen Abend beschäftigte, als Irrtum herausstellen würde:

Achtunddreißig Millionen Euro waren plötzlich verschwunden!

Bereits als ich Leiter sämtlicher europäischer Niederlassungen geworden war hatte ich ein Softwareprogramm entwickelt, welches alle Niederlassungen vernetzte und in einem auf meinem Rechner erscheinenden Tagesprotokoll Bankbewegungen über einer Million Euro anzeigte.

Da ich heute bereits etwas früher die Arbeit beenden wollte, um mit Sonja endlich einmal wieder ein langes Wochenende genießen zu können, wollte ich bereits um die Mittagszeit einen kurzen Blick in das Tagesprotokoll werfen. Hier fiel ein relativ hoher Überweisungsbetrag von 38 Millionen Euro auf. Noch bevor ich mich näher damit beschäftigen konnte wurde ich von meiner Sekretärin unterbrochen.

„Herr Kramlich in der Kreditabteilung bittet sie wegen eines hochwertigen Immobilienkaufes um ihren Rat. Die Kunden sind bereits in dessen Büro." Weisungsgemäß mussten alle Kreditanfragen im siebenstelligen Bereich von mir persönlich abgesegnet werden.

Die Recherche unterbrechend, sicherte ich gewohnheitsmäßig die Daten auf meinem Stick und begab mich zu den Kunden. Erst am späten Nachmittag, als sich bereits die meisten Mitarbeiter ins Wochenende verabschiedet hatten, kam ich wieder dazu, mich meinem Tageprotokoll zu widmen. Als ich dies jedoch aufrief, zweifelte ich an meinem Verstand. Der Überweisungsbetrag von 38 Millionen war nicht mehr vorhanden. So etwas konnte einfach nicht sein!

Ich war während meines IT-Studiums nicht nur einer der Besten, sondern auch über Jahre in der Hackerszene kein unbeschriebenes Blatt. Der Ausspruch meines Studienfreundes Peter – „Es gibt nichts, was wir nicht hacken könnten" – war fast Realität. Ich war wirklich gut, aber Peter war stets einen Touch besser.

Und nun saß ich vor meinem Bildschirm und fand trotz allem keinen Hinweis mehr auf die noch vor Stunden im Tagesprotokoll aufgetauchten Millionen.

Als mir jedoch einfiel, die gespeicherten Daten von meinem Stick abzurufen, fand ich erneut diesen Betrag: 38 Millionen.

Ich wusste: Daten hinterlassen Spuren!

Und so begann ich zunächst den Weg des Geldes zurückzuverfolgen, was mir auch nur auf Grund meiner jahrelangen Hackererfahrung gelang, da auch hier die durchgeführten Überweisungen offiziell nicht mehr nachvollziehbar waren.

Ursprünglich war das Geld von einem in London gemeldeten Unternehmen auf ein Schweizer Konto eingezahlt worden. Von hier aus wurde der Betrag auf das Konto eines Import-Export-Unternehmens bei einer italienischen Bankfiliale überwiesen. Es erfolgte unverzüglich eine Weiterleitung nach Luxemburg, ebenfalls auf das Konto einer Handelsgesellschaft.

Die Überweisungen fanden alle in einem Zeitfenster von drei Stunden statt.

Aber ich bekam keinen Zugriff mehr auf das Luxemburger Konto.

Was hatte das alles zu bedeuten? Sicher war nur: legal war das nicht! Und in diesem Falle betraf es auch eine unserer Niederlassungen.

Dies war der Zeitpunkt, als Angelo und kurz darauf die Security in meinem Büro auftauchten.

Aber jetzt war ich ungestört und hatte die ganze Nacht vor mir, gewillt herauszufinden, was hier gespielt wurde.

Es war bereits gegen vier Uhr morgens, als es mir nach etlichen Tassen Kaffee gelang, mich in das Luxemburger Konto einzuhacken. Auch von hier war das Geld kurzfristig weitertransferiert worden. Auf die Cayman Islands. Aber jetzt war ich mit meinem Latein am Ende. Ich hatte zwar das Empfängerkonto, jedoch keinen Kontoinhaber oder gar Zugriff auf etwaige Kontobewegungen. Für dieses Konto gab es eine Firewall, die für mich unüberwindbar war.

Nach einer weiteren Stunde gab ich auf. Wenn überhaupt konnte nur noch mein Studienfreund Peter helfen. Dieser war zwischenzeitlich selbstständig und hatte in München eine Firma, die für Großfirmen individuelle Sicherheitssoftware entwickelte. Da Peter noch nie zu denen gehörte, die einen regelmäßigen Schlafrhythmus bevorzugten, rief ich ihn, ungeachtet der Uhrzeit, an.

„Sendling! Andere Leute schlafen um diese Uhrzeit! Was kann ich für Sie tun?", meldete sich dieser.

„Hallo Peter. Mario hier. Sag nicht, du hättest schon geschlafen. Es ist doch erst fünf."

„Hallo Mario. Schon lange nichts mehr von dir gehört. Aber du hast Recht. Alte Gewohnheiten legt man nicht ab. Und es lässt sich ungestörter nachts arbeiten. Aber ein Anruf von dir um diese Uhrzeit ist außergewöhnlich und lässt auf ein größeres Problem schließen. Wie kann ich dir helfen?"

„Hör zu. Du musst mir vertrauen. Ich kann dir nicht alles sagen. Aber ich versichere dir, dass ich nichts Illegales vorhabe, wenn wir einmal davon absehen, dass ich mich in einen Rechner einer Bank auf den Caymans einhacken will. Ich bin möglicherweise einer riesigen kriminellen Sache auf der Spur. Sei so gut und gehe über TeamViewer auf meinen Rechner. Möglicherweise gelingt es uns gemeinsam, Zugriff auf die Kontodaten zu erlangen. Die sind jetzt sieben Stunden zurück, sodass eigentlich niemand bemerken dürfte, wenn wir in deren System eindringen. Und das darf auch auf keinen Fall nachvollziehbar sein."

„Nun. Interessant. Dann legen wir mal los."

Ich konnte nur noch staunen als ich sah, in welcher Geschwindigkeit mein Studienfreund die ihm vorgegebenen Daten verwertete. Aber ich konnte den Lösungsvorgang nachvollziehen, den Peter beschritt.

„Darauf hätte ich auch kommen können."

„Bist du aber nicht. Sonst wäre ich ja nicht der Beste. Aber schau. Wie pflegte Boris Becker zu sagen: Ich bin drin! Der Rest ist deine Sache. Ich lösche alles wieder und habe auch nicht mit dir telefoniert."

„Du bist der Größte! Danke dir. Und das nächste Telefonat ist bald. Ich werde mich dann mit einem Münchner Abend revanchieren. Und nochmals besten Dank."

Nach Beendigung des Telefonates zeigten sich alle auf der Bank geführten Konten. Es war nun ein Leichtes, die zugehörige Kontonummer zu der aus Luxemburg eingegangenen Überweisung aufzurufen. Diese wiederum verzweigte in mehrere Unterkonten. Hier fand sich auch den Betrag von 38 Millionen Euro wieder. Aber nicht nur das.

Ich hatte plötzlich das Gefühl, als würden sich die Zahlen auf dem Bildschirm zu drehen beginnen und ineinanderfließen. Kurzfristig befürchtete ich zu kollabieren. Meinen Körper befiel eine plötzliche Schwäche. In meinem Kopf machte sich Leere breit.

Der Gesamtbetrag aller unter dem Hauptkonto gelisteten Unterkonten betrug über einhundertsiebenundzwanzig MILLIARDEN US-Dollar!

Der Ausspruch „Ich glaub mich tritt ein Pferd" traf wohl meine augenblicklichen Empfindungen am ehesten. Absolute Leere, Benommenheit, das Gefühl, nicht mehr geordnet denken zu können, geschweige irgendeiner Handlung fähig zu sein. Ich weiß nicht wie lange es dauerte, bis ich bewusst realisierte, was der Bildschirm mir nüchtern in Zahlen präsentierte.

Mir wurde klar, dass es sich hier um eine international tätige Abteilung des organisierten Verbrechens handeln musste, die über hochspezialisierte IT-Mitglieder verfügte.

Es war bereits gegen acht Uhr, als ich, nachdem alle Daten auf meinem Stick gesichert und die Spuren meiner Internetrecherche gelöscht waren, mein Büro verließ.

Der Nachtportier, dessen Schicht um acht Uhr endete, sah mich wissend an: „Nehmen Sie es nicht so schwer. Ehekrach ist wie ein reinigendes Gewitter. Umso schöner ist die Versöhnung."

Doch im Moment war ich für einen Small Talk nicht in der Lage und beeilte mich, nach einem kurzen Wunsch für ein schönes Wochenende, zu meinem Wagen zu kommen.

Glücklicherweise war noch wenig Verkehr an diesem Samstagmorgen, denn ich war kaum in der Lage, mich auf das Fahren zu konzentrieren. Meine Gedanken drehten sich wie ein Karussell um die Frage: Wie sollte es jetzt weitergehen? Ich war mir im Klaren: Hier waren absolute Profis am Werk. Sollte ich das Entdeckte den Strafrechtsbehörden melden? Aber andererseits war mein Vorgehen ebenfalls illegal gewesen. Und inwieweit verletzte ich das Bankgeheimnis? Das Beste wäre wohl, ich würde mich direkt an den CEO unserer amerikanischen Muttergesellschaft wenden, um mit ihm das weitere Vorgehen zu besprechen. Ich wusste, dass unser CEO, Mr. Eightwood, ein Frühaufsteher war, aber in New York war es gerade zwei Uhr nachts. So musste ich mich wohl noch bis um die Mittagszeit gedulden, bevor ich ihn anrufen konnte. Andererseits hatte doch er den Slogan ins Leben gerufen: „Wir alle sind eine große Familie und immer und jederzeit füreinander da."

Plötzlich registrierte ich, dass sich trotz all der Aufregung ganz natürliche Gefühle wie Hunger nicht unterdrücken ließen.

Also würde ich unserem CEO doch noch zwei Stunden Schlaf gönnen, frühstücken und versuchen etwas Abstand zu gewinnen.

„Ich habe mir Sorgen gemacht", erwartete mich Sonja, die bereits ein opulentes Frühstück vorbereitet hatte.

„Was macht Ramona?"

„Ausnahmsweise schläft unser kleiner Wirbelwind noch. Aber was ist mit dir? Du siehst aus als hättest du drei Nächte durchgemacht. So kenne ich dich gar nicht."

„Du hast Recht. Wir haben in der Bank aktuell ein Riesenproblem. Ich muss sehen, dass ich später unseren Vorstand in New York erreiche. Wir müssen dringend eine Sitzung einberufen und ich werde so schnell wie möglich nach New York fliegen."

Diese Antwort gab ich Sonja spontan, ohne vorher darüber nachgedacht zu haben. Aber es erschien mir als der einzig mögliche Weg, zusammen mit dem Vorstand das weitere Vorgehen abzusprechen.

„Willst du darüber mit mir reden?", fragte Sonja.

„Obwohl es ungewöhnlich ist, meine Sorgen nicht mit dir zu besprechen, aber das geht im Moment nicht."

„Du weißt, dass ich immer zu dir halte und für dich da bin. Gleichgültig was es ist!"

Ich nahm Sonja in den Arm, spürte ihre Wärme und Fürsorge und wusste, dass diese Frau und meine Tochter das größte Glück meines Lebens waren.

Plötzlich kam mir eine neue Idee.

„Ich werde noch schnell eine Mail verschicken und lege mich dann nach dem Frühstück für ein paar Stunden aufs Ohr."

Die Müdigkeit erlangte nun doch die Oberhand.

Top secret!! Top secret!! Urgent!! Urgent!!
Lieber Mister Eightwood,
Bitte berufen sie zum schnellstmöglichen Termin eine Vorstandssitzung ein. Keine Protokollführung notwendig. Treffen nur im engsten Kreis. Problem weder telefonisch noch per Mail abhandelbar. Komme Sonntag nach NY. Genauer Ankunftstermin wird noch mitgeteilt. Bitte teilen Sie mir schnellstens den Sitzungstermin mit.
Herzlichst
Mario Kramer

Mehr war für den Augenblick nicht zu tun. Jetzt noch schnell eine heiße Dusche und ab ins Bett. Aber es dauerte lange, bis ich in einen unruhigen Schlaf fiel, aus dem ich bereits nach drei Stunden gerädert erwachte. Mein erster Weg führte mich an meinen Laptop. Wie schon fast erwartet war bereits eine Nachricht von unserem CEO eingegangen:

Lieber Mister Kramer,
Ihr Flug von Frankfurt Airport startet am Sonntag um 08.20 Uhr mit Singapore Airlines. Ticket ist am Schalter hinterlegt. Ankunft JFK 11.15 Uhr. Ein Fahrer erwartet Sie und bringt Sie ins Walldorf Astoria, Suite ist gebucht. Um 19.00 Uhr holt sie mein Fahrer wieder ab. Dinner in meiner Wohnung.
Beste Wünsche
Eightwood

Auch wenn ich immer noch das Gefühl hatte, als würde mein Inneres einem Minenfeld gleichen, war es doch beruhigend, dass Mr. Eightwood bereits alles in die Wege geleitet hatte. So blieben mir wenigstens noch einige Stunde mit meiner Familie, in denen ich hoffte, etwas zur Ruhe zu kommen und auch den versäumten Schlaf nachzuholen, da ich mir sicher war, auch in New York keine allzu entspannte Zeit zu haben.

KAPITEL 3

Nach einem wider Erwarten entspannten Abend fuhr Sonja mich zum Flughafen und ich nahm mein Ticket für die von Mr. Eightwood gebuchte Business Class in Empfang. Nach einem bevorzugten Check-in brachte mich die Stewardess zu meinem Sitz. Der Komfort, den diese Klasse bot, erstaunte mich stets aufs Neue. Gourmetmäßige Mahlzeiten, Liegesessel, Bett. Man konnte wirklich entspannt seinen Bestimmungsort anfliegen. Glücklicherweise übernahm die Firma die Kosten. So gelang es mir, nach einem ausgezeichneten Mittagessen und einem gutem Glas Wein, doch noch etwas Schlaf zu finden.

Nach der Landung in New York und einer erstaunlich schnellen Abfertigung am Einreiseschalter erwartete mich bereits der von Mr. Eightwood angekündigte Fahrer mit einem nicht zu übersehenden Schild: Mario Kramer, Germany.

Auch im Walldorf Astoria war man bereits auf meine Ankunft vorbereitet. Ein Page brachte mich in meine Suite, welche in etwa die Größe einer 3-Zimmerwohnung hatte. Ein überdimensionales Blumenarrangement und eine Flasche Champagner auf Eis unterstrichen das Gefühl von Luxus. Da mir ja noch etwas Zeit zur Verfügung stand, beschloss ich einen Spaziergang zu machen und anschließend den Wellness-Bereich auszukosten.

Um 19.00 Uhr rief mich die Rezeption an, um mir mitzuteilen, dass der Fahrer von Mr. Eightwood mich erwarten würde.

In der Lobby suchte ich das mir vertraute Gesicht des Fahrers, der mich zum Hotel gebracht hatte und war überrascht, als ein Mann, dessen Größe und Figur wohl auch einen Vitali Klitschko hätte neidisch werden lassen, auf mich zukam.

„Hallo Mr. Kramer! Ich bin George, der persönliche Fahrer von Mr. Eightwood. Freut mich Sie kennenzulernen. Ist hier alles zu Ihrer Zufriedenheit geregelt?"

„Alles bestens", antwortete ich. Neben diesem Hünen kam ich mir, obwohl ich sicher nicht der Kleinste bin und auch nicht unter Minderwertigkeitskomplexen leide, fast zwergenhaft vor.

„Dann lassen Sie uns gehen."

Als wir aus dem Eingangsportal traten, öffnete mir der Portier die Hecktüre eines dort wartenden Rolls Royce Silver Clouds.

„Ich steige vorne ein", sagte ich, während George bereits auf der Fahrerseite Platz nahm.

„Ein wunderschöner Oldtimer. Aber ist das ein Fahrzeug für New Yorker Verkehrsverhältnisse?"

„Mr. Eightwood benutzt den Wagen eigentlich nur, um sich von seinem Landsitz nach New York fahren zu lassen. Wegen Ihrer Ankunft ist er bereits heute hier angekommen."

„Und Sie sind der persönliche Chauffeur von unserem Boss?"

„Nun, in Deutschland würde man glaube ich sagen, ich bin das ‚Mädchen für Alles'. Chauffeur, Butler, Bodyguard. Allerdings beschäftigt Mr. Eightwood einen Koch, da er mit Recht befürchtet, bei von mir zubereiteten Speisen den Hungertod zu erleiden."

Ich hatte zwar schon hin und wieder an Geschäftsbesprechungen in New York teilgenommen, aber diese Stadt faszinierte mich stets aufs Neue.

„In welchen Stadtteil fahren wir?" fragte ich George, der sich durch den Verkehr schlängelte, als würde er einen Kleinwagen fahren.

„Unser Boss bewohnt eine Penthouse-Wohnung in der Upper East Side, in der auch Heinz, unser Koch, und ich unser Domizil haben. Heinz ist Österreicher und wird sich freuen mal wieder mit Ihnen in seiner Muttersprache kommunizieren zu können."

Mir war bekannt, dass die Upper East Side zu den teuersten Wohngegenden gehörte und war erstaunt, dass die Angestellten Mr. Eightwoods ebenfalls dort wohnten.

In der Tiefgarage eines wirklich, wie es schien, bis in den Himmel ragenden Wolkenkratzers angekommen, steuerte George, nachdem wir den Rolls verlassen hatten, auf eine etwas verborgene Türe zu, die er durch Eingabe eines Nummerncodes öffnete. Hinter einem kurzen, mit Mahagoni getäfelten Flur, der mit Kristallleuchtern erhellt wurde, sah man eine Spiegeltüre, hinter welcher ich den Aufzug vermutete. George gab erneut einen Code ein, und die Aufzugtüre öffnete sich, um den Blick in eine großzügig dimensionierte Kabine mit Sitzmöglichkeiten freizugeben. Erneut gab George den Code ein, und der Aufzug setzte sich geräuschlos in Bewegung.

„Ist das nicht ein bisschen umständlich für die Eigentümer der Wohnungen dreimal einen Code einzugeben, bevor einen der Aufzug in seine Etage bringt?"

„Dieser Aufzug ist der Privataufzug vom Boss. Die mehrfache Codeeingabe ist ein Sicherungssystem, bei dem der Code sowohl innerhalb der Türen verschieden ist, als auch jeden Tag gewechselt wird."

Kurz darauf öffnete sich die Aufzugstür und wir traten in einen ähnlich wie im Erdgeschoss gehaltenen Flur. Allerdings gab es hier rechts und links zwei Eingangstüren, bevor der Flur an einer massiv aussehenden Holztür endete.

„Sie sehen hier die Appartements von Heinz und mir, und hinter dieser Tür befindet sich das Reich vom Chef. Auch hier haben wir nochmals eine zusätzliche Sicherung. Es bedarf nicht nur des Tagescodes, sondern auch zusätzlich eines Augen-Scanner-Tests. Die beiden Scanner sind ausschließlich für den Boss und mich programmiert."

Ein wenig wunderte ich mich schon über die, in meinen Augen etwas übertriebenen, Sicherheitsmaßnahmen von Mr. Eightwood, zumal mir George auch noch erklärte, dass das hier keine gewöhnliche, sondern eine Panzertür sei.

Was mich mehr überraschte, nachdem wir durch diese Tür getreten waren, konnte ich nicht sagen: Mr. Eightwood, der mich trotz der Jahreszeit in einem grell geblümten Hemd und Bermuda-Shorts herzlichst begrüßte, oder der offene Blick in diese riesige Penthouse-Wohnung, deren überdimensionale Glasfront die New Yorker Skyline präsentierte. Ich kannte unseren Boss bisher nur in maßgeschneiderten Anzügen, in welchen er mit seinen weißen Haaren, seinem markanten Gesicht und gut durchtrainierten Körper eine beeindruckende Aura hinterließ.

„Schön, dass Sie hier sind. Wie war der Flug? Sind Sie gut untergebracht?"

Ich war so sprachlos, dass ich nur ein kurzes „Danke gut, alles okay" hervorbrachte.

Mr. Eightwood, dem meine Sprachlosigkeit nicht verborgen geblieben war, legte mir den Arm um die Schulter, führte mich zur Bar und fragte, ob ich einem Kir Royale vor dem Essen abgeneigt wäre.

Obwohl es unhöflich war, konnte ich nicht aufhören abwechselnd meinen Boss und die Räumlichkeiten anzustarren.

„Ich muss mich für meinen Aufzug entschuldigen. Aber ich bin vorhin noch ein paar Runden geschwommen und pflege mich privat absolut entspannt zu geben. Kommen Sie. Nehmen Sie Ihr Glas, ich führe Sie vor dem Essen noch durch mein kleines Refugium."

Die Wohnräume, deren Glasfronten sich vom Boden bis zur Decke zogen, waren in sich gestaffelt, so dass der Blick offen, die Funktion der Räumlichkeit klar erkennbar war. Die Einrichtung war eine gekonnte Mischung aus antiken und modernen Möbeln, wozu die ausgezeichneten Drucke von Künstlern wie Salvador Dali, Andy Warhol oder auch van Gogh hervorragend platziert waren.

Durch einen riesigen tropischen Wintergarten gelangten wir auf die Terrasse, deren andere Seite durch einen komplett verglasten Anbau, in dem sich ein für private Verhältnisse überdimensionales Schwimmbad mit Palmen befand, begrenzt wurde.

„Dies ist mein privater Spa-Bereich. Wir haben hier zwar im zwanzigsten Stock ebenfalls eine zum Haus gehörende Anlage, aber in der wenigen Freizeit, die mir bleibt, ziehe ich meine privaten Räumlichkeiten vor.

Ihr Glas ist leer. Lassen Sie uns noch einen Drink nehmen. Ich mache Sie noch mit Heinz bekannt, der für mein leibliches Wohl sowie das meiner Gäste zuständig ist.“

In der Küche, deren Ausmaße für ein mittelgroßes Restaurant ausreichend gewesen wäre, begrüßte mich Heinz, ein etwa fünfzigjähriger untersetzter Herr in weißer Kochjacke und schwarzen Hosen mit breitem Wiener Dialekt: „Servus. Stört`s mi net. In zehn Minuten wirds aufdischt.“

Und schon waren wir wieder aus dem Küchenbereich verbannt.

„Typisch Heinz. Ein exzellenter Koch, aber bei der Arbeit kaum ansprechbar“, bemerkte Mr. Eightwood. So nahmen wir wieder an der Bar Platz.

„Ich bin überwältigt! Ihr ganzes ‚Refugium‘ ist ein Traum. Ihre Spa-Anlage, der Blick, die hervorragende Inneneinrichtung, die außergewöhnlich guten und zur Einrichtung passenden Drucke. Unbeschreiblich.“

Mein Gegenüber lächelte, musterte mich und sagte beiläufig: „Das sind keine Drucke.“ Ich sah ihn fragend und ungläubig an.

„Ja, das sind Originale.“

Ich glaube, in diesem Moment muss ich ausgesehen haben wie ein Kind, das zum ersten Mal den Weihnachtsmann sieht.

Mr. Eightwood konnte jetzt doch nicht mehr an sich halten und brach, ob meines Gesichtsausdruckes, in schallendes Lachen aus, was auch mich aus meiner Erstarrung löste und zum Mitlachen animierte.

„Fast hätte ich es Ihnen wirklich geglaubt. Aber Sie haben es so überzeugend gesagt."

„Nun, die Bilder sind wirklich Originale. Mein Lachen war eigentlich unhöflich und nur Ihrem verblüfften Gesichtsausdruck geschuldet."

In diesem Moment konnte ich mir auch die extremen Sicherheitsmaßnahmen erklären, die ich zunächst als übertrieben empfunden hatte. Solche Werte im Privatbesitz wären sicherlich Anreiz genug für kriminelle Elemente.

Glücklicherweise erübrigte sich eine weitere Bemerkung, da Heinz mit einem Tablett, von dem die darauf drapierten Speisen einen köstlichen Geruch verbreiteten, einen als Essecke erkennbaren Bereich betrat und uns in seiner unverwechselbaren Art aufforderte: „Setzt euch, i mogs net, wenn d`Leut hungern."

Das Menü, welches sich über die nächsten zweieinhalb Stunden erstreckte, wäre mit den Worten: das Beste, was ich je im Leben gegessen habe, immer noch nicht gewürdigt worden.

Begonnen hatte es mit geräuchertem Lachs auf Frischgemüse, gefolgt von einem Hummercremesüppchen und Taschenkrebs mit Kaviar. Als Hauptspeisen servierte uns Heinz, der uns auch mit den jeweiligen passenden Weinen versorgte, Steinbutt mit Blumenkohl und Austernsud, gefolgt von auf Holzkohle gegrilltem Prime Beef mit Artischocken und Trüffeljus. Obwohl die einzelnen Portionen überschaubar und jeder Bissen ein Hochgenuss war, stieß ich doch langsam an die Grenze meines Fassungsvermögens. Nichtsdestotrotz konnte ich den Rehrücken klassisch dennoch genießen, der den Abschluss der Hauptspeisen bildete. Das folgende Mango-Kokos Dessert war ebenfalls unwiderstehlich.

Während des Dinners war unsere Unterhaltung über verschiedenste Themen recht kurzweilig. Es wunderte mich jedoch, dass mein Gastgeber trotz meines doch als äußerst dringlich angegebenen Grundes nach New York zu kommen, keinerlei Regung zeigte diesen zu erfahren.

Nach dem Essen zogen wir uns in den Raucherbereich der Bar zurück.

„Rauchen Sie?", wurde ich von meinem Gastgeber gefragt.

„Ich habe hervorragende Zigarren, die ich direkt aus der Dominikanischen Republik beziehe und die mit dem Aroma eines sündhaft teuren Cognacs über Aroma-Ausdünstung infiltriert werden."

„Nein, danke. Aber gegen einen guten Cognac hätte ich nichts einzuwenden."

„Kein Problem. Heinz wird uns gleich noch zwei Espresso servieren, bevor wir zum Grund Ihres Aufenthaltes kommen. Sie werden sich sicherlich schon gefragt haben, warum ich nicht schon früher auf eine so wichtige Sache, die Sie unverzüglich nach New York geführt hat, eingegangen bin. Aber ich vermische ein gutes Essen nie mit Geschäftlichem."

Nachdem Mr. Eightwood unsere Drinks an der Bar zurecht gemacht hatte, die von Heinz servierten Espresso dampfend vor uns standen und die ersten Rauchkringel in die Luft stiegen, die von einer weder zu hörenden noch sehenden Anlage absorbiert wurden, lehnte sich dieser entspannt zurück.

„Und nun zum eigentlichen Thema. Ich bin mir bewusst, dass Sie mich nicht wegen einer Lappalie kontaktiert haben. Mit welchem Problem müssen wir uns beschäftigen?"

KAPITEL 4

Während ich meinem Chef minutiös den Ablauf der von mir aufgedeckten Geldverschiebung schilderte, bei der ich allerdings die Unterstützung meines Freundes Peter in München unterschlug, hörte dieser angespannt und mit einer sich mehr und mehr verfinsternden Mine zu, ohne mich zu unterbrechen. Als ich geendet hatte, trat eine Stille ein, die ich wie die Ruhe vor einem gewaltigen Unwetter empfand.

„Wow! Lassen Sie mich kurz nachdenken. Haben Sie den Chip noch?"

„Ja. Er liegt aktuell im Hotelsafe."

„Ich muss dann jetzt sofort einige Telefonate führen. Sie können sich ja in der Zwischenzeit mit Heinz unterhalten, der sich sicher freuen wird, mal wieder in seiner Muttersprache kommunizieren zu können."

Es war mir klar, dass meine Anwesenheit während der Telefonate nicht unbedingt erwünscht war, als ich den Weg zur Küche einschlug.

Obwohl Heinz mich während seiner Aufräumarbeiten in der Küche mit seinem, wie es schien, unerschöpflichen Vorrat an Witzen zu unterhalten versuchte, waren meine Gedanken und Neugierde doch eher auf die Telefonate, die mein Chef gerade führte, ausgerichtet.

Mit wem telefoniert er? Was ist geplant? Wie geht es weiter? Schaltet er das FBI ein?

Aber meine Fragen wurden auch nur teilweise beantwortet als Mr. Eightwood wieder den Küchenbereich betrat und mich bat, nochmals in der Raucherecke Platz zu nehmen.

„Noch einen Drink?"

„Nein, danke. Ich glaube mit all den verschiedenen Weinen, die uns Heinz zum Essen serviert hat, bin ich langsam an der Grenze."

„Dann möchte ich Sie über den morgigen Verlauf informieren. Die anberaumte Vorstandssitzung habe ich abgesagt. Stattdessen findet ein Meeting mit Vorständen einer weiteren Großbank sowie zwei Investmentbankern statt, die Sie bereits durch unsere Meetings und Fortbildungsveranstaltungen für Führungskräfte kennen. Des Weiteren habe ich Professor Mitchell, der in Harvard Wirtschaftswissenschaften lehrt und auch als Berater des Präsidenten in Wirtschaftsfragen hinzugezogen wird, eingeladen. Nicht alle befinden sich zurzeit in der Stadt. So habe ich das Treffen erst für morgen 17.00 Uhr terminiert.

Da ich die Herren zunächst selbst begrüßen möchte, lasse ich Sie gegen 18.00 Uhr von George abholen, sodass Sie dann zu uns stoßen können. Bereiten Sie sich bis dahin in aller Ruhe vor und bringen zum Treffen den USB-Stick mit. Wenn es Ihrerseits keine weiteren Fragen gibt bitte ich Sie um Verständnis, wenn ich jetzt George bitte, Sie wieder ins Hotel zu bringen, da das Überdenken der gegebenen Situation mir noch eine längere Nacht bescheren wird."

„Natürlich. Ich habe vollstes Verständnis und bedaure, der Überbringer einer solchen Nachricht zu sein, die uns mit Sicherheit wieder keine allzu gute Presse, bei der wir ohnehin nicht beliebt sind, einbringen wird."

„Versuchen Sie abzuschalten. Ich rufe jetzt George und Sie sollten den Rest des Abends noch das Ambiente Ihres Hotels genießen", verabschiedete mich Mr. Eightwood.

Nachdem mich George wieder ins Hotel gefahren hatte und mir versicherte, mich morgen pünktlich abzuholen, beschloss ich, noch ein paar Runden zu schwimmen, um wenigstens einige Kalorien nach diesem köstlichen Dinner abzuarbeiten.

Entgegen meinem Vorhaben, nochmals die Bar aufzusuchen, entschied ich mich danach zum Schlafen, um am nächsten Tag topfit zu sein.

Der nächste Tag überraschte mit einem ungewöhnlich blauen Himmel, der zu einer Joggingrunde im Central Park einlud. Trotzdem verging der Tag in quälender Langsamkeit. Und die Unruhe wuchs, je mehr sich der Termin des Meetings näherte.

George, der mich rechtzeitig zum Meeting abholte, fiel sofort meine Anspannung auf.

„Sie machen einen äußerst angespannten Eindruck. Wenn ich Ihnen einen Rat geben darf: Bleiben Sie ruhig und denken immer daran, dass sich auch die Mächtigsten beim Stuhlgang nicht von mir oder Ihnen unterscheiden." Diese Vorstellung half mir, in ein befreites Lachen auszubrechen.

Als ich dann endlich im Vorraum des Besprechungszimmers unserer Bank Platz genommen hatte, und durch eine gutaussehende junge Dame angemeldet worden war, steigerte sich meine Unruhe trotzdem zu einem tonnenschweren Stein in der Magengegend. Gleich würde ich mit einigen der bekanntesten Wirtschaftsgrößen zusammensitzen, um einen riesigen Betrug aufzudecken.

„Schön, dass Sie hier sind. Kommen Sie rein", begrüßte mich Mr. Eightwood, der mich sogleich in die versammelte Runde einführte, indem er die Vorstellung übernahm.

Der Besprechungsraum wirkte durch die Fensterfront, die den Blick auf das Lichtermeer der Stadt freigab, trotz seiner Größe behaglich. Die Einrichtung stellte eine Mischung aus Bibliothek, Bar und Hightech-Büro dar. Ein Monitor nahm fast eine gesamte Wand ein.

Die Gesichter der Anwesenden zeigte eine Mischung aus Neugierde, Skepsis und Kälte.

Nachdem ich Platz genommen hatte und mit Kaffee und Wasser versorgt worden war, fragte mein Boss: „Haben Sie den Stick dabei?"

Als ich bejahte fuhr er fort: „Dann würde ich vorschlagen, Sie klären die Anwesenden über die Situation auf, obwohl ich das bereits in kurzen Worten vorweggenommen habe, bevor Sie gekommen sind. Anschließend analysieren wir die Daten auf dem Stick und gehen dann zur Besprechung über."

Während meiner Schilderung und dem anschließenden Abspielen der Stickdaten herrschte eine gespenstische Ruhe, die auch noch anhielt, als ich längstens zum Schluss gekommen war.

„Wow, Wahnsinn!", meinte einer der Investmentbanker, um dann fortzufahren: „Mr. Kramer, ich glaube ich spreche im Namen aller Anwesenden, wenn ich Sie bitte, nochmals im Vorzimmer Platz zu nehmen, damit wir uns intern mit der Situation auseinandersetzen können. Jaqueline, unsere Vorzimmerdame, wird Ihnen zwischenzeitlich Ihre Wünsche von den Augen ablesen."

Als ich mich wieder im Vorzimmer befand rechnete ich nicht damit, dass sich Jaqueline eineinhalb Stunden um mich kümmern sollte.

Nach dieser Zeit wieder im Besprechungsraum angekommen, übernahm Mr. Eightwood das Wort.

„Zunächst möchten wir uns entschuldigen, Sie so lange warten gelassen zu haben. Aber für den Ernst der Lage war die Zeit fast zu kurz. Wir haben Professor Mitchell gebeten, Ihnen kurz nochmals die enge Verzahnung zwischen Politik, Wirtschaft und globalen Vernetzungen ins Gedächtnis zu rufen, um auf dieser Grundlage unser anschließendes Gespräch fortzusetzen."

„Da ich mich nicht im Hörsaal meiner Universität befinde, erlaube ich mir, während des kleinen Vortrags sitzen zu bleiben", ließ sich Professor Mitchell vernehmen.

„Wie Sie ja aus der Vergangenheit wissen, können Bankenkrisen nicht nur die Märkte erschüttern, sondern sogar die Wirtschaft mancher Staaten bis zum Kollaps gefährden. Ein Stein, den Sie ins Wasser werfen, wird umso größere Kreise ziehen, je mehr Gewicht er hat. Somit betrachten wir es als unsere Aufgabe, die Märkte stabil zu halten. Natürlich sind wir bestrebt, Gewinne zu machen, was letztendlich wieder allen zu Gute kommt. Was uns aber von allen anderen Unternehmen unterscheidet: Wir können nicht verlieren.

Sie sehen hier die Verstrickung des Geldes zwischen Banken, Politik, organisierter Kriminalität und den vielen kleinen Anlegern. Und jeder will noch mehr! Ob Cum-Cum oder Cum-Ex Geschäfte, Panama oder Paradise Papers, Emissionshandel oder Libor Zinssatz. Alle machen mit.

Es ist Ihnen vielleicht bekannt, dass ich auch als Berater des Präsidenten in Wirtschaftsfragen fungiere. Auch Sie werden sich sicher schon die Frage gestellt haben, wie ein solcher Chaot es geschafft hat, Präsident der Vereinigten Staaten zu werden? Und wie ich als sein Berater zulassen konnte, dass er eine globale Verunsicherung der Märkte gepaart mit fallenden Aktienverlusten provoziert?

Ich werde Ihnen gerne die Antworten dazu liefern. Zunächst glaubte unser Präsident selbst nicht an einen Wahlerfolg. Seine Kandidatur erfolgte aus rein wirtschaftlichen Überlegungen. Aber als er überraschenderweise Präsident wurde, hatte er, was das Wirtschaftswachstum der Vereinigten Staaten betraf, Ideen, welche aus meiner Sicht zur Destabilisierung der Märkte führen würde. Ich verzweifelte bei den vergeblichen Versuchen ihn umzustimmen. Dass ich heute immer noch als sein Berater anerkannt bin verwundert mich, bei dem von ihm eingeführten Personalkarussell.

Aber je verzweifelter ich wurde, desto mehr drängte sich mir eine Überlegung auf. Was wäre, wenn dieser Präsident sein ganzes Gehabe, seine Unberechenbarkeit, seine Personalentlassungen, seine verbalen Attacken, seine Twitter-Botschaften, was wäre, wenn all dies nur ein Fake wäre? Wenn er bewusst dieses Bild von sich erzeugt, um tatsächlich die Märkte global zu destabilisieren. Hierbei würden sich

Milliardengewinne erzielen lassen, wenn man auf fallende Aktienkurse spekuliert. Und wenn es sich abzeichnet, dass bei den nächsten Wahlen die Demokraten ans Ruder kommen und für eine Stabilisierung der Märkte sorgen würden, könnte man ja wieder auf steigende Kurse setzen und ebenfalls Gewinne generieren.

Nachdem ich diese Gedanken in unseren Kreis eingebracht hatte, und es ist bereits über ein Jahr seither vergangen, beschlossen wir, weltweit auf fallende Kurse zu spekulieren. Und unsere Gewinne sind beträchtlich.

Die eigentlichen Gewinner sind stets die Banken. Sie liefern das Knowhow, wie die Anleger, sei es legal oder weniger legal, ihr Geld vermehren können, wobei das Risiko stets der Anleger oder im Notfall eine Regierung trägt. Die Banken gewinnen immer!

Auch Ihre Regierung hat in den letzten Jahren Milliarden zur Bankenrettung beigesteuert.

Ich hoffe, ich habe Sie mit meiner kleinen Exkursion in die Welt des Geldes näher an die real geltenden Gesetzmäßigkeiten herangeführt. Sie sehen: wenn es um Geld geht gibt es ‚die Guten' nicht. Höchstens die Gutgläubigen, auch wenn das sarkastisch klingen mag."

KAPITEL 5

Auch wenn mir vieles von dem bekannt war, was Professor Mitchell vorgetragen hatte, war mir doch niemals diese enge Verknüpfung der verschiedenen Strukturen so klar gewesen. Und die Überlegungen hinsichtlich ihres Präsidenten entbehrten nicht einer gewissen Logik. Doch was wollte der Professor mir damit sagen?

Noch bevor ich weiter darüber nachdenken konnte, ergriff wieder Mr. Eightwood das Wort.

„Haben Sie eigentlich noch eine Sicherungskopie zu Hause oder haben Sie bisher mit irgendjemanden außer uns darüber gesprochen?"

Und obwohl ich tatsächlich eine Kopie angefertigt hatte, wusste ich nicht, was mich in diesem Moment dazu bewog zu sagen: „Nein. Ich dachte: je weniger Material, desto sicherer und gesprochen habe ich selbstverständlich nur mit Ihnen und den hier Anwesenden."

„Okay mein Freund. Hören Sie mir gut zu! Können Sie mir versichern, dass alles was nun in diesem Raum besprochen wird, auch in diesem Raum bleibt, gleichgültig welche Entscheidung Sie treffen werden? Auch wenn Sie möglicherweise zu einer anderen Ansicht gelangen, wovon wir eigentlich nicht ausgehen. Es handelt sich um eine

Angelegenheit von höchster Brisanz, welche sowohl von nationalem als auch internationalem Interesse ist."

„Selbstverständlich! Ich bin mir sehr wohl bewusst, welches Vertrauen Sie in mich gesetzt haben, als Sie mich mit der Betreuung unserer europäischen Filialen beauftragt haben. Und ich kann Ihnen versprechen, dass ich mich geehrt fühle, von Ihnen allen in einer solch wichtigen Angelegenheit einbezogen zu werden, und werde dieses Vertrauen rechtfertigen."

„Nun. Dann will ich den Vortrag des Professors ergänzen. Sie wissen ja, dass wir vorhatten, Sie mittelfristig in den Vorstand unserer Muttergesellschaft aufzunehmen. Wir wussten schon immer, dass Sie einen Spitzenjob machen. Jedoch hat die neue Lage, die ich bereits im Vorfeld mit meinen Kollegen besprochen hatte und die Sie uns nochmals geschildert haben, einiges verändert."

Bei diesen Worten wurde mir eiskalt und ich registrierte, wie sich alles in mir zusammenkrampfte. Hatte ich einen Fehler gemacht? Hätte ich am besten vor allem die Augen verschlossen? Konnte ich haftbar gemacht werden, da ich mit meiner Recherche illegal vorgegangen war? Wie sah jetzt meine berufliche Zukunft aus?

„Wir haben beschlossen, Ihnen gegenüber völlig offen zu sein und Sie aufgrund Ihrer Erfahrung, der Aufdeckung der Transferkonten –was übrigens fast eine Unmöglichkeit darstellte – und Ihrer Loyalität nicht nur in den Vorstand der Bank, sondern auch in unseren kleinen, aber erlesenen Zirkel aufzunehmen. Diese Entscheidung ist von einer Zweidrittelmehrheit der Mitglieder, auch der nicht Anwesenden, durch Videokonferenz mitgetragen worden.

Wir sind eine Gruppe von 14 Personen, die alle im Bereich der Finanzen, der Politik und weltweit tätigen Firmen eine Rolle spielen.

Zehn von uns haben sich vor 15 Jahren inoffiziell zusammengeschlossen, um unsere Kraft und Einfluss zu bündeln. Zwar ermöglicht uns unser sieben- bis zum Teil achtstelliges Einkommen ein sorgenfreies Leben, aber unser weltweiter Einfluss wird uns nur durch einen riesigen, sich stets vergrößernden Kapitalstock ermöglicht. Das Konto, welches Sie zufälligerweise auf den Caymans aufgedeckt haben, ist, wie Professor Mitchell bereits erwähnte, unser gemeinsames ‚Geschäftskonto'. Möglicherweise hat Sie auch verwundert, dass wir auf dem von Ihnen aufgespürten Konto einen so horrenden Betrag gelagert haben, ohne das Kapital für uns arbeiten zu lassen. Die Antwort ist recht einfach. Dieses Konto betrachten wir als unser ‚Geschäftskonto', über das wir kurzfristig durch entsprechende Zahlungen Einfluss auf Politik und Wirtschaft nehmen. Und glauben Sie mir, Einflussnahme heißt: Nicht kleckern, sondern klotzen.

Darüber hinaus haben wir noch Anlagen in Gold, Aktien und Immobilien. Erwirtschaftet wurde dies durch verdeckte Provisionen, welche wir von unseren Kunden für die Durchführung von Transaktionen zur Steuervermeidung, Geldwäsche und ähnlichem getätigt haben. Wobei ich nicht verschweigen möchte, dass wir darüber hinaus in fast allen Bereichen der globalen Wirtschaft mitwirken.

Bereits vor über zehn Jahren entwickelte und verbessert seither einer der besten IT-Experten ein System, welches unsere Provisionen über verschiedene Banken weltweit weiterleitete. Und zwar stets zu einer Uhrzeit, zu der diese Banken keine Geschäftszeiten mehr hatten. Und, wie Sie selbst feststellen konnten, löschten sich diese Transaktionen auf den entsprechenden Rechnern nach kurzer Zeit selbst. Dass Sie auf eine dieser Überweisungen gestoßen sind war ein einzigartiger Zufall, da – menschliches Versagen – diese Transaktion zur falschen Tageszeit auf den Weg gebracht wurde. Ich kann Ihnen versichern, dass dies in Zukunft ein einmaliges Geschehen bleiben wird.

Dieser Kapitalstock wird zwar auch von uns persönlich genutzt, um über Strohmänner Wünsche zu erfüllen, die sonst trotz unserer Einkommen unerreichbar blieben, wie zum Beispiel der Kauf einer riesigen Yacht, einer privaten Flugzeugflotte oder eines Schlosses.

Aber hauptsächlich dienen diese Gelder der weltweiten politischen Einflussnahme. So war die Entdeckung Osama bin Ladens oder der Sturz Saddam Husseins kein Zufall. Oder wenn wir glauben, dass politisches Gleichgewicht durch die Unterstützung eines Machthabers eher gewährleistet wird, als durch religiöse Fanatiker oder sich gegenseitig bekämpfende politische Gruppen, werden wir versuchen, Stabilität zu erhalten.

Ich könnte Ihnen einige Beispiele unserer Einflussnahme aufzählen, über die die Weltpresse berichtete, ohne zu wissen, wer die Fäden gezogen hatte. Wir versuchen, weltweit Stabilität zu erhalten oder wieder herzstellen, auch wenn dies häufig nur über Korruption machbar ist.

Dies ist das gehütete Geheimnis unseres Zirkels. Und ich gehe davon aus, Sie bald als fünfzehntes und jüngstes Mitglied begrüßen zu können.

Wie im Sport brauchen auch wir, die wir nun alle ins ,reifere Alter' kommen, Nachwuchs, um unser begonnenes Werk fortzusetzen.

Ich weiß, dass diese Enthüllung möglicherweise schockierend auf Sie wirkt. Aber glauben Sie mir, Macht und Geld gingen schon immer, auch historisch gesehen, Hand in Hand. Und ich glaube nicht zu übertreiben, wenn ich behaupte, wir gehören zu den Mächtigsten.

Sie werden etwas Zeit brauchen, um das Gesagte zu verarbeiten. Daher schlage ich vor, Sie ziehen sich in unseren Ruheraum zurück, wo Sie ungestört über unseren Vorschlag nachdenken können. In der Zwischenzeit lasse ich George Bescheid geben, Sie abzuholen und wieder ins Hotel zurückzubringen. Wir treffen uns dann morgen um 14.00 Uhr hier wieder, in der Hoffnung, dass Sie bis dahin eine Entscheidung getroffen haben und bitten Sie nochmals eindringlich, dass alles was Sie hier gehört haben, dem Siegel der Verschwiegenheit unterliegt, und weder mit Ihrer Frau noch Ihrem engstem Freund besprochen werden darf. Ebenso wie niemals ein Außenstehender über die Existenz unseres Zirkels informiert wurde."

Das Gefühlschaos, welches nach diesen Worten in mir herrschte, war unbeschreiblich. Während ich glaubte, die Hitze der Wüstensonne auf meiner Haut zu spüren, fühlte ich gleichzeitig die Kälte der Antarktis in meinem Inneren. Und einem Tsunami gleich überschlugen sich die Gefühlswellen, die mir fast die Luft zum Atmen nahmen, und mich kurzfristig sprachlos werden ließen.

Ich registrierte wie die Anwesenden sich erhoben, mich beglückwünschten, als gehöre ich schon zu ihnen, und dann begannen, sich in entspannter Atmosphäre zu unterhalten.

Mr. Eightwood führte mich in einen Raum, der dem Eintretenden unmittelbar ein Gefühl der Entspannung vermittelte. Die große Fensterfront erlaubte einen herrlichen Blick auf Manhattan. Eingerichtet war der Raum in englischem Stil. Ein riesiges Bücherregal füllte eine Wand und im offenen Kamin knisterte das brennende Holz und strahlte eine behagliche Wärme aus.

„Entspannen Sie sich. Wenn George eingetroffen ist werde ich Sie nochmals in unseren Besprechungsraum bitten, um Ihnen die Möglichkeit zu geben, sich von den anderen Zirkelmitgliedern zu verabschieden. Sollten Sie etwas benötigen, drücken Sie den Ruf-Knopf am Schreibtisch. Jaqueline wird dann bemüht sein, Ihre Wünsche zu erfüllen."

Nach diesen Worten überließ mich Mr. Eightwood meinen Gedanken.

Gespräch zwischen Mr. Eightwood und George

„George! Sie werden Mr. Kramer ins Hotel fahren und ihm dem Rest des heutigen Tages zur Verfügung stehen. Sollte er ins Theater wollen, besorgen Sie auf dem üblichen Weg VIP Karten. Was immer er auch vorhat, Sie werden es ermöglichen. Das Wesentliche aber ist, dass Sie sämtliche seiner Telefongespräche überwachen. Präparieren Sie sein Handy und sagen Sie der Telefonvermittlung im Hotel Bescheid. Die meisten stehen doch auf unserer Lohnliste. Ich möchte Aufzeichnungen aller geführten Gespräche."

Gespräch Mr. Eightwood und Mitglieder des „Zirkels der Macht"

„Nun meine Herren! Was halten Sie von unserem Youngster?", fragte Mr. Eightwood die Anwesenden.

„Intelligent."

„Clever."

„Hat er wirklich nur diesen einen Stick?"

„Sensibel."

„Kann er uns gefährlich werden?"

Alle versuchten gleichzeitig ihre Gefühle in Worte zu fassen bis die sonore und autoritäre Stimme des ältesten Zirkelmitgliedes alle unterbrach: „Das Wesentliche ist doch: können wir sicher sein, gleichgültig wie seine Entscheidung ausfällt, ihm vertrauen zu können? Auch wenn wir nicht umhinkonnten, ihn aufgrund seines Wissens einzuweihen und er sicher einen hervorragenden Job macht, so habe ich doch das Gefühl gewonnen, und ich habe ihn sehr genau beobachtet, dass seine Moralvorstellung möglicherweise einen Hinderungsgrund darstellen könnte."

„Wer könnte denn solch ein einmaliges Angebot, zu einem der mächtigsten und reichsten Männern der Welt zu gehören, ausschlagen?", warf ein anderes Mitglied ein.

„Ich bin noch nie ein vermeidbares Risiko eingegangen und schlage vor – sollte Mr. Kramer unser Angebot ablehnen – den EXPERTEN einzuschalten, um das Problem zu bereinigen", ertönte erneut die sonore Stimme.

„Ich habe sicherheitshalber bereits dafür gesorgt, dass seine Gespräche abgehört werden. Morgen werde ich euch dann über seine Entscheidung unterrichten und wir können abwägen, welche Maßnahmen wir ergreifen", warf Mr. Eightwood ein.

Ich war so in Gedanken versunken, dass ich nicht einmal bemerkte, wie Mr. Eightwood den Raum betrat und aufschreckte, als er mich leicht an der Schulter berührte.

„Kommen Sie. George ist bereits hier. Bevor Sie uns verlassen bringe ich Sie noch in den Besprechungsraum, um Ihnen die Möglichkeit zu geben, sich von den anwesenden Mitgliedern zu verabschieden."

Auf dem Weg zum Hotel wirkte ich wohl ziemlich abwesend. George versuchte mich aufzumuntern: „Der Boss hat mir aufgetragen Ihnen heute, da der Abend ja noch jung ist, zur Verfügung zu stehen. Ich könnte Karten für eine Broadway Show oder ein Eishockeyspiel organisieren oder auch für weibliche Gesellschaft sorgen. Sagen Sie einfach, wozu Sie Lust haben."

„George, seien Sie mir nicht böse. Aber ich muss über so vieles nachdenken, dass ich den Abend lieber alleine verbringen möchte."

„Okay, dann lassen Sie uns wenigstens gemeinsam zu Abend essen und einen Abschlussdrink an der Bar nehmen."

George hatte Recht. Obwohl ich keinen Appetit verspürte musste ich doch etwas essen.

Nach dem Dinner, welches zwar hervorragend war, jedoch mit dem von Heinz zubereiteten Dinner des Vorabends nicht mithalten konnte, begaben wir uns noch auf einen letzten Drink an die Bar.

„Würden Sie mir bitte für einen Moment ihr Handy überlassen?", fragte mich George und ich schaute ihn überrascht an.

„Der Boss bat mich, Ihr Handy abhörsicher zu machen und seine Geheimnummer einzuprogrammieren."

Ich überließ George mein Handy, der sich daraufhin in einen nahegelegenen Konferenzraum zurückzog, um nach wenigen Minuten wieder zu erscheinen.

„Alles erledigt. Solche Aktionen führt man möglichst nicht vor den Augen des Hotelpersonals durch. Um den Boss zu erreichen müssen Sie jetzt nur dreimal die acht wählen und werden dann weltweit mit ihm direkt verbunden."

„Und das geht?", fragte ich ungläubig.

„Normalerweise nicht", antwortete George. „Aber was ist heutzutage schon normal?"

Zurück in meiner Suite begannen sich meine Gedanken erneut zu überschlagen. Konnte das alles wahr sein? Aber ich wusste, dass alles, was ich heute gehört hatte, Realität war. Hier beeinflussten vierzehn Männer global wirtschaftliche und politische Ereignisse. Und mir bot sich in meinen jungen Jahren die Möglichkeit, dazuzugehören.

Aber eine innere Stimme, die ich bisher erfolgreich unterdrückt hatte, meldete sich, alleine in der Abgeschiedenheit der Suite, nun umso stärker zu Wort. Dieses ganze Geld und die Macht ruhten letztendlich auf brüchigen Säulen, aufgebaut auf illegalen Handlungen und dem Leid vieler. Sei es durch Vernichtung von Existenzen durch Spekulationen, die die Reichen noch reicher machten, auch wenn dies zum Teil politisch gedeckt wurde, oder durch physisches Leid wie Drogen oder organisierte Kriminalität.

Konnte man wirklich das Gesamtgefüge verbessern oder wenigstens stabilisieren, indem man sogenannte „Kollateralschäden" billigend in Kauf nahm? Wollte ich wirklich dazugehören, oder konnte ich das mit meiner persönlichen Sichtweise nicht vereinbaren? Und was würde passieren, wenn ich das Angebot ablehnte? Behalte ich meinen Job? Oder würden diese Leute dafür sorgen, dass ich zukünftig kein Bein mehr auf den Boden bringen würde? Die Macht dazu hatten sie.

Meine Gedanken drehten sich im Kreis. Auch ein Gespräch mit Sonja, die mir versicherte, dass zu Hause alles bestens wäre und wissen wollte, wann ich wieder zurückkäme, brachte mir keine Erleichterung. Im Gegenteil. Würde ich das Angebot annehmen, müsste ich Sonja für den Rest meines Lebens belügen.

Erst als ich mich in den frühen Morgenstunden an die Worte meines Vaters erinnerte, der vor drei Jahren kurz nach meiner Mutter verstorben war – „Junge! Hör stets auf deinen Bauch! Noch bevor du rational eine Entscheidung triffst hat dein Unterbewusstsein, also dein Bauch, bereits entschieden, was gut für dich ist." – wusste ich, dass ich, trotz aller Verlockungen, dieses Angebot ablehnen würde.

KAPITEL 6

Nach wenigen Stunden Schlaf wachte ich wie gerädert auf, war aber trotzdem erleichtert eine Entscheidung getroffen zu haben.

Dennoch wuchs meine Unruhe, je näher der Termin rückte, zu dem mich George abholen sollte um Mr. Eightwood meine Entscheidung mitzuteilen. Gegen diese Unruhe halfen weder das ausgiebige Frühstück noch einige Joggingrunden im Park.

Als es dann endlich soweit war, dass Jaqueline mich bei Mr. Eightwood anmeldete, war mir, als ob das Pochen in der Magengegend alle anderen Geräusche des Raumes übertönen würde.

„Hi Mario! Kommen Sie rein. Etwas zu trinken? Ein Sandwich? Machen Sie es sich bequem."

Da ich in diesem Moment das Gefühl hatte, dass alles, was ich jetzt zu mir nehmen würde, meinen Magen auf demselben Weg wieder verlassen könnte, lehnte ich dankend ab.

„Nun. Sind Sie zu einer Entscheidung gekommen?"

„Ja. Auch wenn ich Sie enttäuschen werde: Ich muss das Angebot ablehnen."

Erstaunt blickte mich Mr. Eightwood an.

„Ihnen ist wirklich bewusst, was Sie ablehnen? Und gestatten Sie die Frage, welche Gründe haben zu dieser Ablehnung geführt?"

Da ich meine wahren Beweggründe nicht preisgeben wollte, zumal ich ja dann sämtlichen Zirkelmitgliedern unmoralisches Handeln hätte vorwerfen müssen, entgegnete ich: „Ich fühle mich der Verantwortung, die diese Aufgabe an mich stellen würde, nicht gewachsen."

„Ich respektiere Ihre Bedenken und bewundere Sie für Ihre Ehrlichkeit, bin jedoch überzeugt, dass Sie der richtige Mann wären, um unsere Arbeit mitzugestalten. Ich schlage vor, Sie fliegen morgen zurück und überdenken unser Angebot nochmals in aller Ruhe. Zu Beginn des neuen Jahres werden wir einen Termin finden, um dann Ihre endgültige Entscheidung zu hören."

Um nicht zu unhöflich zu erscheinen antwortete ich: „Das ist ein guter Vorschlag. Vielleicht war die Zeit für eine endgültige Entscheidung wirklich zu kurz. Aber im Falle, dass ich trotz längerer Bedenkzeit ablehnen würde, sollte ich mich dann um einen neuen Job kümmern?"

Das Lachen von Mr. Eightwood war sicherlich noch durch die geschlossene Tür zu hören.

„Was für Vorstellungen haben Sie? Wir wollen doch einen Mann mit Ihren Qualifikationen nicht verlieren. Wie von uns geplant siedeln Sie mit Ihrer Familie Ende nächsten Jahres in die Staaten um und werden dann dem Vorstand unserer Bank angehören. Sollte Sie zu Hause übrigens jemand nach dem Grund Ihres jetzigen Aufenthaltes in New York fragen, so können Sie als Begründung die Klärung der Modalitäten Ihrer zukünftigen Arbeit in den Staaten anführen. Sie sollten sich jedoch stets an das mit uns besprochene Geheimhaltungsgebot halten."

Ich war mehr als glücklich über diese unkomplizierte Lösung.

„Selbstverständlich werde ich über unser gestriges Meeting und den Inhalt der Gespräche niemals etwas verlauten lassen.

Ich bin Ihnen außerordentlich dankbar für Ihr Vertrauen und die mir aufgezeigten Möglichkeiten. Ich werde dann morgen zurückfliegen. Vielleicht ist es möglich, dass Jaqueline mir noch einen Flug für morgen früh bucht?"

Mr. Eightwood stand auf, umarmte mich kurz und meinte:

„Ich bin froh, dass Sie hier waren. Wie auch immer Ihre Entscheidung ausfällt, Sie haben uns sehr geholfen. Das Buchen eines Fluges für morgen wird nicht nötig sein. Ich veranlasse, dass Sie als zukünftiges Vorstandsmitglied morgen mit unserem Firmenjet nach Hause geflogen werden. George wird Sie gegen sechzehn Uhr abholen, so dass Sie gegen achtzehn Uhr starten können. Voraussichtlich werden Sie dann gegen neun Uhr Ortszeit in Frankfurt landen."

Die Zeit bis zum nächsten Tag verging wie im Flug. Ich genoss den Broadway, das pulsierende Lebensgefühl der Stadt und das Gefühl, Ende nächsten Jahres zum Vorstand unserer hiesigen Bank zu gehören. Ich hatte zwar ein klein wenig ein schlechtes Gewissen, nichts gegen diesen Zirkel der Macht unternommen zu haben, um dessen zum Teil illegale Machenschaften zu unterbinden. Aber wie wäre es mir möglich gewesen – gegen diese Giganten der Macht und deren politische Rückendeckung.

Nachdem mit Hilfe von George, der einen Teil des Flughafen- und Zollpersonals persönlich zu kennen schien, alle Formalitäten schnell und reibungslos erledigt waren, verabschiedete sich dieser, nicht bevor er einem bereits auf mich wartenden Fahrer mein Gepäck in die Hand gedrückt hatte.

Der Fahrer setzte mich in einem speziell für Privatmaschinen vorgesehenem Hangar vor einer Gulfstream G 550 ab.

Noch bevor ich mich über die Größe dieses Privatjets wundern konnte, kam mir die Stewardess auf der Einstiegstreppe entgegen.

„Willkommen Mr. Kramer. Wir freuen uns, Sie an Bord begrüßen zu dürfen. Ich stelle Sie noch Ihren Piloten vor. In Kürze werden wir die Freigabe erhalten. Nach dem Start nehme ich Ihre Wünsche für das Dinner entgegen. Unsere Auswahl beschränkt sich jedoch aktuell nur auf zwei Menüs. Unsere Getränkeauswahl ist jedoch nahezu grenzenlos."

Nach der Begrüßung der Piloten nahm ich in einem überdimensioniertem Ledersessel Platz, der, wie mir die Stewardess erklärte, auch ein komplettes Massageangebot enthielt. Außerdem würde der Jet noch über ein Schlafzimmer, ein großzügiges Bad und ein Büro mit modernster Technik verfügen.

Das war Luxus pur. Ich war so vertieft in diese Eindrücke, dass ich erst als die Stewardess mich aufforderte mich anzuschnallen registrierte, dass wir bereits auf das Flugfeld rollten. Start, Flug und Landung –Dinner, Champagner, Schlaf in einem Bett, Frühstück- vergingen im wahrsten Sinne des Wortes wie im Flug. Jetzt konnte ich nachvollziehen, was es heißt zur „gehobenen Klasse" zu gehören.

Am Flughafen erwarteten mich bereits Sonja und meine kleine Prinzessin, die über unsere Piloten bereits informiert worden waren, wo sie mich in Empfang nehmen konnten.

„Ich bin froh, dass du wieder da bist. Du siehst so entspannt aus", meinte Sonja, als die beiden mich umarmten.

„Ich habe in New York ja auch gelebt wie ein Fürst, bin gereist wie ein arabischer Prinz und habe gute Neuigkeiten. Aber lass uns erst mal zu Hause sein, dann werde ich dir alles erzählen."

Gespräch zwischen Mr. Eightwood und Mitgliedern des „Zirkels der Macht" am Vortag

„Wie hat sich unser Youngster entschieden?", war die erste Frage, mit der Mr. Eightwood konfrontiert wurde.

„Er hat abgelehnt. Ich habe ihm, um etwas Zeit zu gewinnen, nochmals geraten, seinen Entschluss die nächsten Wochen zu überdenken. Aber ich bin mir sicher er wird wieder ablehnen. Ich habe ihm zugesichert, dass der Posten im Vorstand ab Ende nächsten Jahres auf ihn wartet. Er seinerseits hat versprochen, niemals etwas über den gestrigen Tag verlauten zu lassen."

„Ich habe das bereits gestern gewusst. Mein Gefühl für Menschen trügt mich nicht", ließ sich die sonore Stimme des Seniors vernehmen.

„Da das Risiko besteht, dass Mr. Kramer, gleichgültig aus welchem Anlass, gewollt oder ungewollt, zum Beispiel bei einer Narkose, unser Geheimnis verrät, plädiere ich dafür den EXPERTEN einzuschalten und bitte um Abstimmung."

Nach kurzer Diskussion ergab das Abstimmungsergebnis zehn zu vier Stimmen für die Einschaltung des EXPERTEN, dessen Dienste sie schon früher in Anspruch genommen hatten.

So erschien fast zur gleichen Zeit, als Mario Kramer mit seiner Frau seinen beruflichen Aufstieg feierte, in der New York Times, Le Monde, FAZ und anderen großen Tageszeitungen in Europa und Übersee folgende Annonce:

EXPERTE FÜR HAUSHALTSAUFLÖSUNG GESUCHT
CHIFFRE ………

KAPITEL 7

Was war schiefgelaufen? Bisher hatte ich jeden Auftrag erfolgreich abgeschlossen! Und dies war bereits der achtundzwanzigste gewesen.

Trotz der behaglichen Suite, die ich in einem Frankfurter Nobelhotel bewohnte, gönnten mir meine Gedanken keine Ruhepause.

Die errechnete Geschwindigkeit des Fahrzeuges auf der Brücke war etwa 125 km/h. Als ich durch Funk die Lenkblockierung auslöste, die das Fahrzeug nach rechts über das Brückengeländer ausbrechen ließ, hatte die Zielperson exakt 123 km/h. Die angebrachten Zünder, die das Fahrzeug in Brand setzten, reagierten ebenfalls mit der von mir errechneten Zeitverzögerung. Dass aber die Zielperson, noch bevor das Fahrzeug in Flammen aufging, durch einen dort rastenden LKW-Fahrer aus dem Wrack befreit wurde war nicht vorhersehbar. Ebenso wenig war zu erwarten gewesen, dass das Opfer diesen Crash überleben würde.

Ron Bundell, alias Francoise Cambert, alias Thomas Hügli, alias Paolo Milese, alias…. fand sich nur unwillig mit dem ersten Misserfolg seiner Laufbahn als Profikiller ab.

1983 geboren, Sohn einer drogenabhängigen Prostituierten, die selbst nicht genau wusste, wer als Vater des Kindes in Frage kam, war der Weg von Ron Bundell vorgegeben. Aufgewachsen in den Straßen von New York, war er bereits mit acht Jahren Mitglied einer Jugend-Gang, deren ethnisches Völkergemisch aus Weißen, Afroamerikanern, Puerto-Ricanern, Mexikanern und Italienern der Armut des Viertels geschuldet war. Die jeweilige Rangordnung wurde jedoch auch innerhalb der Gang durch Gewalt festgelegt. Mit zwölf Jahren wurde er, mit teurer Jugendkleidung versehen, als Drogenkurier für die Gäste der exklusivsten Hotels eingesetzt. Dass er dabei noch die Details für Einbrüche in entsprechende Hotelsuiten auskundschaftete, war eine weitere Aufgabe.

Mit vierzehn Jahren wurde er bei einer Schießerei zwischen verfeindeten Gangs durch einen Oberschenkelstreifschuss verletzt und stationär in einem Hospital aufgenommen. Hier machte er die Bekanntschaft von Pater Ryan, der es sich zur Lebensaufgabe gemacht hatte, Jugendlichen wie Ron eine neue Perspektive aufzuzeigen.

Da Ron erstmals in seinem Leben das Gefühl hatte, dass ihn hier jemand verstand und ihm Gefühl und Fürsorge entgegenbrachte, fasste er mehr und mehr Vertrauen zu Pater Ryan. Diesem gelang es tatsächlich, Ron zu überzeugen täglich die Schule zu besuchen und dem Jugend-Footballteam beizutreten. Da Pater Ryan bei den Straßengangs ebenfalls kein Unbekannter war, sorgte er dafür, dass Ron keine Probleme seitens der Gang bekam. Außerdem erhielt Ron, nachdem seine Mutter eingewilligt hatte, ein kleines Zimmer im Gemeindehaus, sowie regelmäßig ein kleines Taschengeld.

Die Entwicklung von Ron überraschte nicht nur Pater Ryan, sondern auch die Schulleitung, welche ja über Rons Vorleben informiert war. In kürzester Zeit stellte sich heraus, dass Ron nicht nur eine natürliche Begabung für Sprachen, sondern auch ein überdurchschnittliches Interesse an Mathematik hatte. In seinem Footballteam wurde er als fairer, aber extrem harter Spieler respektiert. So hatte er bei Schulabschluss nicht nur ein überragendes Zeugnis, sondern sprach neben seiner

Muttersprache Italienisch und Spanisch fließend, da er das Erlernen von Sprachen zu seinem Hobby erkoren hatte.

Pater Ryan hatte erkannt, dass Ron ein ungeschliffenes Juwel war, jedoch für die nächsten Jahre noch dringend der Führung bedurfte. So riet er ihm dazu, sich als Berufssoldat bei der Army zu bewerben.

Bereits zu Beginn seiner Grundausbildung fiel seinen Führungsoffizieren auf, dass Ron in fast allen Bereichen überdurchschnittliche Fähigkeiten besaß. Er meisterte physische Extremsituationen problemlos, war der geborene Schütze, hatte einen analytischen Verstand und seine Sprachbegabung ermöglichte es ihm, in kürzester Zeit eine Fremdsprache zu erlernen und zu sprechen. So war es nicht verwunderlich, dass er seine Ausbildung beim United States Marine Corps – inklusive des als ‚The Crucible' bekannten Abschlusstests – als Bester abschloss.

Es folgten spezielle Trainingscamps mit Sprachschulen, Analytik-Kursen, Scharfschützenausbildung, Unterricht über und mit explosiven Stoffen, Grenzaufzeichnungen der psychischen und physischen Belastbarkeit. Am Ende seiner Ausbildung sprach Ron sieben Sprachen, war ein Meister der Nahkampftechnik und verfügte neben einer absoluten Körperbeherrschung über einen Verstand, der ihn bereits situationsbedingt handeln ließ, noch bevor der Denkprozess seine Einschätzung an seinen Körper weitergeleitet hatte.

Er nahm 2009 an der Operation Khanjar in Afghanistan teil und gehörte der Kommandoeinheit an, die 2011 den Tod Osama bin Ladens herbeiführten.

Unglücklicherweise kam es nach reichlich Alkoholgenuss mit seinen Kameraden auf Hawaii zu einer körperlichen Auseinandersetzung mit dem Lieutenant General, der auf Hawaii das Marine Corps Pacific befehligte, die diesem ein anderes Aussehen und Ron die Entlassung aus der Army bescherte.

2012 wechselte er zur Academy, der größten amerikanischen Sicherheitsfirma, deren Rechtsvorgänger die in Verruf geratene

Blackwater Security Consulting war, welche häufig Spezialaufträge für die Regierung ausführte.

Da er jedoch nicht alle Aufträge, die ihm zugeteilt wurden, bereit war anzunehmen, machte er sich 2013 „selbstständig".

Sein Motto: „Ich habe im Auftrag der Regierung Menschen getötet und wurde dafür befördert. Jetzt werde ich mein Wissen vermarkten, was mich zum Killer macht. Aber dafür stimmt das Honorar!"

Seine Zeit in der Army und bei der Academy hatte für Ron die Grenze zwischen der Tötung eines Menschen im Auftrag der Regierung oder als Auftrag durch Privatpersonen immer mehr ineinanderfließen lassen.

Zusammenkunft der Mitglieder des „Zirkels der Macht"

Mr. Eightwood eröffnete die Sitzung: „Wie Ihnen bekannt ist, hatte der Anschlag auf Mr. Kramer nicht den beabsichtigten Erfolg. Ich stelle daher zur Diskussion, den Experten erneut zu beauftragen, um seine Arbeit zu Ende zu bringen. Des Weiteren schlage ich vor, auch die Familie zu eliminieren, da nicht die absolute Sicherheit besteht, dass doch Informationen von Mr. Kramer weitergegeben wurden. Es darf jedoch keinesfalls etwas auf eine Einwirkung von außen hindeuten. Aufgrund des missglückten ersten Anschlages dürften uns dafür keine weiteren Kosten entstehen."

Nach nicht allzu langer Diskussion stimmten die Mitglieder dem Vorschlag zu und beauftragten Mr. Eightwood, die erneute Kontaktaufnahme vorzunehmen.

Meine Gedanken kreisten noch immer um den misslungenen Anschlag: Es wird sicherlich nicht lange dauern, bis mein Auftraggeber erfahren wird, dass der Anschlag missglückt ist. Daher war die Anzeige in der FAZ:

Haushaltsauflösung unvollständig! Erwarte endgültige Entsorgung inklusive kompletten Restmobiliars zu bereits besprochenen Konditionen!

auch keine allzu große Überraschung.

Das bedeutete die Beendigung des Auftrags bezüglich der Zielperson, sowie die Beseitigung seiner Familie, getarnt als natürliches Ableben ohne Fremdeinwirkung zu den bereits vereinbarten Bedingungen.

Dass mein Auftraggeber die Beendigung der Mission einforderte war vorhersehbar. Die zusätzliche Forderung jedoch, auch seine Familie zu beseitigen, ließen in mir eine Kälte entstehen, die ich sonst nur in extremen Gefahrenlagen verspürte. Auch bei meinen schwierigsten Einsätzen war es mir stets gelungen, „Kollateralschäden" zu vermeiden, das heißt unschuldige Zivilpersonen in der Umgebung der Zielperson kamen nie zu Schaden. Und diesen Grundsatz würde ich auch jetzt nicht ändern.

Da ich schon früh gelernt hatte, dass nachhaltige Problemlösungen nicht durch Schnellschüsse zu erzielen waren, beschloss ich, meinen Gedanken bei einem Glas Wein und gutem Essen eine vorübergehende Verschnaufpause zu gönnen.

Zurück in meiner Suite fühlte ich mich angenehm entspannt und in der Lage, die Situation emotionsfrei zu analysieren.

Mir war klar: Sollte ich den Auftrag nicht ausführen, so war das das Ende meiner derzeitigen Tätigkeit. Denn ein Versagen in dieser Branche bedeutete: keine neuen Aufträge. Gleichzeitig würde ich aufgrund meines Wissens zum Abschuss freigegeben. Und einige meiner Berufskollegen würden daran auch ihr Vergnügen finden. Trotz aller Vorsichtsmaßnahmen, die ich in der Vergangenheit getroffen hatte, musste ich in der Zukunft stets mit einer unliebsamen Überraschung rechnen.

Meine finanziellen Verhältnisse erlaubten mir ohne weiteres mich zurückzuziehen: Ein zweistelliger Millionenbetrag auf verschiedenen Konten versprach ein angenehmes Leben. Aber um den Rest meines Lebens nicht in ständiger Alarmbereitschaft verbringen zu müssen, musste der Auftrag „offiziell" ausgeführt werden.

Als der Morgen graute hatte ich einen Plan, dessen Umsetzung möglich zu sein schien.

Zunächst veränderte ich, nach dem Auschecken aus dem Hotel, auf der Flughafentoilette mein Aussehen und wurde zu Thomas Hügli. Mein Deutsch war zwar fließend, jedoch noch immer mit Akzent unterlegt. Als Schweizer konnte ich das jedoch mit meinem Schwyzerdütsch kompensieren. Die entsprechenden Papiere für meine verschiedenen Identitäten führte ich stets mit mir.

So checkte ich mit meiner neuen Identität im Dorint Hotel ein. Da mir das private und berufliche Umfeld meiner Zielperson durch die bereits durchgeführten Recherchen bekannt war, beschloss ich, Frau Kramer, ohne deren Mithilfe mein Plan nicht gelingen konnte, ohne vorherige telefonische Anmeldung aufzusuchen.

Am frühen Nachmittag klingelte ich an der Eingangstür des einladend wirkenden Häuschens der Kramers, welche mir fast sofort von der kleinen Tochter der Kramers geöffnet wurde.

„Mama! Da ist ein fremder Mann", rief sie ihrer Mutter zu.

„Ja bitte?"

„Hallo, Frau Kramer. Mein Name ist Hügli. Ich bin ein Arbeitskollege Ihres Mannes aus der Schweiz und befinde mich gerade in Frankfurt. Ich muss dringend mit Ihnen sprechen. Auch wenn sich das dramatisch anhört. Es geht um die Existenz Ihrer Familie. Eigentlich dürfte ich mit Ihnen überhaupt nicht darüber reden. Ich schlage daher vor, dass ich heute für zwanzig Uhr einen Tisch im Dorint Hotel, wo ich auch nächtige, reserviere. Selbstverständlich sind Sie mein Gast. Da die Angelegenheit streng vertraulich und für Ihre Familie lebenswichtig ist, möchte ich Sie bitten, nichts darüber verlauten zu lassen. Sollten Sie den Termin nicht wahrnehmen, werde ich noch heute Abend Frankfurt verlassen. Es wird für Sie keine weitere Möglichkeit geben mit mir Verbindung aufzunehmen. Für alles was dann passiert fühle ich mich nicht mehr verantwortlich."

Ohne eine Antwort abzuwarten drehte ich mich um und ging, während das Gesicht von Frau Kramer einem einzigen Fragezeichen glich.

Sonja Kramer war wie versteinert, als sie dem gutaussehenden, braungebrannten, sympathisch wirkenden Schweizer hinterher sah.

Was wollte dieser Mann von ihr? Wer war er? Was bedrohte die Existenz ihrer Familie? Hatte es etwas mit dem unerklärlichen Verhalten ihres Mannes, der noch immer im künstlichen Koma lag, vor seinem Unfall zu tun? Sollte sie wirklich zu diesem Treffen erscheinen? Sollte sie sich mit Angelo, der ihr seit Marios Unfall stets zur Seite gestanden hatte, beraten?

Aber dieser Fremde hatte ja ausdrücklich darum gebeten, mit niemanden darüber zu sprechen. Und auch wenn sie ein ungutes Gefühl hatte, das Treffen fand in einem öffentlich zugänglichen Restaurant statt. Was sollte ihr passieren? Und die Dringlichkeit, die durch die Körpersprache dieses Mannes noch hervorgehoben worden war, ließen nur eine Entscheidung zu: Sie musste dieses Treffen wahrnehmen.

Unverzüglich rief sie die Studentin, die Ramona regelmäßig betreute, an. Glücklicherweise hatte diese Zeit und versprach, kurz nach neunzehn Uhr zu kommen.

Bis zu deren Eintreffen liefen sämtliche Handlungen von Sonja wie automatisiert ab. Die Fragen, die sich immer wieder aufs Neue aufdrängten, blieben jedoch unbeantwortet.

Pünktlich um zwanzig Uhr fragte Sonja im Restaurant des Dorint Hotels nach der Tischreservierung von Herrn Hügli, woraufhin sie der Ober an dessen Tisch führte.

„Ich freue mich, dass Sie sich entschieden haben zu unserem Treffen zu erscheinen. Erlauben Sie mir aber zunächst die Frage: Haben Sie mit jemanden über unser Treffen gesprochen?"

„Ich habe es erwogen, jedoch nicht getan."

„Das war vernünftig. Dann gestatten Sie mir die nächste Frage. Soll ich die Karte bringen lassen und was möchten Sie trinken?"

Obwohl Sonja an diesem Tag noch nicht viel gegessen hatte, verspürte sie keinerlei Appetit.

„Sie verstehen sicher, dass ich keinen Hunger habe, nach den doch eher mysteriösen Ankündigungen Ihrerseits. Aber gegen ein Mineralwasser bestehen keine Einwände."

Sonjas Gegenüber verzog nur unmerklich die Lippen zu einem leichten Grinsen.

„Nachdem ich Ihnen alles mitgeteilt habe was relevant ist, werden Sie wahrscheinlich einen Cognac benötigen."

Obwohl Sonja die ruhige, tiefe Stimme ihres Gegenübers als angenehm empfand, konnte sie nicht verhindern, dass die Unruhe, die sie bisher verspürte, sich in Angst verwandelte, die ihren Körper mit Eiseskälte überzog.

„Bevor ich Sie über alles aufkläre müssen Sie Folgendes wissen: Was ich Ihnen zu sagen habe ist schockierend und wird das Leben Ihrer Familie für immer verändern. Sollten Sie während unseres Gesprächs durch Ihre Reaktion die Aufmerksamkeit des Personals oder der Gäste auf sich ziehen, werde ich sofort den Tisch verlassen und die Rechnung begleichen. Vorsichtshalber habe ich bereits ausgecheckt. Mein Wagen steht abfahrbereit auf dem Parkplatz. Aber was immer Sie hören, seien Sie versichert, dass ich der Einzige bin, der Ihnen und Ihrer Familie noch helfen kann. Es geht hier auch nicht um finanzielle Forderungen Ihnen gegenüber. Im Gegenteil. Meine Hilfe, sollten Sie sie annehmen, wird mich persönlich einen siebenstelligen Betrag kosten. Betrachten Sie dies als eine Art der Wiedergutmachung. Ich wiederhole nochmals: Gleichgültig wie unfassbar das Gesagte sein wird, fallen Sie nicht auf!"

Die Eiseskälte, die Sonja vorher noch verspürt hatte, war inzwischen der gesamten Antarktis gewichen. Unfähig zu einer Erwiderung nickte sie nur bejahend mit dem Kopf.

„Sind Sie bereit?"

Ein leises, etwas zittrig vorgebachtes „Ja" war zu vernehmen.

„Dann wollen wir gleich mit der für Sie schockierenden Tatsache beginnen: Ich bin ein Auftragskiller und bekam den Auftrag Ihren Mann zu eliminieren. Der Wagen Ihres Mannes wurde technisch so verändert, dass ich den Unfall herbeiführen konnte. Mein Auftraggeber bestand darauf, dass keine Spuren einer Fremdeinwirkung nachweisbar waren. Wenn Sie mich fragen, aus welchen Gründen Ihr Mann ausgeschaltet werden sollte, so kann ich nur sagen: ich weiß es nicht. Nachdem Ihr Mann den Unfall überlebte wurde mein Auftrag erweitert. Ich sollte nun nicht nur dafür sorgen, dass Ihr Mann den Klinikaufenthalt nicht überlebt, sondern nun auch seine Familie, also Sie und Ihre Tochter, aus dem Verkehr ziehen. Auch hier kann ich die Frage nach dem Warum nicht beantworten. Trotz meiner Vergangenheit ist es mir jedoch stets gelungen, unschuldige Personen aus Aufträgen herauszuhalten. Und ich bin überzeugt, dass Sie und Ihre Tochter, aus welchen Gründen auch immer, geopfert werden sollen. Soweit man bei mir überhaupt von Moral reden kann, widerspricht das meinen Grundsätzen.

Sie werden jetzt sagen: dann tun Sie es doch nicht! Das Problem wird sein: tue ich es nicht, wird ein anderer diesen Auftrag ausführen. Unabhängig davon würde ich selbst auf der Abschussliste stehen.

Keine Angst! Ich werde den Auftrag nicht ausführen. Aber wir müssen eine Lösung herbeiführen, die meine Auftraggeber Glauben macht, dass die Familie Kramer unter unglücklichen Umständen zu Tode gekommen ist."

Sonja Kramer war bei den Worten ihres Gegenübers leichenblass geworden und in eine Art Schockstarre gefallen.

„Geht's?"

Da Sonja keinerlei Anzeichen einer Reaktion zeigte, bestellte ich für sie einen doppelten Cognac.

Als dieser gebracht war, nippte Sonja nicht daran, sondern stürzte ihn wie eine Ertrinkende hinunter. Langsam kehrte die Farbe in ihr Gesicht zurück und sie fühlte sich in der Lage, die

Unmengen an Fragen loszuwerden, als sie auch schon unterbrochen wurde.

„Ich kann mir vorstellen, wie Ihnen jetzt zumute ist, und dass Sie tausend Fragen haben. Aber ich habe Ihnen alles gesagt, was ich weiß und es geht hier einzig darum, Ihrer aller Leben zu retten. Moralische Vorhaltungen mir gegenüber möchte ich von Anfang an ausschließen, da sie die Situation nicht ändern. Ich möchte von Ihnen nur die Beantwortung folgender Fragen: Glauben Sie mir? Sind Sie in Ihrem eigenen Interesse bereit, mit mir zusammen zu arbeiten? Treffen Sie eine Entscheidung! Aber Sie werden mit keinem Menschen darüber reden können, da ich sonst nicht für Ihr Leben garantieren kann."

Sonjas Gedanken glichen einem Kettenkarussell. Immer schneller. Immer im Kreis. Nicht fassbar.

Sagte dieser Mann die Wahrheit? Konnte sie ihm wirklich vertrauen? Warum sollte Mario ermordet werden? Warum sie und ihre kleine Tochter? Wie würde die Zukunft aussehen? Wie sollte sie sich entscheiden? Hatte sie eine andere Wahl, als mit diesem Killer zusammenzuarbeiten? Aber ihr Gefühl sagte ihr, dass dies kein Albtraum, sondern schreckliche Realität war. Sie musste der Tatsache ins Auge sehen. Oder sollte sie doch die Polizei einschalten? Würde man ihr diese Geschichte überhaupt glauben? Welche Beweise hatte sie?

„Gut. Ich bin bereit mit Ihnen zusammenzuarbeiten. Wie stellen Sie sich eine Lösung vor?"

„Zunächst benötige ich freien Zugang zu den Krankenunterlagen Ihres Mannes und die Namen der behandelnden Ärzte. Das Beste wird sein, ich besuche gemeinsam mit Ihnen Ihren Mann. Dort stellen Sie mich den Ärzten als Cousin Ihres Mannes vor, und erlauben diesen, auch mir Auskunft über den Zustand Ihres Mannes zu erteilen, sowie uneingeschränktes Besuchsrecht zu genehmigen."

„Und wer gibt mir die Gewissheit, dass Sie diese Möglichkeiten nicht dazu benutzen meinen Mann zu töten, wie Sie es ja geplant hatten?"

„Meine Liebste! Glauben Sie mir. Wenn ich immer noch beabsichtigen würde Ihren Mann zu töten, wäre er bereits nicht mehr am Leben."

Und obwohl dieser unheimliche Unbekannte Sonja immer noch Angst einflößte, wusste sie, dass er die Wahrheit sagte.

„Ich werde mein Besuchsrecht dazu benutzen herauszufinden, welcher Arzt und welche Krankenschwester bestechlich sind. Und glauben Sie mir. Das Leben hat mich gelehrt, dass jeder seinen Preis hat. Die beiden entsprechenden Personen müssen dann in einer gemeinsamen Nachtschicht überraschend den Tod ihres Mannes wegen einer fulminanten Lungenembolie feststellen und der Arzt den entsprechenden Leichenschauschein ausfüllen. Sie werden unmittelbar benachrichtigt. Nachdem Sie ‚Abschied' von Ihrem Mann genommen haben, wird dieser in der Klinik in den Raum für Verstorbene gebracht, von wo er am frühen Morgen von einem entsprechend instruierten Bestatter abgeholt wird.

Für die Frage, wie ich das mit dem Bestattungsunternehmer regle, werde ich noch eine Lösung finden. Da bei einer Feuerbestattung mit entsprechender Urnenbeisetzung eine zweite Leichenschau vorgeschrieben ist, bevor der Sarg verbrannt wird, ist dies nicht möglich. Da Sie sich ja bereits von Ihrem Mann gleich nach seinem Tod verabschiedet haben, legen Sie Wert darauf, dass der Sarg bis zur Beerdigung geschlossen bleibt, damit Sie und Ihre Tochter ihn lebendig in Erinnerung behalten können. Sie werden dann, gemeinsam mit dem Bestatter, drei Tage nach dem ‚Ableben' Ihres Mannes die Beerdigung durchführen. Zwischenzeitlich werde ich Ihren Mann mit einem Wohnmobil in ein Chalet in der Schweiz, welches mir gehört, transportieren. Hier kümmert sich eine mir vertraute, medizinisch ausgebildete Haushälterin um Ihren Mann.

Ihre Aufgabe, nachdem Ihr Mann aus dem künstlichen Koma wieder aufgewacht ist, wird sein, ihn über alles aufzuklären und mit unserem Plan vertraut zu machen. Wahrscheinlich wird er besser wissen als ich, warum ich mit seiner Tötung beauftragt wurde, und die Notwendigkeit unseres Planes erkennen.

Können Sie mir folgen und trauen Sie sich zu, diesen Plan mitzutragen?"

„Beantworten Sie mir bitte zunächst einige Fragen."

Sonja war, entsetzt und aufgewühlt wie sie sich fühlte, nicht bereit dem Fremden ohne Antworten auf ihre Fragen blindlings zu vertrauen.

„Ihr Vorhaben scheint mir durchdacht, jedoch noch mit vielen Fragezeichen versehen. Wie lange planen Sie das schon? Und selbst wenn es durchführbar wäre, was passiert mit mir und meiner Tochter? Und wenn wir offiziell alle tot sind, wie soll es dann weitergehen? Wir haben keine Existenz, kein Geld, keine Papiere. Wo und wie sollen wir leben?"

„Ihre Fragen sind absolut sinnvoll. Zur deren Beantwortung: Die Planung hat gestern Abend begonnen. Die Umsetzung musste ich von Ihrer Mitarbeit abhängig machen. Da Sie diese zugesichert haben, werde ich morgen damit beginnen. Die Zeit drängt, also werde ich die von Ihnen angesprochenen Fragezeichen in kürzester Zeit in Ausrufezeichen verwandeln. Ich bin sicher, dass das gelingen wird.

Sie und Ihre Tochter werden nach der Beisetzung Ihres Mannes in der österreichischen Bergwelt in einem ruhigen Hotel gemeinsam den Tod Ihres Mannes verarbeiten. Bei einem Ihrer frühmorgendlichen Spaziergänge werden Sie unglücklicherweise von einer Lawine begraben. Im Hotel wird Ihre Abwesenheit wahrscheinlich erst in den späten Vormittagsstunden auffallen, und Ihr Verschwinden mit einem Lawinenunglück in Verbindung gebracht werden, wenn Sie auch bis zum Abend nicht aufgetaucht sein werden.

Zwischenzeitlich werden Sie und Ihre Tochter bereits wieder mit Ihrem Mann in meinem Schweizer Chalet vereint sein. Es ist jedoch unumgänglich, alle persönlichen Gegenstände zurückzulassen. Ich besorge Ihnen falsche Papiere und neue Identitäten, was für mich nicht allzu schwierig ist.

Außerdem überweise ich der neuen Identität Ihres Mannes als Start in ein neues Leben den Betrag von einer Million Euro auf das Konto einer Schweizer Bank. Was Sie dann tun, ist Ihre Sache. Eröffnen Sie doch zum Beispiel eine Strandbar in der Karibik. Ich komme Sie sicherlich besuchen. Die Million entspricht im Übrigen fast dem Betrag, den ich für Ihre Beseitigung erhalte. Betrachten Sie alle weiteren Kosten, welche für dieses Unternehmen anfallen und für die ich aufkommen werde, als Wiedergutmachung meinerseits."

Sonja wurde bei diesen Antworten immer klarer, dass ihr Gegenüber wirklich an alles gedacht zu haben schien. Und sie traute ihm auch zu, alles in die Tat umzusetzen.

Erstaunlicherweise ließ ihre Anspannung etwas nach. Sie begann sogar dem Fremden zu vertrauen. Alles was er sagte klang einleuchtend. Blieb ihr denn überhaupt eine Wahl, jetzt nachdem sie an den Worten dieser Person nicht mehr länger zweifelte?

Und was wäre so schlimm daran, ihr Leben nochmals neu zu beginnen, wenn das Wichtigste – ihre Tochter und ihr Mann – auch in diesem neuen Leben Bestand hätte?

„Ich muss und werde Ihnen vertrauen. Was soll ich tun?"

„Zunächst das Wichtigste: Verhalten Sie sich wie immer. Morgen werden wir gemeinsam die Klinik aufsuchen und Sie werden mich als Cousin Ihres Mannes vorstellen, dem ein uneingeschränktes Besuchsrecht und Einsicht in die Krankenunterlagen gewährt werden soll. Ich werde Sie bei Gelegenheit nochmals aufsuchen, um Ihnen weitere Instruktionen zu geben. Sie erhalten dann auch ein Prepaid Handy, über welches wir kommunizieren werden. Ich hole Sie morgen gegen neun Uhr ab, wenn Ihre Tochter in der Kita ist.

Haben Sie noch Fragen?"

„Nein. Ich werde mich dann auf den Heimweg machen und erwarte Sie Morgen", verabschiedete sich Sonja.

Erstaunlich, wie diese Frau auf meine Ausführungen reagierte. Sie hatte in kürzester Zeit realisiert, wie ernst die Lage war. Trotz dieser für sie lebensverändernden Situation war sie in der Lage, den Tatsachen ins Auge zu blicken und auch die Zukunftsperspektiven für ihre Familie zu berücksichtigen. Ich war überzeugt, dass sie den für sie anfallenden Aufgaben gewachsen war. Trotzdem wollte ich sie am nächsten Tag persönlich abholen, um mich von ihrer psychischen Stabilität zu überzeugen.

Nachdem Frau Kramer gegangen war, checkte ich erneut für fünf Tage ein.

Es war mir klar, dass dieses Unternehmen sicherlich mehrere Wochen in Anspruch nehmen würde. Erfahrungsgemäß würde ein Hotelgast, der weder an der Hotelbar noch im zum Hotel gehörenden Restaurant auftauchte und nur einige Tage blieb, keinem im Gedächtnis haften bleiben. Notgedrungen musste ich daher das Hotel nochmals wechseln.

Am nächsten Tag, noch bevor ich Frau Kramer abholte, besorgte ich ein Prepaid Handy unter falschem Namen und gab folgende Anzeige auf:

Vollständige Haushaltsauflösung inklusive Restmobiliar benötigt etwa vier bis fünf Wochen

In der Frankfurter Klinik, in die Herr Kramer nach seiner Erstversorgung im Klinikum Siegen verlegt worden war, wurde ich zusammen mit Frau Kramer, die alle besprochenen Notwendigkeiten souverän veranlasst hatte, in die Intensivstation geführt. Hier bot sich die Möglichkeit, mit einem der behandelnden Ärzte ein Gespräch zu führen:

„Der Zustand des Patienten ist erstaunlich stabil. Aufgrund einer Rippenserienfraktur befindet sich Herr Kramer noch im künstlichen Koma. Die Schädelprellung wird folgenlos bleiben und auch die Unterarmfraktur konnte konservativ behandelt werden. Wie es aussieht werden wir ihn in den nächsten Tagen aufwachen lassen und dann auf die Normalstation verlegen können."

„Das ist ja wunderbar! Ich bin so erleichtert. Danke."

Ich kam nicht umhin dieser Frau, die ja wusste was noch auf sie zukam, für ihr cooles Auftreten Respekt zu zollen.

Nachdem ich Frau Kramer wieder nach Hause gebracht hatte, händigte ich ihr das Handy aus und verabschiedete mich, nicht ohne sie nochmals eindringlich zu ermahnen: „Zu niemandem ein Wort. Ich melde mich wieder."

KAPITEL 8

Die Arbeit konnte beginnen. Ich war wieder in meinem Element. Eruieren. Manipulieren. Bestechen. Drohen. Erpressen. Das Ausnutzen aller notwendigen Möglichkeiten um mein Ziel zu erreichen.

Da Herr Kramer glücklicherweise in Kürze auf die Normalstation verlegt werden sollte war absehbar, auf welche Station er als Privatpatient kommen würde. Es galt herauszufinden, welche Nachtschwester und welcher Assistenzarzt für meinen Plan am besten geeignet waren.

Bei einem Besuch auf dieser Station suchte ich den Kontakt zur Stationsschwester. Als besorgter Cousin von Herrn Kramer, der bald auf diese Station verlegt werden würde, bat ich, diesem armen Kerl wenn möglich eine bevorzugte Behandlung zukommen zu lassen. Der Hundert-Euro Schein, der offiziell ja nicht angenommen werden durfte, sorgte für die Zusicherung der liebevollen Behandlung. Nebenbei erfuhr ich auch noch die Namen der zuständigen Ärzte und Nachtdienstschwestern.

Da mir die Zeit fehlte, persönlich Recherchen über den Background dieser Personen durchzuführen, beauftragte ich vier verschiedene Ermittlungsagenturen, bis auf Widerruf eine vollständige Überwachung durchzuführen.

In der Zwischenzeit suchte ich nach einem kleinen Bestattungsunternehmen, das möglichst nur durch ein älteres, eher einfach strukturiertes Ehepaar alleine geführt wurde. In einer kleinen Gemeinde in der Nähe von Frankfurt hatte ich Erfolg.

Hier stellte ich mich als Unternehmer aus der Schweiz vor, der beabsichtigte, eine Unternehmenskette von Bestattungsinstituten in der Schweiz aufzubauen. Mir fehle jedoch das nötige Know-how. Um dieses zu erwerben hätte ich mir ihr Institut ausgesucht, da jahrzehntelange Erfahrung und der persönliche Umgang mit den Hinterbliebenen, im Gegensatz zu den großen, eher unpersönlichen Instituten, der wichtigste Baustein eines solchen Unternehmens wäre. Da ich nicht möchte, dass mein Vorhaben in der Schweiz frühzeitig bekannt würde, wäre ich auf ein deutsches Bestattungsinstitut ausgewichen, da mit Ausnahme der behördlichen Regularien der Ablauf nahezu identisch sei. Ich würde ihnen daher vorschlagen, gegen eine Zahlung von dreihunderttausend Euro, stiller Teilhaber des Institutes zu werden. Die beiden sollten mich praktisch mit dem Ablauf einer solchen Bestattung vertraut machen. Anruf der Hinterbliebenen, Abholung der Verstorbenen, Notwendigkeiten für die Behörden, Aufbahrung, Vorbereitung der Beerdigung und alles, was sonst noch erforderlich sei. Sie sollten mir dann des Weiteren gegen Bezahlung eines Beraterhonorars beim Aufbau der Unternehmenskette behilflich sein.

Wären wir uns einig, so könnte ich ihnen den Betrag sofort bar zur Verfügung stellen, damit im Hinblick auf die Finanzbehörden keine unnötigen Nachfragen oder Steuerzahlungen zu erwarten seien. Die Verträge könnten dann im Laufe der nächsten Wochen bei einem Anwalt ihrer Wahl unterzeichnet werden.

Nachdem das ältere Ehepaar nach einer Beratungspause zurückkehrte, war ihren Gesichtern abzulesen, dass sie meinen Vorschlag annehmen würden.

Da sie sich ja zu nichts verpflichteten, bevor sie die dreihunderttausend Euro erhalten hätten, und damit die Seriosität meines Vorhabens bestätigt wäre, bot dies eine Möglichkeit, sich mittelfristig in einen wirtschaftlich abgesicherten Ruhestand zu begeben.

Ich stellte ihnen außerdem einen dreiwöchigen Aufenthalt in einem Schweizer Luxushotel, an dem ich angeblich als stiller Teilhaber beteiligt wäre, in Aussicht, sobald ich genügend Erfahrung gesammelt hätte, um den Laden auch alleine zu schmeißen.

Wir vereinbarten, dass in zwei Tagen mein erster Arbeitstag als zukünftiger Bestatter beginnen sollte.

Bis zu meinem Arbeitsbeginn und der ersten Rückfrage bei den Detekteien hatte ich nun einen Tag, der mir die Gelegenheit bot, meinen Plan nochmals in aller Ruhe zu überdenken und eventuelle Schwachstellen auszumerzen.

Natürlich musste ich einkalkulieren, dass das ein oder andere nicht planmäßig verlief, aber ich war stets ein Experte im situationsbedingten Improvisieren.

Um rasch in die Abläufe des Bestattungsunternehmens eingreifen zu können, nutzte ich die Zeit zur Internetrecherche, um mich so gut als möglich zu informieren.

Dies stellte sich auch als notwendig heraus, da ich, alleine auf die Einweisungen meiner „Mentoren" angewiesen, Monate benötigt hätte, um selbstständig tätig zu werden.

So war ich bereits nach einer Woche mit den Abläufen so vertraut, dass ich in Begleitung meines „Seniorpartners" alles alleine durchziehen konnte.

Unglücklicherweise konnte ich anhand der Überwachungsprotokolle der Klinikmitarbeiter bereits zwei Kandidaten meiner Liste streichen.

Der Stationsarzt war glücklicher Familienvater und mit Ausnahme seiner Vorliebe für Fußball und seinen Heimatverein Eintracht Frankfurt, zu dessen Spielen er, wenn es seine Zeit erlaubte, regelmäßig auftauchte, fanden sich keine

Angriffspunkte. Natürlich bestand immer die Möglichkeit, ihn über die Bedrohung seiner Familie und Erpressung zur Mitarbeit zu bewegen. Aber das sollte nur als allerletzte Option in Frage kommen.

Eine der Nachtschwestern war streng gläubig, engagierte sich in der Kirchengemeinde und fand in regelmäßigen Abständen ihre Zufriedenheit im Gottesdienst.

Die Protokolle der beiden anderen waren noch nicht genügend aussagekräftig.

Zwischenzeitlich besuchte ich regelmäßig Herrn Kramer, der sich noch immer im künstlichen Koma befand, um mich über seinen Gesundheitszustand zu informieren und den Kontakt zu den Klinikmitarbeitern zu vertiefen.

Obwohl ich nicht glaubte, dass dies notwendig werden würde, hatte ich, um meine Spuren zu verwischen, bereits das Hotel gewechselt.

Nach zehn Tagen kam der Durchbruch. Der noch in Frage kommende Assistenzarzt war alleinstehend, hatte eine Freundin, mit der er sich nur gelegentlich traf, trank nicht, rauchte nicht, nahm keine Drogen, besuchte regelmäßig ein Fitnessstudio. Aber er war spielsüchtig. Im Beobachtungszeitraum besuchte er einmal das Casino in Wiesbaden, und nahm zweimal an illegal durchgeführten Pokerrunden in Frankfurt teil, bei deren Betreiber er wohl auch Spielschulden hatte.

Ideal!

Die Krankenschwester war sechsundzwanzig Jahre alt, vor einem halben Jahr nach einer siebenjährigen Beziehung von ihrem Freund verlassen worden, und zog regelmäßig durch die Frankfurter Clubs, um dort einen neuen Freund kennen zu lernen.

Auch hier sah ich Ansatzpunkte. Endlich war die Zeit des Wartens vorbei. Ich konnte wieder agieren.

Doktor Reuter lernte ich „zufällig" bei einer dieser illegalen Pokerrunden kennen. Er war ein verdammt schlechter

Pokerspieler, und so war es nicht verwunderlich, dass er auch an diesem Abend etwa viertausend Euro verzockte. Einem zwischen dem Betreiber und Doktor Reuter belauschten Gespräch entnahm ich, dass diesem die notwendige zeitnahe Begleichung seiner Schulden sehr deutlich gemacht wurde.

Auch ich verließ die Pokerrunde und lud Dr. Reuter auf einen Drink in die ein Stockwerk tiefer gelegene Bar ein.

„Kein glücklicher Tag heute?", fragte ich ihn.

„So kann man das auch sagen. Eigentlich sind es bereits Wochen, in denen ich kein Glück mehr hatte."

Ich hätte ihm sagen können, dass man in diesen Clubs nur anfänglich zum „Anfüttern" gewinnt. Aber er war alt genug.

Nach zwei weiteren Drinks und endlosem Selbstbedauern seitens Dr. Reuter lenkte ich das Gespräch in Richtung meines Vorhabens.

„Was würden Sie tun, wenn Sie plötzlich bei einer Lotterie fünfhunderttausend Euro gewinnen würden?"

„Zu schön um wahr zu werden. Aber zunächst würde ich meine Spielschulden und alle weiteren angelaufenen Schulden begleichen. Danach würde ich mich, da ich weiß, dass ich spielsüchtig bin, in Therapie begeben."

Vielleicht war dem Mann doch noch zu helfen.

„Dann werde ich nun ganz offen mir Ihnen sprechen: Sie sind Dr. Reuter, zweiunddreißig Jahre alt, wohnen in Kelsterbach, treiben regelmäßig Sport, haben eine lockere Beziehung mit Juliane Brandt und arbeiten als chirurgischer Assistenzarzt im Klinikum."

Dr. Reuter war zunächst im wahrsten Sinne des Wortes sprachlos. Er schaute mich an, als wäre ich eine Erscheinung.

„Woher wissen Sie das? Was wollen Sie?"

„Ich habe Sie beobachten lassen und will Ihnen helfen, Ihr Leben wieder in den Griff zu bekommen. Ich werde Ihre Spielschulden übernehmen und überweise Ihnen fünfhunderttausend Euro auf ein Konto einer Bank in Mailand, da die Überweisung dieser Summe auf Ihr hiesiges Konto Nachfragen zur Folge hätte. Vergessen Sie die Schweiz,

Liechtenstein oder Malta, da es hier zu viele Leaks gibt. Ich werde mit Ihnen nach Mailand fliegen, der Flug geht auf mich. Sie wählen sich vorher eine Bank aus. In Mailand eröffnen Sie auf dieser Bank ein Konto und ich sorge dafür, dass der abgesprochene Betrag innerhalb von sechs Stunden auf Ihrem Konto verbucht wird."

Das Gesicht meines Gegenübers glich einem Fragezeichen und in seinen Augen spiegelte sich absolutes Unverständnis.

„Warum sollten Sie das tun? Wer sind Sie überhaupt? Warum ich?"

„Wer ich bin tut weniger zur Sache. Aber um Ihnen einen Namen zu meinem Gesicht zu geben: Mein Name ist Hügli. Ich bin Experte für Problemlösungen. Und natürlich erwarte ich eine Gegenleistung."

„Was soll ich dafür tun? Soll ich jemanden umbringen?", versuchte Dr. Reuter zu scherzen.

„Nein. Dafür bin eher ich zuständig!"

Ungläubig starrte mich Dr. Reuter an.

„Ein Patient auf Ihrer Station muss dauerhaft untertauchen. Er wird daher während Ihrer Nachtschicht angeblich versterben. Todesursache: Lungenembolie. Seine Frau ist eingeweiht. Den Patienten können Sie selbst kontaktieren um sich zu überzeugen, dass auch er mit der Vorgehensweise einverstanden ist. Die diensthabende Nachtschwester spielt ebenfalls mit. Gegen vier Uhr morgens wird sie Ihnen melden, dass sie den Patienten bei einer Routinekontrolle tot aufgefunden hat. Sie werden den Tod bestätigen und einen entsprechenden Leichenschauschein ausstellen. Danach rufen Sie die Ehefrau an und unterrichten sie über das Ableben ihres Mannes. Diese wird kurz danach in der Klinik eintreffen, um sich von ihrem Mann zu verabschieden. Der ‚Leichnam' ihres Mannes wird hierfür in den Aufbahrungsraum gebracht, zusammen mit dem Leichenschauschein. Hier wird der ‚Verstorbene' früh morgens von dem von Frau Kramer benachrichtigten Bestatter abgeholt."

Das Schweigen, das nun folgte übertönte alle Geräusche um uns herum.

„Wenn das jemals herauskommt bin ich geliefert."

„Die Wahrscheinlichkeit, dass das je herauskommen wird, tendiert gegen null, denn weder Sie noch die Nachtschwester werden ein Interesse daran haben es publik zu machen. Vielleicht beruhigt es Sie, wenn ich Ihnen sage, dass das einzige Vergehen Ihrerseits in einer Urkundenfälschung besteht. Der Patient lebt und alles geschah mit dessen Einverständnis und dem Mitwissen seiner Ehefrau. Wägen Sie ab. Einerseits haben Sie die Möglichkeit den jetzigen Teufelskreis Ihres Lebens – Spielen, Schulden, Spielen, Schulden, Spielen, noch mehr Schulden – zu verlassen.

Andererseits: das Eintreiben Ihrer Spielschulden durch den Betreiber des Clubs. Und ich werde gegen ein entsprechendes Aufgeld an diesen dafür Sorge tragen, dass Sie sich zukünftig nur noch mit Hilfe eines Rollators fortbewegen könnten. Ihre Spielsucht, ich habe übrigens Fotomaterial über ihre Spielbankbesuche und ein Video des heutigen Abends, würden nicht nur der Klinikleitung bekannt werden, sondern auch auf Facebook zu sehen sein. Sollten Sie erwägen, die Polizei einzuschalten würde Sie das nicht vor den oben aufgeführten Konsequenzen schützen, zumal Sie über keinerlei Beweise verfügen, und Ihre Aussage so unwahrscheinlich erscheint, dass dies eher Ihrer psychischen und physischen Belastung zuzuschreiben wäre."

Erneutes Schweigen.

„Kann ich sicher sein, dass ich das Geld bekomme und meine Spielschulden getilgt werden?", fragte Dr. Reuter, der sich nur langsam wieder zurückfand.

„Absolut sicher. Zumal Sie ja erst tätig werden müssten, wenn der Betrag auf ihrem Konto eingegangen ist."

„Ich brauche jetzt einen doppelten Whiskey."

Bei diesen Worten wusste ich, dass ich den Doktor als Mitspieler betrachten konnte. Wir vereinbarten, die Transaktion in Mailand bereits an seinem nächsten freien Tag durchzuführen.

Es war nicht schwer mit Conny, 26 Jahre alt, Krankenschwester, seit einem halben Jahr Single und gewillt das Leben zu genießen, in Kontakt zu kommen. Glücklicherweise hatte ich noch nie Probleme Frauen kennen zu lernen.

Auch Conny, die kurz vor mir die Disco betreten hatte, war nicht abgeneigt, sich von mir einen Aperol Spritz spendieren zu lassen. Bald waren wir zwanglos im Gespräch, und ich erfuhr alles über ihren ehemaligen Freund, ihre Arbeit, ihre Hobbies und es kristallisierte sich immer mehr heraus, dass sie zwar sehr nett, offen und an allem interessiert war, jedoch gepaart mit einer ungeheuren Naivität. Übertrieben konnte man sagen, dass der Glaube an den Weihnachtsmann ihr erst vor kurzem abhandengekommen war.

So war es nur eine Frage der Zeit, nachdem wir auf der Tanzfläche bereits unsere Körperbewegungen nicht nur der Musik angepasst hatten, bis der Satz „Zu mir, oder zu dir?" im Raum stand.

Da ich Conny im Laufe des Abends erzählt hatte, ich sei Schweizer Geschäftsmann, der sich beruflich einige Zeit in Deutschland aufhalten würde, und währen dieser Zeit im Hotel wäre, entschied sie, wir sollten zu ihr nach Hause gehen.

„Wenn ich mit dir ins Hotel kommen würde, und die schauen mich an der Rezeption komisch an, käme ich mir vor, als würden die mich für eine Prostituierte halten."

So landeten wir in ihrer kleinen, aber gemütlich eingerichteten Wohnung, in der wir uns nach einem Glas Wein sehr schnell in ihr Schlafzimmer zurückzogen. Ich war überrascht, wie neugierig und aufgeschlossen Conny war, und wie sie all die für sie zum Teil neuen sexuellen Spielarten genoss.

Dass alles über zwei Kameras, die bereits zwei Tage zuvor von mir in ihrer Wohnung angebracht worden waren, aufgezeichnet wurde, konnte sie nicht ahnen. Denn schließlich hatte sie mich ja erst heute in der Disco kennen gelernt.

Vorsorglich hatte ich jedoch auch in meiner Hotelsuite Kameras installiert.

„Das war der geilste Fick meines Lebens", bemerkte Conny, nachdem sie morgens ihre Augen öffnete, und ich immer noch neben ihr lag.

„Ich hatte schon damit gerechnet, dass du dich, wenn ich wach werde, bereits aus dem Staub gemacht hättest. Ich bin froh, dass du noch hier bist. Möchtest du einen Kaffee oder soll ich ein Frühstück machen? Ich geh schnell zum Bäcker und hole Brötchen."

„Einen Kaffee gerne. Aber kein Frühstück. Ich muss zurück ins Hotel, mich frisch machen, da ich später noch einen Termin habe."

„Sehen wir uns denn noch einmal?", kam zaghaft die Frage von Conny.

„Ganz sicher! Gib mir deine Handynummer. Ich rufe dich morgen an und wir machen dann aus, wann wir uns wiedersehen."

Hätte Conny geahnt, was bei unserem Wiedersehen auf sie zukommen würde, hätte sie ihre Freude über ein neues Treffen sicher nicht so offensichtlich gezeigt.

„Hast du heute Nachtschicht?"

„Ja."

„Okay. Dann rufe ich dich an, wenn du morgen ausgeschlafen hast."

Zurück im Hotel nahm ich, nachdem ich mich frisch gemacht und die angebrachten Kameras wieder entfernt hatte, ein ausgiebiges Frühstück zu mir und begab mich dann auf den Weg zu meiner neuen Wirkstätte als Bestatter.

Gegen zweiundzwanzig Uhr tauchte ich dann in Connys Wohnung auf, um auch dort die Kameras zu entfernen.

KAPITEL 9

„Hallo! Bist du schon wach?", fragte ich Conny, als ich sie am frühen Nachmittag auf ihrem Handy anrief.

„Was meinst du zu Kaffee und Kuchen im Kaffee Prössel in einer Stunde?"

„Super! Ich freu mich. Bis gleich."

Aufbauend auf Connys Leichtgläubigkeit und ihrer Naivität hatte ich beschlossen, ihr eine Story aufzutischen, die zumindest in ihren Augen glaubhaft erscheinen würde. Nachdem Conny aufgetaucht war und wir unsere Bestellung aufgegeben hatten, begann ich das Gespräch:

„Conny, ich muss dir etwas beichten."

„Alles klar. Du bist verheiratet, hast zwei Kinder und wir werden uns heute das letzte Mal sehen. Es ist immer so. Die besten Männer sind verheiratet oder schwul."

„Nein. Ich bin weder verheiratet, noch habe ich Kinder und dass ich nicht schwul bin habe ich dir ja letzte Nacht bewiesen.

Aber was ich dir zu sagen habe ist sehr ernst und ich muss auf deine absolute Verschwiegenheit vertrauen können. Kann ich das?"

Conny sah mich mit ihren grünen Augen erstaunt und neugierig an.

„Du kannst dich hundertprozentig auf mich verlassen."

Ich bezweifelte das zwar. Aber ich hatte ja noch ein Druckmittel gegen sie in der Hand. Als ich jetzt zu sprechen begann, wechselte ich von meinem Schwyzerdütsch in Deutsch mit amerikanischem Akzent über.

„Wenn du jetzt hörst, was ich dir sage, versuche ruhig zu bleiben."

Connys Augen wurden immer größer.

„Ich bin kein Schweizer Geschäftsmann, sondern CIA Agent. Ich arbeite seit Jahren im Bereich der organisierten Kriminalität und Geldwäsche. Einer unserer Mitarbeiter, ein deutscher Bankier, ist bei einem Anschlag fast ums Leben gekommen. Leider können wir nicht mit den deutschen Behörden zusammenarbeiten, da wir vermuten, dass es hier in gehobener Position einen ‚Maulwurf' gibt. Wir gehen davon aus, dass unser Mitarbeiter, der sich noch in stationärer Behandlung befindet, weiterhin stark gefährdet ist.

Wie müssen daher einen weiteren Anschlag auf sein Leben verhindern. Unser Plan läuft darauf hinaus, dass unser Mitarbeiter offiziell in der Klinik verstorben ist. Seine Frau und unser Mitarbeiter wissen über das Vorhaben Bescheid. Ebenso der zuständige Stationsarzt.

Deine Aufgabe würde darin bestehen, morgens gegen vier Uhr dem Stationsarzt den überraschenden Tod des Patienten zu melden. Dieser bestätigt den Tod. Als wahrscheinliche Ursache des Todes wird der Arzt fulminante Lungenembolie in den Leichenschauschein eintragen.

Die sofort benachrichtigte Ehefrau wird unmittelbar danach in der Klinik erscheinen. Diese wünscht, dass ihr Mann baldmöglichst in den Aufbahrungsraum der Klinik verbracht wird, um in Ruhe von ihm Abschied nehmen zu können. Von hier wird ein von ihr benachrichtigter Bestatter bereits kurz vor sechs Uhr für den Abtransport des Verstorbenen sorgen. Auch der Bestatter gehört zu unseren Leuten."

Ich wollte Conny nicht noch weiter verwirren, indem ich ihr gesagt hätte, dass ich als Bestatter erscheinen würde.

„Wow! Wahnsinn! Uns du bist wirklich Geheimagent?"

Zurückfallend in meinen Schweizer Akzent antwortete ich ihr.

„Wie kommst du darauf? Ich bin doch ein Schweizer Geschäftsmann. Aber im Ernst. Dir ist klar, dass von unserem Gespräch nichts nach außen dringen darf. Ich bin befugt, dir für deine Mitarbeit zweihunderttausend Euro in bar zu übergeben. Du solltest dir damit aber nicht gleich einen Porsche kaufen. Verwende das Geld so, dass deine Ausgaben, oder das was du dir damit leistest, nicht zu auffallend sind. Miete ein Schließfach bei deiner Hausbank, deponiere dort das Geld und hol dir von Zeit zu Zeit etwas davon.

So unangenehm es mir ist muss ich dir noch etwas sagen. Die CIA deckt sich stets ab, um sich angeworbener Mitarbeiter zu versichern.

So sehr ich den gestrigen Abend genossen habe, ich musste auf Anweisung der CIA alles auf Video dokumentieren. Ich hatte vorher heimlich Kameras installiert, welche zwischenzeitlich bereits wieder entfernt wurden. Für den Fall, du würdest dich mit jemandem besprechen wollen, droht die CIA damit, das Video nicht nur in den sozialen Medien publik zu machen, sondern auch allen in deinem Umfeld zuzusenden.

Ich selbst finde solche Erpressungen nicht schön, aber es entspricht unserer üblichen Vorgehensweise. Ich habe dir eine Kopie des Videos mitgebracht.

Glaub mir. Du bist eine tolle Frau und ich bin überzeugt, dass du den richtigen Mann finden wirst. Finanziell bist du ja jetzt nicht schlecht aufgestellt und du kannst dein Leben genießen.

Und nicht zuletzt hilfst du, ein Leben zu retten."

„Ich überlege, ob du wirklich so ein Schwein bist, oder doch einer, der versucht die Welt ein klein wenig besser zu machen. Und das mit allen Mitteln", antwortete Conny, nachdem sie relativ schnell das eben Gehörte verdaut hatte.

„Ich kann mich bei dir nur entschuldigen. Ich bin überzeugt, dass du mir auch ohne finanziellen Anreiz oder Druckmittel, welcher Art auch immer, geholfen hättest, das Leben unseres

Mitarbeiters zu retten. Aber sollte ich meine Anweisungen nicht befolgen, so lande ich die nächsten Jahrzehnte hinter einem Schreibtisch und werte Statistiken aus."

„Okay. Ich mache es. Aber wenn der Patient nicht zustimmt, werde ich nicht mitspielen und die ganze Sache auffliegen lassen. Dann könnt ihr euch euer Video sonst wohin stecken. Vielleicht werde ich ja dann Pornodarstellerin.

Ich werde jetzt gehen. Vermutlich werde ich von dir den Ablauf, wenn es soweit ist, telefonisch erfahren. Es ist nicht nötig, dass du mich nach draußen bringst."

Mit diesen Worten ließ mich Conny zurück.

Mit dieser Kaltblütigkeit hätte ich nicht gerechnet. Aber ich war überzeugt, dass auch sie ihren Teil zum Gelingen meines Planes beitragen würde. Soweit waren nun alle Vorbereitungen erledigt und es blieb nur noch abzuwarten, wann Mario Kramer von der Intensiv- auf die Normalstation verlegt werden würde.

Es wurde Zeit, dass Frau Kramer ihren Mann, der ja bald aus dem künstlichen Koma erwachen würde, in unser Vorhaben einweihte.

Da ich wusste, dass alle Gespräche theoretisch abgehört werden konnten, zog ich es vor, trotz des Prepaid Handys, welches Frau Kramer zwischenzeitlich besaß, sie persönlich aufzusuchen.

Das von den Bäumen rieselnde Laub, der wolkenverhangene Himmel und die vom Morgennebel noch feuchte Luft entsprachen der Gefühlslage, die Frau Kramer ausstrahlte, als sie mir die Tür öffnete.

„Guten Tag, Frau Kramer. Sie müssen mich nicht hereinbitten. Ich wollte Ihnen nur mitteilen, dass alle Vorbereitungen abgeschlossen sind. Ihr Mann wird, wie Ihnen bekannt, morgen oder übermorgen aus dem künstlichen Koma zurückgeführt. Sorgen Sie dafür, dass Ihre Tochter die meiste Zeit betreut werden kann. Es ist wichtig, dass Sie nun während der Aufwachphase Ihres Mannes möglichst viel Zeit bei ihm verbringen, um ihm die Situation darzulegen und unseren Plan zu schildern.

Nachdem Ihr Mann auf Station verlegt wurde, erhalten Sie nachts den Anruf, dass er verstorben sei. Daraufhin suchen Sie unverzüglich die Klinik auf. Denken Sie bereits jetzt an die Betreuung Ihrer Tochter. In der Klinik sind Sie die untröstliche Ehefrau, auch wenn das Personal eingeweiht ist, und wünschen, dass Ihr Mann unverzüglich in den Aufbahrungsraum gebracht wird, um von ihm dort Abschied zu nehmen. Sobald Sie und Ihr Mann in diesem Raum sind, rufen Sie mich mit Ihrem Handy, auf dem meine Nummer bereits gespeichert ist, an. Ich bin mit dem Bestattungswagen in der Nähe und Sie müssen nur noch meine Ankunft abwarten.

Seien Sie stark! Denken Sie an das Leben Ihres Mannes und das Ihrer Tochter. Vertrauen Sie mir. Alles wird gut."

Mit diesen Worten verabschiedete sich Herr Hügli von Frau Kramer, deren Blick sich, während er zu seinem Fahrzeug ging, deutlich zwischen seinen Schulterblättern einbrannte.

KAPITEL 10

War ich tot? Diese Dunkelheit. Nichts als tiefstes Schwarz. Kein Lichthauch. Ist diese Dunkelheit nun Farbe oder ein Gefühl? Und ist das Realität, dass sich Dunkelheit entfernt, um absolutem Nichts zu weichen? Meine Fragen gingen unter in diesem Nichts, wie ein Fels, der ins Meer stürzt.

Dunkelheit. Geräusche. Ein regelmäßiges Piepen. Die Dunkelheit weicht auf. Schatten. Stimmen, wie durch Watte. Unverständlich. Dunkelheit.

Ich öffne die Augen. Sehe meine Frau. Habe ich geträumt? Schmerzen.

„Hallo Liebster. Schön, dass du wieder da bist", höre ich die Stimme meiner Frau.

Und auch die Erinnerung kommt wieder.

Wie jeden Dienstag war ich auf der Fahrt nach Siegen, wo wir eine weitere Filiale aufbauen wollten. Die Fahrt über die A 45. Dilltalbrücke. Das Fahrzeug bricht nach rechts aus. Das Lenkrad blockiert. Die Bremsen versagen. Der Wagen durchbricht das Brückengeländer. Filmriss.

„Was ist mit mir?"

„Du hattest unvorstellbares Glück. Mehrere gebrochene Rippen, eine Lungenquetschung und einen Unterarmbruch. Aber neben den vielen Prellungen bist du fast wieder wie neu.

Hätte dich jedoch ein LKW-Fahrer, der dort Rast eingelegt hatte, nicht aus deinem Auto befreit, bevor es Feuer fing, wärst du nicht mehr hier."

Bei diesen Worten bemerkte ich, wie Sonjas Augen sich mit Tränen füllten.

„Schatz. Es ist doch alles gut. Ich bin nochmals davongekommen. Du weißt: Unkraut vergeht nicht", versuchte ich sie zu trösten.

„Das ist nicht alles. Ich muss dir dringend noch etwas Wichtiges sagen."

„Ist etwas mit unserer Prinzessin?", fragte ich erschrocken.

„Nein. Aber…"

In diesem Moment trat ein Arzt an mein Bett und Sonja verstummte abrupt.

„Hallo Herr Kramer. Ich bin Dr. Zeller. Freut mich, dass es Ihnen wieder deutlich besser geht. Kurzfristig haben Sie uns Sorgen gemacht, aber zwischenzeitlich sieht alles ganz gut aus, nicht zuletzt auch aufgrund Ihrer außergewöhnlich guten Kondition, und wenn das so weitergeht, können wir Sie übermorgen auf Station entlassen. Ich lasse Sie jetzt, so gut das auf einer Intensivstation geht, mit Ihrer Frau alleine. Heute Abend schaue ich nochmals nach Ihnen."

Kaum hatte sich Dr. Zeller entfernt, knüpfte ich wieder an unser unterbrochenes Gespräch an.

„Also. Was ist los?"

Sonja senkte ihre Stimme zu einem kaum noch vernehmbaren Flüstern.

„Was ich dir so dringend sagen muss, wird dich zutiefst erschrecken und das Leben unserer Familie verändern. Fühlst du dich bereits in der Lage, das zu verkraften?"

Unruhe, Angst aber auch Neugier machten sich in meinem Innersten breit. Interessanterweise verspürte ich in diesem Moment keinerlei Schmerzen mehr. Fast schon etwas ärgerlich raunte ich ihr zu:

„Du kannst nicht gackern und dann nicht legen. Jetzt heraus mit der Sprache. WAS IST LOS?"

Bevor mir Sonja mit leiser Stimme antwortete, sah sie sich nochmals um, ob irgendjemand zuhören könnte, oder auf uns achtete. Aber außer den regelmäßigen Pump- und Piep-Geräuschen der Überwachungs-armaturen gab es keine Anzeichen dafür, dass wir besondere Aufmerksamkeit hervorgerufen hätten.

„Du hattest gar keinen Unfall. Das war ein Anschlag!", wisperte Sonja.

Ich sah Sonja an, als hätte nicht ich sondern sie einen Unfall gehabt, der einen Hirnschaden bei ihr hinterlassen hatte.

„Wer sollte das tun? Und was sagt die Polizei dazu?"

„Für die Polizei und die Sachverständigen handelt es sich eindeutig um einen Unfall wegen überhöhter Geschwindigkeit, zumal dein Auto völlig ausgebrannt ist."

„Na siehst du. Wie kommst du nur auf so eine abwegige Idee? Und warum sollte das das Leben unserer Familie bedrohen?"

„Auch wenn du mich für verrückt erklärst. Tu einfach so, als ob ich Recht hätte, und überlege, wer dir nach dem Leben trachten könnte. Mir jedenfalls ist aufgefallen, dass dich in der letzten Zeit etwas bedrückt hat, über das du nicht mit mir reden wolltest. Ich gehe jetzt und bin gleich morgen wieder da. Ich gebe unserer Kleinen einen Kuss von dir. Sie kann es kaum erwarten dich wiederzusehen."

Bevor Sonja ging, die ihrem Mann Gelegenheit geben wollte, hinter den Grund des Anschlags zu kommen, ohne ihm vorher alle Einzelheiten darzulegen, nahm sie ihn nochmals in die Arme, küsste ihn zärtlich und raunte ihm ins Ohr: „Ich liebe dich."

Verwirrt und auch etwas erschöpft blieb ich zurück. Meine Gedanken nahmen immer mehr Fahrt auf, bis sie die Geschwindigkeit eines Überschallfliegers zu erreichen schienen.

Hatte ich mir Feinde gemacht? Kredite abgelehnt, die für die betreffenden Personen existentiell gewesen wären? Wem bin ich zum Feind geworden? Wer hasst mich so sehr, um einen Mord in Auftrag zu geben? Wer hätte dazu die Möglichkeiten?

Oder war Sonja durch meinen Unfall so aus der Spur geraten, dass sie dadurch einer Art Verfolgungswahn erlegen war?

Über all diese unbeantworteten Fragen übermannte mich der Schlaf.

Als ich erwachte fiel es mir wie Schuppen von den Augen. Es war, als hätten während des Schlafes die Zahnräder meiner Gedanken begonnen, sich ineinander zu verhaken und zu einem gleichmäßigen Rhythmus zu finden.

Hatte Sonja nicht meine Verhaltensänderung der letzten Wochen angesprochen? Konnte es wirklich sein, dass Mr. Eightwood und dieser geheimnisvolle Bund der Mächtigen so weit gehen würden?

Ja, ich hatte ihr geheimes Konto aufgedeckt. Ja, sie hatten mir ihre Transaktionen, die weit jenseits der Legalität lagen, erläutert. Ja, sie wollten mich zu einem der ihren krönen. Ja, ich hatte abgelehnt. Und ja! Einhundertsiebenundzwanzig Milliarden und die mögliche Gefährdung zukünftiger Transaktionen würde in deren Augen einen ausreichenden Grund darstellen. Zumal alles nur zum Besten der globalen Wirtschaft notwendig wäre.

Aber warum vermutete Sonja, dass dieser Unfall ein Auftragsmord sei? Welche Informationen hatte sie? Hatte sie die Kopie des USB Sticks gefunden?

Nach unruhigem Schlaf fieberte ich dem Erscheinen von Sonja entgegen, die wie versprochen am frühen Vormittag erschien.

„Du siehst müde aus."

„Kein Wunder nach dem, was du mir gestern erzählt hast. Ich hätte auch eventuell eine Erklärung für deine ungeheure Behauptung."

„Dann erkläre es mir."

Und ich erzählte Sonja alles. Angefangen von dem plötzlich nicht mehr existierenden Überweisungsbetrag von achtunddreißig Millionen bis hin zu dem Konto auf den Caymans mit 127 Milliarden. Auch von dem Bund der Mächtigen, der mich als jüngstes Mitglied rekrutieren wollte und dessen globaler, nicht uneigennütziger wirtschaftlicher Einflussnahme.

„Aber nun sage mir, wie du darauf kommst, dass dieser Unfall ein Mordanschlag war."

„Nun wird mir alles klar. Und ich erkenne die Zusammenhänge. Also hat Herr Hügli doch die Wahrheit gesagt."

Ich sah Sonja fragend an. „Wer zum Teufel ist Herr Hügli?"

„Dein Auftragsmörder."

Meine Reaktion auf diese Worte ist fast unmöglich zu beschreiben. Ein Rammbock, der sich plötzlich in deine Eingeweide frisst? Eis, das deinen Rücken einbettet und dir das Gefühl vermittelt erstarrt zu sein? Angst? Fassungslosigkeit?

Die Kombination all dessen machte mich sprachlos, obwohl ich ja den Grund für diesen Anschlag bereits in Betracht gezogen hatte. Aber in Gedanken hatte sich das so absurd angefühlt, dass ich an einer Realisierung zweifelte. So etwas passiert doch nicht. Nicht mir. Vielleicht in Romanen. Aber doch nicht in meinem Alltag.

Aber Sonjas Verzweiflung ließ keine Zweifel an der Glaubwürdigkeit des Gesagten.

„Sag mir alles was du weißt. Du scheinst ja bestens informiert zu sein", fuhr ich Sonja, weit grober als ich wollte, an.

Und Sonja erzählte mir alles. Angefangen von der Kontaktaufnahme durch Herrn Hügli, dessen Auftrag, die Gefährdung unserer Familie, sein Plan, die Familie offiziell sterben zu lassen, das Weiterleben mit neuen Identitäten, die finanzielle Unterstützung.

„Das klingt alles so irreal. Wir müssten alle Brücken hinter uns abbrechen. Vertraust du ihm?"

„Am Anfang hatte ich auch Zweifel. Aber in der Zwischenzeit vertraue ich ihm. Aber abgesehen davon. Welche

Wahl bleibt uns? Die Polizei würde uns das nie glauben. Und selbst wenn Herr Hügli seinen Auftrag nicht ausführen würde, wären wir dann wirklich vor weiteren Anschlägen sicher?"

Ich wägte Sonjas Argumente ab.

„Was niemand weiß: Ich habe noch eine Sicherungskopie der gesamten Transaktion."

„Und du glaubst wirklich, dass wir damit unbehelligt bleiben? Bei der Macht und dem Einfluss, den diese Leute haben, wird unser Leben immer in Gefahr sein. Und selbst wenn Herr Hügli uns nicht finanziell unterstützen würde, würde ich einen Neuanfang einer ständigen Angst vorziehen. Wir sind jung. Und auch wenn wir nicht mehr unser bisheriges angenehmes Leben weiterführen können. Wir lieben uns und werden immer zusammenhalten."

Bei diesen Worten schmolz das Eis, welches meinen Körper immer noch gefangen hielt und mir wurde wieder einmal klar, dass diese Frau der Hauptgewinn meines Lebens war. Ich nahm sie, so gut es meine Verletzungen erlaubten, in die Arme, küsste ihre immer noch tränenfeuchten Augen und flüsterte ihr ins Ohr: „Wir fangen nochmals neu an."

Sonja schien erleichtert, kuschelte sich an mich und wir besprachen den Plan, den Herr Hügli ausgearbeitet hatte. Auch wenn ich diesen Mann noch nicht kannte, nötigte mir seine präzise Planung gehörigen Respekt ab.

„Sobald du auf Normalstation verlegt wirst, muss alles kurzfristig über die Bühne gehen. Das heißt, innerhalb der nächsten zwei bis drei Tage. Wir werden uns danach dann einige Zeit nicht mehr wiedersehen. Aber ich besuche dich noch einmal, um dir den genauen Zeitpunkt mitzuteilen und um mich von dir zu verabschieden. Ich liebe dich."

Als Sonia aufbrach, mir nochmals zuwinkte und mich mit meinem Gefühlschaos zurückließ, wirkte sie erleichtert.

Auch wenn ich mich ihr gegenüber zuversichtlicher gegeben hatte als ich wirklich war, steigerte sich meine Verwirrung mit jeder Minute. Konnte das wirklich gut gehen? Gab es definitiv keinen anderen Weg? Was würde die Zukunft bringen?

KAPITEL 11

Es konnte losgehen! Ich hatte Frau Kramer nochmals kontaktiert, die mir versicherte, dass sie ihren Mann eingeweiht und dieser eingewilligt hätte mitzuspielen.

Es blieb nur noch abzuwarten, bis Herr Kramer auf Station verlegt wurde und die Dienstzeiten von Dr. Reuter und Conny übereinstimmten.

Nachdem ich mich mit beiden nochmals in Verbindung gesetzt hatte stellte sich heraus, dass das Glück auf unserer Seite war. Beide hatten gemeinsame Nachtschicht. Ich informierte sie, dass sobald Herr Kramer verlegt worden war, unser Vorhaben noch in derselben Nacht ausgeführt werden müsse. Erfreulicherweise machten sie nicht den Eindruck, als hätten sie Bedenken bekommen. Jetzt blieb nur noch der Zeitpunkt der Verlegung abzuwarten.

Wie immer, wenn eine Planung abgeschlossen und kurz vor der Ausführung stand, wich die Angespanntheit der letzten Wochen einer mit einer inneren Ruhe begleiteten Fokussierung.

Das Telefon auf Station sieben klingelte: „Herr Kramer kann von der Intensivstation abgeholt werden. Bitte benachrichtigt seine Frau über die Verlegung."

„Hallo Frau Kramer! Ihr Mann ist soeben zu uns auf Station verlegt worden. Sie wollten ja sofort benachrichtigt werden. Er liegt jetzt in Zimmer siebenhundertacht."

Nachdem Sonja die Nachricht erhalten hatte kontaktierte sie unverzüglich Herrn Hügli über das von ihm erhaltene Prepaid Handy, verabredete mit ihm einen gemeinsamen Besuchstermin und machte sich auf den Weg in die Klinik.

„Hallo mein Schatz, gut siehst du aus."

Die Atmosphäre in dem doch für Krankenhausverhältnisse gut ausgestatteten Zimmer für Privatpatienten sorgte, im Gegensatz zur Intensivstation, für eine gewisse Ungezwungenheit.

„Herr Hügli weiß Bescheid über deine Verlegung und wird auch bald auftauchen, um mit uns nochmals die Details durchzusprechen."

Im selben Moment, fast so als hätte er vor der Türe gewartet, klopfte es und Herr Hügli betrat das Krankenzimmer.

„Hallo Herr Kramer. Schön, dass wir uns kurz vor Ihrem Tod doch noch kennenlernen."

Die Blicke des Opfers und des Killers schienen sich tief in das Innere des Anderen zu versenken als wollten sie dessen Gedanken, den Charakter und die Seele in sich selbst empfinden.

Unerklärlicherweise waren sich beide auf den ersten Blick sympathisch.

„Ersparen wir uns überflüssige Diskussionen und kommen gleich zur Sache. Morgen früh gegen drei Uhr wird die Nachtschwester nach Ihnen schauen. Vermutlich wird sie Sie fragen, ob Sie damit einverstanden sind, dass Sie den diensthabenden Arzt benachrichtigt, der Ihren Tod bescheinigen soll. Nachdem Sie dies bejaht haben, wird dieser unverzüglich auftauchen und Sie sicherlich ebenfalls um Ihr Einverständnis bitten. Danach wird der Leichenschauschein ausgestellt und Ihre Frau benachrichtigt.

Frau Kramer, können Sie dafür sorgen, dass das Kindermädchen kurzfristig erreichbar ist?"

„Das Kindermädchen lebt bereits seit einer Woche bei uns im Haus."

„Sehr gut. Sobald Sie die Klinik erreicht haben veranlassen Sie was wir besprochen hatten. Vergessen Sie nicht, von zu Hause eine Sonnenbrille, eine Zwiebel, sowie eine Serviette und ein kleines Taschenmesser mitzubringen."

„Warum das?", wollte Frau Kramer mit einem erstaunten Gesichtsausdruck wissen.

„Nun, die Sonnenbrille soll Ihre verweinten, geröteten Augen verdecken, die Sie durch das Inhalieren des Zwiebelduftes hervorgerufen haben. Gegen sechs Uhr rufen Sie mich an. Ich werde dann Ihren Mann abholen. Auf dem Weg zum Bestattungsunternehmen werde ich Ihren Mann in ein bereitstehendes Wohnmobil verlegen. Da auf Ihren Wunsch hin der Sarg Ihres Mannes geschlossen bleiben soll, um ihn nicht als Verstorbenen, sondern lebend in Erinnerung behalten zu können, werde ich, sobald ich das Beerdigungsinstitut erreicht habe, den Sarg zur Beerdigung vorbereiten. Da die Eigentümer sich derzeit in einem Schweizer Hotel zu einem Wellness Urlaub aufhalten, ist von dieser Seite mit keinerlei Schwierigkeiten zu rechnen.

Sobald das erledigt ist, kehre ich zum Wohnmobil zurück, Getränke und etwas zu essen sind übrigens dort bereits vorhanden, und fahre Ihren Mann in mein Chalet in der Schweiz. Die weitere Versorgung übernimmt dort meine vertraute Haushälterin.

Ihr Mann wird Sie dann in zwei Tagen um sechzehn Uhr auf dem Prepaid Handy anrufen um Ihnen zu bestätigen, dass alles in Ordnung ist. Bitte nur kurzer Kontakt. Danach wieder ausschalten und die SIM-Karte und Batterie entfernen. Zukünftig sollte das Handy nur noch in Notfällen benutzt werden, wenn Sie mit mir Kontakt aufnehmen müssen.

Die Beerdigung wird in vier Tagen stattfinden. Ich werde die Zeitungsannonce schalten. Organisieren Sie einen Geistlichen oder einen Trauerredner und benachrichtigen Sie die Familie und Freunde."

„Unglücklicherweise, oder sollte ich in diesem Fall sogar sagen glücklicherweise, gibt es keine Familie mehr. Unsere Eltern sind früh verstorben und Geschwister haben wir keine."

„Gut. Dann eben eventuell vorhandene Tanten, Onkel, Cousinen oder Cousins. Bei der Beerdigung tragen Sie eine Sonnenbrille. Bei den Beileidsbekundungen und Hilfsangeboten lassen Sie einfließen, dass Sie beabsichtigen, mit Ihrer Tochter irgendwo in Österreich, abgelegen im Schnee und in der Stille der Landschaft, wieder zu sich zu finden.

Da ich als Bestatter ja auf der Beerdigung anwesend bin werde ich Ihnen, wenn ich Ihnen mein Beileid ausdrücke, heimlich eine Notiz zukommen lassen, die Sie wissen lässt, wann, wo, und in welchem Hotel Sie für eine Woche buchen werden. Die Notiz zu Hause vernichten.

Zu Ihrem Hotelaufenthalt nehmen Sie nicht mehr mit, als es im Normalfall notwendig ist.

Während Ihres Aufenthaltes werden Sie täglich um siebzehn Uhr auf Ihrem Zimmer erreichbar sein, damit ich mit Ihnen Kontakt aufnehmen kann. Noch Fragen?"

In den Gesichtern der Kramers fehlte eigentlich nur noch, dass herabfallende Unterkiefer geöffnete Münder präsentiert hätten.

„Eine äußerst präzise Planung", lautete dann doch der Kommentar von Mario Kramer.

„Die nur dann zum Erfolg führt, wenn das Drehbuch minutiös eingehalten wird", kam die Entgegnung.

„Wir sehen uns dann morgen früh. Ich wünsche uns viel Erfolg, an dem ich nicht zweifle. In spätesten vierzehn Tagen werden wir darauf mit einem Glas Champagner anstoßen."

Die Kramers waren so vertieft, dass sie kaum registrierten, als sich die Zimmertüre hinter Herrn Hügli schloss.

KAPITEL 12

Dienstagmorgen 03.20Uhr

„Guten Morgen Herr Kramer. Ich bin Schwester Conny, die Nachtschwester. Wissen Sie Bescheid, was nun auf Sie zukommt?"

Trotz ihres forschen Auftretens konnte Conny das Zittern in ihrer Stimme nicht unterdrücken.

Ich hatte noch kein Auge zugemacht und war hellwach als ich erwiderte: „Ja, es kann losgehen."

„Das heißt, dass Sie damit einverstanden sind, wenn ich jetzt den diensthabenden Arzt über Ihr plötzliches Ableben unterrichte?"

„Ja."

„Dann werde ich jetzt Dr. Reuter Bescheid geben und Ihre Frau benachrichtigen, sobald dieser den Leichenschauschein ausgestellt hat. Ich wünsche Ihnen für die Zukunft alles Gute und viel Glück.

Grüßen Sie mir das Jenseits", fügte sie noch mit einem Lächeln hinzu, als sie das Zimmer verließ.

Kurz darauf betrat der Arzt, von dem ich jetzt wusste, dass es Dr. Reuter war, den Raum. Er wirkte etwas verunsichert.

„Hallo Herr Kramer. Ich bedaure, Sie unter solchen Umständen kennen zu lernen. Sie wissen, dass ich jetzt Ihren Tod bescheinigen werde und sind sich über die Konsequenzen im Klaren?"

Obwohl mein Puls raste und mein Herz mir bis zum Hals schlug, hatte ich den Eindruck, dem Arzt Mut zusprechen zu müssen.

„Machen Sie sich keine Gedanken. Es ist alles bestens organisiert. Ich bin mir der Tragweite bewusst und Sie können versichert sein, dass kein Mensch an meinem überraschenden Ableben zweifeln wird."

Kaum hatte der Satz meine Lippen verlassen registrierte ich, dass ich mit diesen Worten nicht nur den Arzt, sondern vor allem mich selbst beruhigen wollte.

„Gut. Dann fülle ich jetzt den Leichenschauschein aus. Den Todeszeitpunkt lege ich auf 03.32 Uhr fest."

Ganz so cool wie Conny, die Nachtschwester, wirkte er nicht, als er sich von mir verabschiedete.

Dienstagmorgen 04.13 Uhr

„Glücklicherweise siehst du für eine Leiche recht frisch aus", bemerkte Sonja beim Eintreten.

Aber uns war beiden nicht nach Scherzen zumute. Wir hielten uns nur in den Armen und jeder versuchte, dem anderen Stärke zu geben.

„Du solltest jetzt Schwester Conny Bescheid geben, dass sie mich wie besprochen in den Aufbahrungsraum bringt."

Noch bevor Sonja dazu kam, öffnete sich die Tür und Schwester Conny erschien mit einem weißen Leintuch, das sie über mich ausbreitete, so dass auch mein Gesicht bedeckt war.

„Ich bringe Sie jetzt nach unten zu ihrem letzten Aufenthalt in unserem Haus. Also sozusagen unter die Erde."

Diese Frau hatte schon einen seltsamen Humor. Unter meinem Leintuch merkte ich, wie ich aus dem Zimmer geschoben wurde, das Öffnen und Schließen der Fahrstuhltüren, wie sich der Aufzug nach unten in Bewegung setzte und nach dem nochmaligen Öffnen der Türen das Bett in einen Raum geschoben wurde, der spürbar kälter war.

„Dann will ich Sie jetzt alleine lassen", war das letzte, was ich von Schwester Conny hörte.

Kurz darauf deckte Sonja mein Gesicht auf und gab mir einen langen, innigen Kuss.

„Ich habe noch nie eine Leiche geküsst."

Ob der Humor von Schwester Conny ansteckend war?

Das Gefühl, in diesem Raum zu sein, in dem normalerweise nur die Toten aufgebahrt wurden, hatte etwas Beängstigendes an sich. So beschlossen wir, gleich jetzt Herrn Hügli anzurufen, obwohl wir von ihm bereits wussten, dass eine Abholung vor sechs Uhr nicht möglich wäre.

Dienstagmorgen 05.10 Uhr

„Wir sind abholbereit", teilte Sonja Herrn Hügli mit, als dieser sich sofort meldete.

„Sehr gut. Halten Sie noch etwas durch. Ich werde wie besprochen gegen sechs Uhr bei Ihnen sein."

Die kurze Zeitspanne bis zu Herrn Hüglis Eintreffen überbrückten wir, der Würde des Raumes entsprechend, fast schweigend. Glücklicherweise fiel mir in diesem belastenden Schweigen, in dem meine Gedanken sich überschlugen, ein, dass ich noch einiges an Bargeld und die Kopie des Sticks, der alles ins Rollen brachte, in unserem Safe in der Bank hatte.

„Sonja! Du musst dringend, spätestens nach meiner ‚Beerdigung' auf die Bank. Ich habe dort noch etwa vierunddreißigtausend Euro und einen USB-Stick. Lass etwa zweitausend Euro im Safe. Den Stick und das Geld bringst du mit, wenn wir uns wiedersehen."

„Ich werde jetzt Ihren Mann übernehmen", wandte sich Herr Hügli nach seinem Eintreffen an Sonja.

„Sie werden nach Hause fahren und Ihre Freunde über das plötzliche Ableben Ihres Mannes im Laufe des Vormittags informieren. Ich werde Ihren Mann wie geplant in die Schweiz bringen. Voraussichtlich bin ich heute Nacht wieder zurück. Morgen werde ich alles für die Bestattung vorbereiten. Ich gebe Ihnen die Karte des Beerdigungsinstitutes. Suchen Sie mich dort morgen gegen achtzehn Uhr auf. Denken Sie an die Sonnenbrille und die Zwiebel bevor Sie jemanden empfangen, der Sie trösten will. Für Sie Herr Kramer habe ich alle Medikamente organisiert, die Sie noch benötigen. Wir wollen doch nicht riskieren, dass Sie tatsächlich noch eine Lungenembolie bekommen. Die Blutverdünnungsmedikamente müssen Sie die nächsten Wochen noch einnehmen. Dann wollen wir mal."

Ich kann nicht behaupten, dass ich mich wohlfühlte. Aber die Fahrt in einem Leichenwagen in einem, glücklicherweise geöffneten, Sarg, war sicher nichts Alltägliches.

Nach etwa einer halben Stunde Fahrt hielt der Wagen auf dem Parkplatz des Beerdigungsinstituts, der Motor wurde abgestellt. Herr Hügli half mir, aus dem Sarg herauszukommen und in das daneben abgestellte Wohnmobil umzusteigen. Zu dieser Uhrzeit und in diesem abgelegenen Viertel war niemand zu sehen, der die Szene hätte beobachten können.

Obwohl mich mein gebrochener Arm und die Schmerzen in meinem Oberkörper daran erinnerten, dass ich das Opfer eines Anschlages geworden war und noch vor kurzem im künstlichen Koma lag, verlief der Fahrzeugwechsel ohne Probleme.

Ich war zwar früher viel als Rucksacktourist auf Reisen, hatte mich jedoch nie für Wohnmobile interessiert. Umso überraschter war ich über den hier gebotenen Luxus auf Rädern. In einer Mietanzeige wäre dieses Exemplar wohl als „2 Zimmer, Küche, Bad" inseriert worden. Obwohl es draußen empfindlich kalt war, umgab uns hier drinnen eine angenehme Wärme.

„Die Heizung läuft auf Gas. Das Thermostat habe ich auf vierundzwanzig Grad eingestellt", erklärte mir Herr Hügli.

„Im Kleiderschrank finden Sie Unterwäsche und einen Jogginganzug. Die Größe müsste passen. Bei den Schuhen habe ich zwei verschiedene Größen besorgt. Dreiundvierzig und vierundvierzig. Sollten Sie Hilfe beim Anziehen brauchen, rufen Sie mich. Ich mach uns in der Zwischenzeit Frühstück. Danach gehe ich nochmals ins Büro, regle einige Notwendigkeiten und hoffe, dass wir so gegen zehn Uhr fahren. Sie können sich ja nach dem Frühstück etwas hinlegen. Die Betten sind frisch bezogen. Im Bad finden Sie frische Handtücher, eine neue Zahnbürste und einen Nassrasierer."

Dieses Wohnmobil verfügte sogar über eine Kaffeemaschine und einen Backofen, in dem Herr Hügli unsere Frühstücksbrötchen aufwärmte. Und auch gegen die Rühreier war nichts einzuwenden.

Ich konnte mich des Gedankens nicht erwehren: Es lebt sich nicht schlecht als Toter.

Nach dem Frühstück testete ich wie vorgeschlagen die Betten, und obwohl ich mich hellwach wähnte, fiel ich, kaum mit dem Bett in Berührung gekommen, in einen ohnmachtsähnlichen Schlaf, aus dem ich erst erwachte, als wir schon hinter der Schweizer Grenze waren.

Dass Herr Hügli zurückgekehrt und wir zwischenzeitlich einige hundert Kilometer gefahren waren, hatte ich im wahrsten Sinne des Wortes verschlafen.

„Ausgeschlafen? Es ist jetzt nicht mehr weit bis Fanas, ein kleines Dorf in der Nähe von Davos. Mein Haus liegt etwas versteckt, ohne direkte Nachbarn und mit einem herrlichen Blick über das gesamte Tal. Auf der Terrasse hat man fast den ganzen Tag Sonne. Wenn sie scheint. Maria, meine Haushälterin, stammt aus Myanmar, ist absolut vertrauenswürdig und spricht fließend englisch. In der Zwischenzeit beherrscht sie sogar den örtlichen Dialekt. Sie weiß über unsere Ankunft Bescheid und hat sicherlich bereits alles vorbereitet. Ich werde Sie als Marcel, einen Geschäftskollegen, der nach einem Unfall etwas Erholung braucht, vorstellen. Sie wird keine Fragen an Sie stellen, wenn ich wieder abgereist bin, denn uns verbindet eine besondere Geschichte. Ich gehe davon aus, dass ich mich am frühen Abend wieder auf den Weg mache. Denken Sie daran morgen um sechzehn Uhr Ihre Frau anzurufen. Benutzen Sie dafür Marias Handy. Ich gebe Ihnen später noch die Nummer des Prepaid Handys, welches Ihre Frau benutzt."

Kurz darauf fuhren wir in die Einfahrt eines am Hang gelegenen, einladend wirkenden Holzhauses. Kaum hatten wir das Wohnmobil verlassen, öffnete sich die Eingangstüre und eine etwa fünfzigjährige, schlanke und attraktiv wirkende Frau flog auf Herrn Hügli zu, umarmte ihn und strahlte über das ganze Gesicht.

„Schön, dass du wieder da bist, Roberto. Ich freue mich riesig."

Es war mir bisher nicht bekannt, dass Herr Hügli mit Vorname Roberto hieß und wunderte mich über den vertrauten Umgang der beiden.

„Hallo Maria. Ich freue mich auch dich zu sehen. Aber ich muss euch bereits heute Nachmittag wieder verlassen. Dies ist mein Geschäftsfreund, Herr Sauer. Jetzt lass uns erst einmal eintreten, mach uns einen Drink und verrate uns, was du uns Leckeres gekocht hast. Hier oben sind die Schlafräume, mein Arbeitszimmer und die Bäder. Aber wir wollen gleich nach unten gehen und uns etwas entspannen", wandte sich Herr Hügli mir zu.

Eine breite Holztreppe führte nach unten in einen riesigen Wohnraum, dessen eine Seite durch eine offene Küche begrenzt wurde. Die Fensterfront erlaubte den Blick auf eine mediterran wirkende Veranda, die jedoch die Sicht, die sich über das gesamte Tal erstreckte, nicht einschränkte. Alte Balken beherrschten die holzgetäfelte Decke und in einem Kamin, welcher mit Granitsteinen eingefasst war, sich in eine Ecke schmiegte und nach oben verjüngte, prasselten, Wärme spendend, knisternde Holzscheite.

„Zwei Gin Tonic?", fragte Maria, die fast lautlos aufgetaucht war.

„Nur einen, bitte. Herr Sauer darf wegen seiner Medikamente noch keinen Alkohol zu sich nehmen. Am besten, du machst ihm einen alkoholfreien Fruchtcocktail. Und ich glaube, zwei Kaffee wären auch nicht schlecht.

Nun, Herr Sauer, wie gefällt es Ihnen hier?", wandte sich Herr Hügli an mich, um mir zu verstehen zu geben, dass ich hier zunächst als Herr Sauer auftreten würde.

„Wunderschön. Aber was soll ich Maria erzählen, wenn sie wieder gefahren sind?"

„Ihre Person betreffend nur allgemein, dass wir Geschäftsfreunde sind. Sie wird Sie nichts fragen, oder etwas von Ihnen wissen wollen, wenn es nicht um Ihr persönliches Wohlbefinden geht. Ich werde sie noch beauftragen, morgen Ihre Maße zu nehmen und Ihnen in Davos die entsprechende Kleidung einzukaufen."

„Wie Sie wissen, bin ich im Moment völlig mittellos. Ich kann Maria daher keine Auslagen ersetzen."

„Machen Sie sich keine Gedanken. Ich habe bereits Ihrer Frau gesagt, dass ich Ihr neues Leben finanziell unterstützen werde. Unter diesem Aspekt würde ich die Ausgaben für ein paar Klamotten als Peanuts bezeichnen.

Danke für die Drinks, Maria. Sag uns Bescheid, wenn das Essen zubereitet ist."

Nach der Krankenhausverpflegung erschien mir das Essen himmlisch. Einer klaren Oxtail-Suppe folgte ein Wildschweinbraten, dem sich als Nachspeise Mousse au Chocolat anschloss.

Ich bedauerte, schon satt zu sein.

„Maria, das war phantastisch. Und glauben Sie mir: Ich habe schon lange nicht mehr so gut gegessen", lobte ich die Haushälterin, die sich mit einem herzlichen Lächeln für das Lob bedankte.

„Dem kann ich mich nur anschließen", bemerkte auch Herr Hügli.

„Setz dich einen Moment zu uns, ich muss dir noch ein paar Instruktionen geben. Herr Sauer wird für einige Zeit mein Gast sein. Morgen besorgst du ihm in Davos entsprechende Kleidung. Sollte er irgendwelche Wünsche haben, versuchst du ihm diese zu erfüllen. In etwa zwei Wochen werde ich wiederkommen, zusammen mit Herrn Sauers Frau. Du kannst dann mindestens drei Wochen Urlaub machen und deine Familie in England besuchen."

„Das geht gar nicht", protestierte Maria. „Wer soll dann kochen, putzen, die Drinks servieren, sauber machen, einkaufen und sonst noch alles?"

„Keine Sorge, Maria. Ich verspreche dir, wir werden zurechtkommen. Im Notfall kann ich dich immer noch in England anrufen. Und jetzt mach mir bitte noch einen doppelten Espresso, bevor ich mich wieder auf den Weg mache."

KAPITEL 13

Nachdem sich Herr Hügli verabschiedet hatte ließ ich mich in einem bequemen Sessel vor der Fensterfront sinken, der wie geschaffen war, um diesen Blick zu genießen.

Als ich die Frage Marias: „Haben sie noch irgendwelche Wünsche, Herr Sauer?", verneinte, war ihre Anwesenheit nur noch beim Nachlegen neuer Holzscheite in das knisternde Feuer wahrnehmbar.

Mich dem Blick über das verschneite Tal, dem sich verabschiedenden Tag, der Färbung des Himmels und dem leichten Schwanken der Tannenwipfeln im Wind hingebend, überkam mich eine Ruhe, die nach der Aufregung der letzten Tage umso intensiver war.

So glitt ich in einen tiefen, erholsamen Schlaf, aus dem ich erst erwachte, als Maria eine Decke über mich breitete.

„Sorry, Mister Sauer", fiel Maria unbewusst ins englische zurück. „Ich wollte Sie nicht wecken."

Inzwischen hatte sich bereits die Nacht über das Tal gelegt, aus dem die Lichter der Ortschaft herauf schienen.

„Kein Problem, Maria. Aber ich höre, dass Sie nun englisch sprechen. Ist es Ihnen lieber wir unterhalten uns auf Englisch oder auf Deutsch?"

„Besser Deutsch, damit ich meine Kenntnisse verbessern kann."

„Gut. Und nennen Sie mich künftig Marcel, sonst wäre es mir peinlich, Sie weiter mit Ihrem Vornamen anzusprechen."

Der Rest des Abends verging wie im Flug. Maria machte uns noch etwas zu Essen und, nachdem ich mein Interesse an Myanmar bekundet hatte, war ihr Redefluss kaum mehr zu bremsen. Aber trotz geschickt eingestreuter Nachfragen gelang es mir nicht, ihr zu entlocken, wie sie in der Schweiz gelandet war, und welche Verbindung zwischen ihr und Herrn Hügli bestand. Aber auch Maria stellte keine persönlichen Fragen an mich.

Als wir zu fortgeschrittener Stunde beschlossen unseren Betten einen Besuch abzustatten, fragte mich Maria nochmals fürsorglich, ob ich alleine zurechtkäme, oder ihre Hilfe benötigt würde.

Nachdem ich verneinte, brachte sie mich in meinen Schlafraum, der einer großzügigen Juniorsuite glich, und dessen große Fensterfront ebenfalls den Blick ins Tal freigab.

Am folgenden Tag machte sich Maria nach dem Frühstück auf den Weg nach Davos, um meine, wie sie sagte, Erstausstattung zu besorgen, nicht ohne mich vorher „vermessen" zu haben.

„Ich werde am frühen Nachmittag zurück sein. Schließlich müssen Sie ja etwas zu essen bekommen! Mein Handy lasse ich Ihnen hier. Herr Hügli sagte mir bereits, dass Sie dieses benötigen würden, da Sie Ihres in der Klinik vergessen hätten."

Richtig! Ich sollte Sonja gegen sechzehn Uhr anrufen.

Zu diesem Zeitpunkt war Maria längst zurück, mit unzähligen Einkaufstüten. Und nicht nur die perfekt sitzende Obergarnitur, sondern auch die Unterwäsche zeugte von erlesenem Geschmack.

Das Gespräch mit Sonja verlief zwar kurz, aber erfreulich. Ich versicherte ihr, dass hier alles traumhaft wäre, und wie ich verwöhnt würde. Und sie erzählte mir, dass sie die Rolle der trauernden Witwe immer überzeugender beherrschte.

Währenddessen – Bestattungsvorbereitungen

Die Rückfahrt von Fanas nach Frankfurt verlief zügig und ohne Stau. So konnte ich bereits am frühen Mittwochmorgen mit den Vorbereitungen für die Bestattung fortfahren.

Als Frau Kramer mich um achtzehn Uhr wie besprochen aufsuchte, war von meiner Seite für die Beerdigung am Samstag um vierzehn Uhr, inklusive der Todesanzeige, alles erledigt.

Frau Kramer erschien in einem langen, schwarzen Mantel, unter dem sie ein dezent geschnittenes, schwarzes Kostüm trug. Eine dunkle Sonnenbrille unterstrich das Bild der trauernden Witwe.

„Schön Sie zu sehen. Schwarz steht Ihnen. Ihrem Mann geht es gut und er befindet sich in besten Händen. Wie läuft es bei Ihnen?"

„Das schwierigste für mich war, meiner Tochter zu erklären, dass Papa nicht mehr unter uns ist. Unseren Freunden gegenüber konnte ich das plötzliche Versterben meines Mannes und meine Trauer glaubhaft rüberbringen. Ein Trauerredner, dem ich bereits die Unterlagen für die Trauerrede geliefert habe, ist ebenfalls für Samstag verpflichtet."

„Sehr gut. Stehen Sie das alles durch. Die Beerdigung wird für Sie einen enormen psychischen Stress bedeuten und schauspielerisches Können erfordern."

„Es geht um meine Familie, und in diesem Fall bin ich zu Allem in der Lage."

„Dann lassen Sie uns noch einige praktische Details besprechen. Bis Samstag werde ich eruiert haben, in welchem Ort und wann Sie diesen Unglücksfall alleine mit Ihrer Tochter und in Ruhe und Abgeschiedenheit verarbeiten werden. Das

Weitere ist ja schon besprochen. Sorgen Sie dafür, dass vor Ihrer Abreise niemand den Bestimmungsort erfährt.

Und nochmals zur Erinnerung: an Ihrem Bestimmungsort sind Sie täglich um siebzehn Uhr erreichbar. Wenn ich dort mit Ihnen Verbindung aufnehme werde ich Ihnen sagen, welchen Spazierweg Sie täglich mit Ihrer Tochter nach dem Frühstück wandern werden. Nehmen Sie einen Schlitten für Ihre Tochter. Diesen wird man später am Fuße der Lawine, unter welcher Sie begraben werden, finden. Lassen Sie auf jeden Fall Schmuck und etwas Bargeld, sowie Ausweispapiere und Kreditkarten in Ihrem Zimmer zurück.

Über das Handy, das Sie von mir erhalten haben, nehmen Sie nur im Notfall mit mir Kontakt auf, nehmen es aber auf jeden Fall zu besagtem Spaziergang mit. Ihr eigenes Handy verbleibt ebenfalls im Hotel.

Die Rechnung über die Bestattung verschicke ich bereits morgen. Sie sollten diese auch unverzüglich begleichen, damit später seitens der Eigentümer des Bestattungsunternehmens keinerlei Nachfragen kommen können.

Wenn Sie der Mut verlassen sollte, was ich bei Ihnen eigentlich für unwahrscheinlich halte, denken Sie immer daran: Es dauert nicht mehr lange, bis Ihre Familie wieder vereint ist.

Wir sehen uns am Samstag."

Nachdem Frau Kramer gegangen war, kam ich nicht umhin, die Stärke dieser Frau zu bewundern. Trotz Todesdrohung, dem „Ableben" ihres Mannes, dem Verlust der Identität verbunden mit einer ungewissen Zukunft und der Notwendigkeit, einem Fremden uneingeschränkt zu vertrauen, war ihr Verhalten beherrscht und sie spielte ihre Rolle als trauernde Witwe nahezu perfekt.

Die Trauerfeier und Bestattung verlief reibungslos. Die Tränen, die Sonja vergoss, als der Sarg in der Erde versenkt wurde und ihre Tochter sie fragte: „Ist da der Papa drin?", flossen auch ohne Hilfsmittel.

„Papa ist immer bei uns. Und wenn du die Augen schließt, kannst du ihn sehen."

„Ja. Ich kann ihn sehen", erwiderte ihre Tochter mit zusammengekniffenen Augen.

Als Angelo sie umarmte, sagte er mit erstickter Stimme: „Ich werde es mir nie verzeihen, Mario im Krankenhaus nicht besucht zu haben. Aber ich bin fest davon ausgegangen, dass er wieder gesund wird, und Krankenhäuser sind für mich ein Grauen. Wenn ich dir in Zukunft helfen kann wäre ich froh, wenn ich das tun dürfte. Das bin ich nicht nur dir, sondern speziell Mario schuldig."

Sonja brach direkt wieder in Tränen aus, denn sie wusste, dass sie Angelo niemals wiedersehen würde.

„Danke. Ich habe beschlossen, mit Ramona einige Tage in die Berge zu fahren, um etwas Abstand zu gewinnen. Danach melde ich mich bei dir."

Als die Schlange der Kondolierenden vorbeigezogen war, kondolierte auch der Bestattungsunternehmer und steckte ihr unauffällig eine Notiz zu.

Hotel RELAX, Galtür Tirol, auf ihren Namen gebucht und für zehn Tage bezahlt, Anreise kommenden Dienstag

Den Hotelmanager hatte ich bereits über den Schicksalsschlag, der die Familie Kramer heimgesucht hatte, informiert. Dass ich als Freund der Familie Kramer, der sich nur wegen des Trauerfalles kurzfristig in Europa aufhielt, die Witwe überreden konnte, in seinem Hotel das Geschehene zu verarbeiten, und ihn darum bitten möchte, dezent und einfühlsam auf sie und ihre Tochter einzugehen, war absolut überzeugend.

Wir vereinbarten, die Rechnung an mein derzeitiges Frankfurter Hotel zu faxen, damit ich die Überweisung noch vor meiner Abreise vornehmen könnte.

Derzeit war für Galtür eine Lawinenwarnstufe der Kategorie zwei ausgesprochen, ebenso wie ein Hinweis, ausschließlich präparierte Pisten zu befahren.

Wichtig war, dass in der Nähe des Hotels ein Winterwanderweg zum Teil kurzfristig durch lawinengefährdetes Gebiet führte, wie meine Recherche ergab.

Das gemietete Wohnmobil hatte ich bereits zurückgegeben und so blieb nur noch die Rückkehr der eigentlichen Betreiber des Bestattungsunternehmens abzuwarten, die für den folgenden Mittwoch geplant war.

„Ich freue mich, dass Sie wieder zurück sind. Haben Sie Ihren Urlaub genossen?", begrüßte ich die beiden nach ihrer Rückkehr.

„Phantastisch. So verwöhnt wurden wir die letzten Jahrzehnte nicht. Nochmals herzlichen Dank für die großzügige Einladung. Gab es hier irgendwelche Probleme?"

„Nein. Alles in bester Ordnung. Die letzte Bestattung haben wir vergangenen Samstag durchgeführt. Die Rechnungen für unsere Leistungen, die in ihrer Abwesenheit ausgeführt wurden, sind bereits alle verschickt. Die Buchhaltung ist auf dem Laufenden.

Es gibt jedoch ein anderes Problem. Ich wurde benachrichtigt, dass es in einer meiner Niederlassungen zu Unstimmigkeiten gekommen wäre, die möglicherweise zu deren Schließung führen könnte. Daher habe ich nur Ihre Rückkehr abgewartet. Ich werde Sie daher bereits morgen verlassen. Ob das Projekt mit der Kette der Bestattungsunternehmen in absehbarer Zeit zu realisieren ist, wage ich zu bezweifeln.

Keine Sorge. Das Geld, das ich Ihnen bereits für unsere Abmachung übergeben habe, behalten Sie selbstverständlich. Ich vertraue darauf, dass Sie sich, sollte mein geplantes Projekt doch noch zur Verwirklichung kommen, an unsere getroffene Vereinbarung halten werden."

Obwohl die beiden nun sicher sein konnten das Geld zu behalten, wirkten sie enttäuscht.

„Das ist wirklich schade. Sie sind so sympathisch. Und unser Unternehmen wäre, wenn wir aufhören würden, bei Ihnen sicher in den besten Händen. Vielleich klappt es ja doch noch."

So verabschiedeten wir uns nach einer herzlichen Umarmung.

Zurück im Hotel gab ich meine Abreise für den nächsten Tag bekannt. Nach dem Abendessen ließ ich mir eine gute Flasche Rotwein aufs Zimmer kommen und spielte in Gedanken nochmals alles durch.

War Frankfurt abgeschlossen? Hatte ich alles berücksichtigt?

Dr. Reuter und Conny würden über ihre Rolle in diesem Spiel sicher in ihrem eigenen Interesse Stillschweigen bewahren. Und wenn nicht? Wer sollte schon so eine Story glauben. Die Besitzer des Bestattungsunternehmens würden sicher noch eine Weile darauf warten, dass ich mich wieder melden würde. Aber wenn nicht, wäre der unerwartete Geldsegen ein annehmbares Trostpflaster.

Was meine Auftraggeber betraf, so war ich sicher, dass sie die Todesanzeige des verstorbenen Herrn Kramer schon längst zur Kenntnis genommen hatten. Die erste Hälfte meines Auftrages war erledigt. Die zweite so gut wie abgeschlossen.

Am nächsten Tag machte ich mich auf den Weg nach Ischgl, nur wenige Kilometer von Galtür entfernt, um mir dort, umgeben von Schnee, in dem von mir gebuchten besten Hotel des Platzes, einen Tag Erholungspause zu gönnen.

KAPITEL 14

Der Wanderweg, den ich für Frau Kramer und ihre Tochter ausgesucht hatte, war für mein Vorhaben ideal geeignet. Er führte zunächst durch einen mit Bäumen bewachsenen Hang, kreuzte dann eine ehemalige breite Skipiste, die bereits seit Jahren wegen Lawinengefahr gesperrt war und nicht mehr präpariert wurde, um dann im gegenüberliegenden Wäldchen zu verschwinden. Bevor der Weg die Schneise passierte warnte ein Schild vor Lawinengefahr.

Ich hatte zwar schon einige Jahre nicht mehr auf Skiern gestanden, aber als ich dann mit geliehenen Brettern und entsprechender Ausrüstung auf der Skipiste den Hang gefunden hatte, der für Skifahrer gesperrt war, und den ich bereits seitens des Wanderweges inspiziert hatte, stellte ich fest, dass ich doch noch recht gut mit den Brettern zurechtkam.

Ich fuhr in das gesperrte Gebiet und fand einen versteckt gelegenen Platz, der sich perfekt dafür eignete, durch eine kleine Explosion eine Lawine auszulösen.

Um siebzehn Uhr am selben Tag rief ich Frau Kramer an, die sich wie verabredet auch sofort meldete.

„Hallo Frau Kramer. Ich möchte Sie über den Ablauf der nächsten Tage informieren. Sie gehen ab sofort jeden Morgen um zehn Uhr mit Ihrer Tochter auf eine Wanderung. Sie leihen sich im Hotel einen Schlitten für Ihre Tochter, damit Sie diese auf der langen Strecke immer mal wieder hinter sich herziehen können. Die Wanderung führen Sie, unabhängig der Witterungsverhältnisse, täglich durch. Einen Tag bevor ich die Lawine auslösen werde, rufe ich Sie nochmals an. Am Tag nach dem Anruf verlassen Sie das Hotel wie immer um dieselbe Zeit in Richtung Ihrer gewohnten Wanderstrecke. Kurz bevor der Weg in den Wald mündet, führt ein schmaler Pfad auf den Parkplatz der Talstation. Ich versuche meinen Wagen, einen schwarzen Kia Sorento mit Schweizer Kennzeichen, so zu parken, dass Sie ihn rasch finden. Den Schlüssel finden Sie auf dem linken Vorderreifen. Sobald Sie im Auto sind rufen Sie mich an. Es wird etwa fünfundvierzig Minuten dauern, da ich noch meine Skiausrüstung abgebe, bis ich bei Ihnen bin. Ihre Ausweise, Schmuck, Geld, persönliche Gegenstände, Ihr Handy lassen Sie im Hotel zurück. Lediglich das Handy, welches Sie von mir erhalten haben, nehmen Sie mit."

Nachdem ich Frau Kramer die genaue Wegbeschreibung durchgegeben hatte, beendeten wir das Gespräch.

Die nächsten Tage begünstigten mein Vorhaben. Es schneite fast ununterbrochen und die Wettervorhersage prophezeite auch für die nächsten Tage keine Änderung.

Vier Tage später war es soweit. Mein Anruf ließ Frau Kramer wissen, dass der nächste Tag der „Tag X" wäre.

Sonja befolgte minutiös die Anweisungen. Täglicher Spaziergang mit ihrer Tochter von zehn bis fünfzehn Uhr, bei dem sie auf dem Rückweg im Café der Talstation eine kleine Mahlzeit einnahmen. Der Anruf, dass es am nächsten Tag soweit sein sollte, führte dennoch dazu, dass ihre Nerven zum Zerreißen gespannt waren. Was würde sie wirklich mitnehmen, fragte sie sich, und beschränkte sich auf das aus dem Banksafe entnommene Bargeld und den USB-Stick, wobei sie 1.800 Euro im Hotelsafe zurücklassen würde.

Wie jeden Tag verließ sie am darauffolgenden Morgen das Hotel, und begab sich über den empfohlenen Pfad auf den Parkplatz der Talstation. Das Fahrzeug war wirklich leicht zu finden. Ebenso der auf dem Vorderreifen platzierte Autoschlüssel. Den Schlitten brachte sie im Kofferraum unter. Überrascht stellte sie fest, dass im Auto sogar ein Kindersitz vorhanden war. Herr Hügli schien wirklich an alles zu denken.

„Wir sind da", ließ sie Herrn Hügli weisungsgemäß wissen.

„Bis gleich", antwortete dieser, bevor er die Verbindung unterbrach.

„Mama, was tun wir hier in diesem fremden Auto?"

„Das ist ein Spiel, mein Schatz, und endet heute mit einer großen Überraschung. Gleich wird ein netter Mann kommen, dem das Auto gehört und uns an einen Ort bringen, an dem es wie im Märchen ist. Du weißt doch, dass immer, wenn du die Augen zumachst und an Papa denkst, du ihn sehen kannst. Und wenn wir an diesem verwunschenen Ort sind kann es sein, dass Papa wirklich da ist, wenn du die Augen öffnest."

Sonja hoffte, dass Ramona Herrn Hügli nicht als den Bestattungsunternehmer, der sie bei der Beerdigung kurz gegrüßt hatte, erkennen würde. Zu diesem Zeitpunkt schien ihn Ramona überhaupt nicht bemerkt zu haben. Zudem war sein Aussehen durch eine große, dunkelgetönte Brille, einem schwarzen Hut, der einen Teil seines Gesichtes verbarg, und einem weiten schwarzen Mantel verändert.

„Ist der Mann, der nachher kommt ein Zauberer?"

„So etwas ähnliches. Komm, lass uns etwas zusammenkuscheln, damit es dir nicht so kalt im Auto wird. Sollen wir etwas spielen?"

„Ja. Ich sehe was, was du nicht siehst."

So verging die Zeit, bis Herr Hügli an die Scheibe klopfte, schneller als erwartet.

„Ist das der Zauberer?", wollte Ramona, die sich glücklicherweise nicht erinnerte, Herrn Hügli bereits einmal gesehen zu haben, wissen.

„Ja, ich bin der Zauberer. Wir machen es jetzt ganz schnell warm im Auto, setzen dich in den Kindersitz und fahren dann zu meinem Schloss."

„Klasse!", antwortete Ramona, die sofort erkennen ließ, dass sie den fremden Mann mochte.

„Ging alles gut?", wollte Sonja wissen.

„Keine Probleme. Lassen Sie uns fahren. Wir werden etwa drei Stunden benötigen. Wenn wir in meinem ‚Schloss' sind, können wir ein kleines Fest geben.

Hat deine Mama dir schon gesagt, dass in meinem Schloss Wünsche wahr werden?"

„Ja, und sie hat auch gesagt, dass ich vielleicht sogar Papa sehen kann, wenn ich die Augen wieder aufmache."

„Ich sehe, Sie haben Ihre Tochter gut vorbereitet. Dann los."

Zur gleichen Zeit im Schweizer Chalet

Ich konnte meine Ungeduld kaum beherrschen, nachdem Maria mir berichtete, dass soeben Herr Hügli angerufen hat.

„Er wird am Nachmittag zusammen mit Ihrer Frau und Tochter hier eintreffen. Ich sollte bis dahin eine Kleinigkeit zum Essen vorbereiten und meine Sachen packen, da er mich anschließend nach München an den Flughafen fahren würde. Einen Flug nach London habe er bereits gebucht. Es tut mir leid, dass ich Sie und Ihre Familie nicht weiter verwöhnen kann. Aber Roberto bestand darauf, dass ich noch heute fliege. Wenn Ihre Familie eintrifft sollten Sie sich zunächst auf Ihrem Zimmer aufhalten, bis ich Sie hole, damit Ihre Tochter, für die das eine Überraschung werden sollte, auf das Wiedersehen vorbereitet werden kann."

Ab diesem Moment zählte ich die Sekunden bis zum Eintreffen meiner Liebsten.

„Das ist ja gar kein Schloss", meinte Ramona enttäuscht, als sie angekommen waren.

„Doch. Aber das Schloss ist verzaubert worden, nachdem ein reicher König, der dieses Schloss bewohnte, bei der Abendtafel überheblich meinte: ‚Was ist denn das für ein Fraß? Da kann ich ja gleich in einem Bauernhaus wohnen.' Und da verwandelte sich das Schloss in das Bauernhaus, welches du jetzt siehst", antwortete Herr Hügli.

„Wow!", staunte Ramona und betrat zusammen mit Sonja und Herrn Hügli neugierig das Haus, wo sie von Maria herzlichst begrüßt wurden. Im Wohnbereich blickte sie gedankenverloren in den Kamin, bevor sie sich wie ein Wirbelwind auf der verschneiten Terrasse mit dem Schnee beschäftigte.

„Ramona, komm mal bitte herein. Herr Hügli möchte mit dir zaubern", rief Frau Kramer ihre Tochter nach einiger Zeit, die sich das nicht zweimal sagen ließ.

„Setz dich hier aufs Sofa. Du weißt, wenn du die Augen schließt und fest an Papa denkst, kannst du ihn sehen. Leider verschwindet er immer, wenn du die Augen wieder öffnest. Aber Herr Hügli wird jetzt zaubern, dass Papa auch noch da ist, wenn du die Augen wieder öffnest. Sollen wir das einmal ausprobieren? Du darfst die Augen aber erst wieder öffnen, wenn ich dir das sage."

„Ja. Ja. Ja."

Während Ramona fest die Augen geschlossen hielt, holte mich Maria aus meinem Zimmer und bedeutete mir, ihr lautlos zu folgen. Als ich in den Wohnraum kam, wo Ramona mit zusammengekniffenen Augen neben meiner Frau saß, die mir mit dem Finger über den Lippen zu verstehen gab, mich geräuschlos zu verhalten, kamen mir die Tränen.

„Du kannst jetzt die Augen öffnen."

„Papa! Papa! Papa! Papa !"

Ramona flog in meine Arme und überwältigt von meinen Gefühlen drückte ich sie fest an mich.

„Papa! Herr Hügli ist ein Zauberer und hat dich wieder hergezaubert und wir sind hier alle in einem verzauberten Schloss", plapperte Ramona in meinen Armen.

Erst jetzt kam ich dazu, auch Sonja in den Arm zu nehmen. Wir hatten überhaupt nicht registriert, dass sich Maria und Herr Hügli nicht mehr im Raum befanden und uns so die Möglichkeit gegeben hatten, unseren Gefühlen freien Lauf zu lassen.

Es dauerte eine Weile, bevor sich Herr Hügli wieder zu uns gesellte.

„Was halten Sie davon, wenn wir eine Kleinigkeit essen. Maria hat etwas vorbereitet. Ich werde Maria anschließend nach München zum Flughafen bringen. Ich selbst habe in München noch etwas zu erledigen, so dass ich erst morgen zurück sein werde. Wir werden dann genügend Zeit haben, in aller Ruhe die Zukunft zu besprechen."

Obwohl Maria eine phantastische Köchin war, hätte ich, aufgewühlt wie ich war, hinterher nicht sagen können, was ich gegessen hatte.

Nach dem Essen nahmen Sonja, Ramona und ich am Kamin Platz, während Maria aufräumte und sich zur Abreise fertig machte. Auch Herr Hügli kam mit einem kleinen Reisekoffer, um sich zu verabschieden.

„Wir sehen uns morgen wieder. Genießen Sie Ihr Zusammensein."

Auch Maria verabschiedete sich mit den Worten: „Ich hoffe, wir sehen uns wieder", bevor auch sie das Haus verließ.

Nach so vielen Wochen war unsere Familie nun wieder vereint.

Nachdem Herr Hügli Maria am Flughafen verabschiedet hatte, checkte er im Bayerischen Hof ein, da er seinem Auftraggeber am nächsten Tag die Nachricht zukommen lassen musste, dass der Auftrag abgeschlossen sei.

So erschien zwei Tage später sowohl in der FAZ, als auch in der New York Times folgende Annonce:

EXPERTE: Haushaltsauflösung komplett abgeschlossen.

Einige Tage später – Gespräch der Mitglieder des „Zirkels der Macht"

„Meine Herren", begrüßte Mr. Eightwood die Anwesenden. „Unser Problem hat sich erledigt. Wie Ihnen bereits bekannt, verstarb unser geschätzter deutscher Mitarbeiter, Herr Kramer, an einer Lungenembolie nach einem Unfall. Tragischerweise kamen seine Witwe und seine Tochter kurz danach bei einem Lawinenunglück ums Leben. Wir erhielten die Mitteilung über Mitarbeiter unserer deutschen Niederlassung. Gleichzeitig erhielten wir einen Link auf den Artikel einer bekannten deutschen Boulevardzeitung, den ich Ihnen ausgedruckt habe."

Familie ausgelöscht
Erbarmungslos hat das Schicksal zugeschlagen: Nachdem ein Frankfurter Bankier nach einem schweren Autounfall seinen Verletzungen erlegen war, wurden seine Frau und deren Tochter von einer Lawine verschüttet. Da die beiden zunächst nicht vermisst wurden, wurde die Suche nach ihnen erst spät eingeleitet. Das Wetter erschwerte die Suchmaßnahmen zusätzlich. Obwohl die Verschütteten bisher nicht geborgen werden konnten, gehen die Rettungsmannschaften nicht mehr davon aus, Mutter und Tochter lebend bergen zu können. Ein Verantwortlicher bezweifelte sogar, ob die Suche bei den bestehenden Verhältnissen überhaupt erfolgreich sein könnte.

„Sie sehen. Unser Experte hat erfolgreich gearbeitet."
„Es wurden noch keine Leichen gefunden", bemerkte ein Mitglied des Zirkels.

„Das ist richtig. Aber ich vermute, dass der Experte die Auflösung des Resthaushaltes bereits vorher durchgeführt hat. Die Auslösung der Lawine, und ich bin überzeugt, dass diese durch den Experten herbeigeführt wurde, sollte bestimmt Nachfragen über den Verbleib des Resthaushaltes vorbeugen."

„Das klingt einleuchtend."

„Dann steht ja der Restüberweisung von einer Million Dollar auf das panamaische Konto des Experten, auf das wir bereits fünfhunderttausend Dollar Vorauszahlung geleistet haben, nichts mehr im Weg. Unstrittig war die Abwicklung des Auftrages eine Meisterleistung. Ich bedauere nur, dass wir nicht in der Lage sind, die Identität des Experten aufzudecken. Ich würde ihm sofort einen hochdotierten Exklusivvertrag für möglicherweise zukünftig anfallende Notwendigkeiten anbieten."

Die Sitzung wurde, nachdem die Anwesenden ihre Zufriedenheit bekundet hatten, geschlossen.

Zurück in der Schweiz traf Herr Hügli eine völlig zufriedene und glückliche Familie Kramer an.

Nachdem Ramona, die sich hier sichtlich wohlfühlte – wer wohnte schon in einem verwunschenen Schloss – ins Bett gebracht worden war, schlug er vor, zur Feier des Tages eine Flasche Champagner zu öffnen.

„Ein Gläschen werden Sie sich wohl trotz Ihrer Medikamente genehmigen können. Und ich schlage vor, wir sagen ‚Du' zueinander. Gleichgültig welche Vornamen wir benutzen, da diese sich in den nächsten Wochen sowieso ändern werden.

Ich erhebe also mein Glas auf die Familie Kramer, die

AUFGEHÖRT HAT ZU EXISTIEREN!"

2 . BUCH

KAPITEL 1

Es war schon ein seltsames Gefühl, für alle, die uns kannten, nicht mehr existent zu sein. Wurde um uns getrauert? Und wer? Wann waren wir vergessen? Was würde die Zukunft bringen?

Und als hätte er geahnt, welche Gedanken mir durch den Kopf gingen, fragte Roberto: „Habt ihr euch schon überlegt, was ihr in Zukunft machen werdet und wo ihr einen Neuanfang startet?"

„Wir haben uns darüber noch nicht unterhalten, aber ich hatte ja einige Tage Zeit, um mir Zukunftsszenarien auszumalen. Meinen Beruf als Banker werde ich wohl nicht mehr ausüben können. Ich bin jedoch zur Erkenntnis gelangt, dass ich das nicht bedauern werde. Was haltet ihr davon, wenn ich eine Ausbildung zum Tauch- und Surflehrer absolviere. Wir lassen uns in Übersee nieder, wo ich eine Tauch- und Surfschule aufbaue und Sonja ein kleines Bistro führt. Und das eventuell in Costa Rica, ein wunderbares Land mit

Traumstränden, das ich von meinem Trip durch Südamerika noch in bester Erinnerung habe."

„Mit dem Gedanken könnte ich mich anfreunden, zumal wir dann viel mehr Zeit für uns gemeinsam hätten. Und da wir beide keine großen finanziellen Ansprüche haben, muss nur dafür gesorgt sein, dass eine Schule für unsere Kleine in der Nähe ist. Ich möchte nicht, dass sie, wenn sie zur Schule muss, mehrere Stunden unterwegs ist. Glaubst du, dass so etwas zu realisieren ist?", wandte sie sich an Roberto.

„Die Idee ist nicht schlecht. Ich werde euch neue Papiere besorgen. Über eure zukünftige Nationalität machen wir uns noch Gedanken. Auch eine Arbeitsgenehmigung dürfte kein Problem darstellen, zumal ihr ja als selbstständige Unternehmer mit Kapitalnachweis tätig werdet. Des Weiteren empfehle ich, in einer Klinik für plastische Chirurgie eine kleine Veränderung eurer Physiognomie vorzunehmen. Damit wären die ersten Schritte in euer neues Leben eingeleitet.

Aber gestattet mir jetzt die Frage: Warum sollte ich zunächst dich, Mario, und im erweiterten Auftrag deine Familie eliminieren?"

„Ich kann es nicht beweisen. Aber es gibt nur eine einleuchtende Erklärung. Durch Zufall bin ich hinter einen, man kann sagen ,Geheimbund', gestoßen, der durch zumeist illegale Transaktionen ein Vermögen von 127 Milliarden Dollar auf einer Bank auf den Cayman Islands gebunkert hat. Dieser Bund in den Staaten setzt sich zusammen aus angesehenen Bankvorständen, Investmentbankern, politischen Beratern und weiteren einflussreichen Leuten. Diese können die globale Wirtschaft und politische Verhältnisse beeinflussen. Ich konnte, wenn auch nicht legal, die Verschiebung hoher Summen über verschiedene Banken bis auf die Caymans nachvollziehen und auf einem Stick sichern. Nicht wissend, dass diese Transaktionen von meinen eigenen Arbeitgebern vorgenommen wurden, unterrichtete ich diese bei einem geheimen Treffen in New York über den Vorgang. Daraufhin wurde ich in die Tätigkeiten dieses Bundes eingeweiht und erhielt das Angebot, Mitglied der Gruppe zu werden.

Nach einer Nacht traf ich, zu aller Unverständnis, die Entscheidung, dieses Angebot abzulehnen, jedoch über alles Stillschweigen zu bewahren. Der Speicherstick verblieb in den Staaten. Ich versicherte, dass aus Sicherheitsgründen keine Kopie existieren würde.

Die Verabschiedung verlief aufs freundlichste und mit der Zusicherung, auch künftig meine berufliche Laufbahn zu fördern.

Ich hätte ihnen das nie zugetraut, aber vielleicht betrachteten sie mich doch als Sicherheitsrisiko und wussten nicht, ob ich auch meine Frau eingeweiht hatte."

Selbst Roberto, den sonst nichts aus der Ruhe bringen konnte, und der stets eine Lösung für alles parat hatte, sah man an, dass er das eben Gehörte erst einmal verdauen musste.

„Das sind einhundertsiebenundzwanzig Milliarden Gründe, dich aus der Welt zu schaffen. Und dies ist auch bestimmt nicht der erste Auftrag, den diese Herren an Experten wie mich vergeben haben. Politische Einflussnahme kann zum Beispiel auch in der Beseitigung eines Warlords ausgeübt werden.

Aber sag mir den Grund, warum du das Angebot abgelehnt hast. Du hättest zu den reichsten Menschen der Welt gehört."

„Es war mein Bauchgefühl. Diese globale wirtschaftliche Macht nimmt keine Rücksicht. Sie stürzt Menschen, die täglich ihrer Arbeit nachgehen um ein klein wenig Wohlstand für sich und ihre Kinder zu erarbeiten, bewusst ins Verderben, indem sie ihnen faule Geldanlagen andreht, die bereits nichts mehr wert sind. Die Großen vermehren ihr Vermögen dagegen beständig. Ich konnte das, auch wenn ich Teil des Systems war, mit mir selbst nicht vereinbaren, wohl wissend, dass ich aber auch nicht in der Lage war, es zu ändern."

„Und du hast wirklich keine Kopie des Sticks gemacht?"

„Doch. Aber was soll das noch nutzen? Wir leben nicht mehr."

„Wo ist die Kopie jetzt?"

„Wie alles, was wir noch haben, hier im Haus."

Plötzlich wurde Roberto still. Er schloss die Augen und ich wagte nicht mir auszumalen, welche Gedanken ihn in dem minutenlangen Schweigen, während Sonja und ich uns an den Händen hielten um uns Halt zu geben, bewegten.

„Du hast quasi das Konto auf den Caymans geknackt?", durchbrach Roberto die Stille.

„Ja."

„Ohne Spuren zu hinterlassen?"

„Keine Spuren. Hätte ich in New York nicht die Sache ins Rollen gebracht, wäre niemandem etwas aufgefallen."

„Könntest du dir, ohne dass es auffällt, wieder Zugriff verschaffen?"

„Ja. Mit der Kopie des Sticks ist das möglich. Aber wozu?"

„Was denkst du? Möchtest du nicht auch mal in den Genuss von einhundertsiebenundzwanzig Milliarden Dollar kommen?

WIR RÄUMEN IHNEN DAS KONTO LEER!"

KAPITEL 2

Ich war über diesen Vorschlag so verblüfft, dass ich keinen Ton herausbrachte- im Gegensatz zu Sonjas sofortiger Reaktion: „Ihr seid verrückt!"

„Selbst wenn es möglich wäre dieses Konto leerzuräumen, ist doch der Weg des Transfers nachvollziehbar. Und was sollten wir mit all dem Geld? Wir würden wieder ins Licht der Öffentlichkeit geraten, was wir ja vermeiden wollten. Ich weiß nicht, ob ich da nicht ein Leben als Tauchlehrer mit meiner Familie in einer schönen Umgebung vorziehen würde", waren meine Einwände.

„Stell dir nur einmal vor, diese ‚ehrenwerten Gentlemen' wachen morgens auf und all ihr Geld, das sie sich durch vorwiegend illegale Transaktionen angehäuft haben, ist verschwunden. Damit wären sie zunächst ihrer Macht beraubt, finanziellen Einfluss auf die globale Wirtschaft auszuüben. Im Umkehrschluss hätten wir die finanziellen Mittel, diese Intriganten zu zwingen, ihre illegalen Geschäfte zukünftig einzustellen und eine Pressemeldung zu veröffentlichen, nur noch Bankgeschäfte auf moralisch und rechtlich sauberer Grundlage zu tätigen. Sollten die Herren dieser Aufforderung nicht Folge leisten, würden *Experten* die Umsetzung tatkräftig unterstützen.

Ich könnte mir noch zahlreiche andere Möglichkeiten vorstellen, das Geld sinnvoll einzusetzen. Es gibt genügend Krisengebiete auf der Welt. Und sage nicht, dass dir nichts einfallen würde, um mit diesem Vermögen mehr als einen Tropfen Wasser auf einen heißen Stein zu gießen. Außerdem solltet gerade ihr, die ihr ja ohne Bedenken oder Skrupel zum Abschuss freigegeben worden seid, Interesse daran haben, dass solchen Wölfen im Schafspelz dieses Treiben in Zukunft nicht mehr möglich ist. Und vielleicht gelingt es mir persönlich, auf diese Weise, die Schatten der Vergangenheit verblassen zu lassen.

Bevor ich mir jetzt einen Drink hole und euch Gelegenheit gebe darüber nachzudenken: mein richtiger Vorname ist übrigens Ron."

Es war, als hätte Ron, alias Roberto, mit seinen Worten den Samen auf ein fruchtbares Feld meines Unterbewusstseins gestreut. Mit jedem seiner Argumente spross dieser Samen, bis ich am Schluss auf ein reifes, üppiges Kornfeld der sich auftuenden Möglichkeiten blicken konnte. Auch ich sah genügend Möglichkeiten soziale Projekte zu verwirklichen.

„Was meinst du dazu?", fragte ich Sonja.

„Der Gedanke hat was für sich. Aber ich stelle mir die Umsetzung wahnsinnig schwierig, wenn nicht gar unmöglich vor."

„Dann lass uns zunächst mit Ron besprechen, ob die Durchführung überhaupt gelingen könnte. Wenn nicht, kann ich ja immer noch Tauchlehrer werden."

„Okay! Wir sind dabei, wenn es durchführbar ist. Hast du schon eine Idee wie das gehen könnte?", teilten wir Ron mit, der mit einem großzügig eingeschenktem Glas Whiskey zurückkam.

„Super! Aber nicht so schnell. Lasst uns darüber schlafen und die nächsten Tage einen Plan ausarbeiten, der Erfolg verspricht. Für heute lasst uns einfach gemeinsam davon träumen, welche Projekte wir nach gelungener Aktion ins Auge fassen werden. Erfahrungsgemäß beflügelt das die Gedanken bei der Ausarbeitung des Plans."

Und so wurden Ideen durcheinandergeschüttelt, wie Würfel in einem Würfelbecher.

„Hilfe für Kinder in Drittländern und sozial schwachen Familien."

„Großprojekte des privaten sozialen Wohnungsbaus in überteuerten Großstädten."

„Eliminierung von Warlords, die Menschen abschlachten, Frauen vergewaltigen und verstümmeln und Kinder zu Soldaten machen."

Es kamen noch unzählige weitere Vorschläge. Alle konnten Leid und Elend mindern, aber es war unschwer zu erkennen, wer welchen Vorschlag einbrachte.

Um es kurz zu machen: Es wurde eine lange, feuchtfröhliche Nacht und mit fortschreitender Stunde sahen wir uns bereits, wenn auch ohne Plan, im Besitz von einhundertsiebenundzwanzig Milliarden Dollar.

Das Katerfrühstück des nächsten Tages konnte die Folgen der vergangenen Nacht nur unwesentlich mildern. Glücklicherweise drängte uns Ramona, mit ihr Schlitten zu fahren. Die Bewegung an der frischen, glasklaren Luft half uns wieder auf die Beine. Ramona entdeckte eine Skikindergruppe und bettelte, dass sie auch Skifahren möchte. Nachdem wir sie für die folgenden Tage ganztägig in der Skischule angemeldet hatten, keimte in uns die Hoffnung auf, dass unser Wirbelwind dann abends erschöpft und zufrieden zu Bett gehen würde.

Und so kam es. Ramona war begeistert und noch bevor die Gute-Nacht-Geschichte zu Ende erzählt war, träumte sie bereits von ihrer Zukunft als große Skiläuferin und musste von nun an meist morgens geweckt werden, um rechtzeitig in der Skischule zu erscheinen.

Uns bot sich daher die Möglichkeit, ungestört bis spät in der Nacht an der Ausarbeitung unseres Planes zu arbeiten, der begann Formen anzunehmen.

„Fassen wir nochmals zusammen: Mario, du sagst, dass es kein Problem darstellt, unbemerkt auf das Konto zuzugreifen und eine Überweisung vorzunehmen. Wir werden morgen um neun Uhr Einsicht darauf nehmen ohne etwas zu verändern. Dann ist es auf den Caymans drei Uhr morgens. Es dürfte also niemandem auffallen.

Nehmen wir uns als zweiten Schritt die Überweisungen vor, mit denen wir das Konto leerräumen. Es müssen auf den von uns ausgewählten Banken Konten angelegt werden. Die Konten sind nur bis zum Eintreffen der Überweisung und des entsprechenden Transfers auf die nächsten Banken existent. Danach werden sie sofort aufgelöst. Die Kontoinhaber sind Firmen wie zum Beispiel World Wide Trust Company oder Dragon Agency, mit einem namentlich benannten Handlungsvollmächtigen. Der Weg geht von den Caymans über Panama, Mexiko, Bahamas, Singapur. In jedem Land sind zehn verschiedene Banken involviert. Die Vorsitzenden der jeweiligen Banken erhalten neben den erhobenen Bankgebühren eine einmalige private Aufwandsentschädigung von fünf Millionen Dollar für die Zusage einer reibungslosen und schnellen Durchführung.

Ich selbst habe auf verschiedenen Banken ein Guthaben von über achtundzwanzig Millionen Euro, so dass wir die entsprechenden Konten nicht mit tausend Dollar eröffnen müssen, was angesichts der Überweisungssummen Verdacht erregen könnte.

Der Clou des Planes sollte ein Abkommen mit der chinesischen Regierung sein, die als letzter Durchlaufposten involviert ist. Wir spielen mit offenen Karten. Informieren sie über die Existenz dieses Geheimbundes in den Staaten und sichern ihnen zu, dessen Tätigkeit zu unterbinden, was auch der chinesischen Wirtschaft zum Vorteil gereichen würde. Sie erhalten des Weiteren zehn Prozent der gesamten Summe, also circa zwölfeinhalb Milliarden, zur Unterstützung der heimischen Wirtschaft. Im Gegenzug werden wir chinesische Staatsbürger mit diplomatischem Status unter Beibehaltung einer zweiten Staatsbürgerschaft. Es werden jeweils nur zwölfeinhalb Milliarden über Singapur nach Peking überwiesen, die nach Abzug der Provision auf eine europäische Bank weitergeleitet werden. Danach erfolgt die nächste Überweisung. So können wir sicher sein, dass die Chinesen sich an das Abkommen, sollte es zustande kommen, auch halten werden. Würden wir den gesamten Betrag auf einmal überweisen, könnten wir eine mögliche Beschlagnahmung der Gelder, der wir nichts entgegenzusetzen hätten, nicht ausschließen.

Das wird sicher eine geraume Vorbereitungszeit kosten. Weiterhin müssen wir uns auch noch über Folgendes Gedanken machen:

Ich kann mir nicht vorstellen, dass besagte Gentlemen den Verlust ihres Vermögens und damit ihrer Macht widerstandslos hinnehmen werden. Sie werden sicher zu dem Schluss kommen, dass ich der Verantwortliche bin. Ich nehme an sie werden glauben, dass ich meinen Auftrag erfüllt habe, dir jedoch vor deinem Ableben den Grund für deine Eliminierung und den Stick abgepresst hätte. Sie werden alles daransetzen, mit Hilfe anderer EXPERTEN, meine Identität aufzudecken um mir vor Vollstreckung des von ihnen bereits beschlossenen Todesurteiles den Verbleib des Geldes zu entlocken.

Wir müssen uns auch klar werden, für welche Identitäten wir uns entscheiden. Selbst wenn das mit der chinesischen Staatsbürgerschaft klappt, in welchem weiteren Land werden wir Staatsbürger? Gleichgültig ob mit gefälschten Papieren oder offiziell beantragter Staatsbürgerschaft.

Wir kommen auch nicht umhin, euch durch einen plastischen Chirurgen noch schöner werden zu lassen. Was ja kaum möglich ist!"

Zwischenzeitlich war es bereits wieder zwei Uhr morgens.

„Du hast alles auf den Punkt gebracht. Ich schlage vor wir gehen jetzt zu Bett und machen uns morgen, besser gesagt heute, über die restlichen Schwierigkeiten Gedanken. Gegen neun Uhr werde ich mich in den Bankcomputer auf den Caymans hacken. Dann sehen wir weiter."

Obwohl unser Brainstorming uns ständig unter Strom gehalten hatte, fühlten wir uns erschöpft, als wir den Abend beendeten und hofften, dass der Schlaf uns für den neuen Tag Kraft für neue Ideen schenken würde.

Ich konnte mich am Morgen problemlos über den neuesten Kontostand unserer zukünftigen „Sponsoren" informieren und hegte keinerlei Zweifel daran, dass ich ebenso problemlos von diesem Konto die geplanten Überweisungen vornehmen könnte.

„127 Milliarden und sechshundertneunundvierzig Millionen Dollar befinden sich aktuell auf unserem Zielkonto", teilte ich Ron mit.

„Dann wollen wir uns mit den 127 Milliarden zufriedengeben, da es vielleicht Nachfragen verzögert, wenn wir das Konto nicht komplett leerräumen. Ich würde dann kurzfristig nach Antigua fliegen. Dort erhalte ich, gegen eine Spende von zweihundertfünfzigtausend Dollar an die Staatskasse, einen legalen Pass als dortiger Staatsbürger auf den Namen Ramiro Rodrigez, da meine gefälschten Papiere, die ich dort vorlege, mich als kolumbianischen Staatsbürger ausweisen. Ich eröffne auf Antigua zunächst drei Briefkastenfirmen: die Securitate Internationala, die Dragon Agency und die World Wide Trust Company.

Für dich und deine Frau werde ich hier in der Schweiz bei einem plastischen Chirurgen, der absolut diskret ist, einen Termin vereinbaren. Dein Aussehen wird, im Hinblick auf unseren weiteren Plan, einen leicht chinesischen Touch annehmen. Des Weiteren wird sich bei euch beiden die Haarlänge verändern und ihr werdet Brillenträger. Die Veränderung ist notwendig, bevor wir für euch neue Passbilder für die gefälschten Pässe anfertigen lassen. Für Ramona benötigen wir höchstens einen anderen Haarschnitt.

Solltet ihr noch keine speziellen Wünsche hinsichtlich eurer zukünftigen Nationalität haben schlage ich Kanada vor. Im Hinblick auf eure Tochter würde das sowohl ausbildungsmäßig, als auch wegen der politischen Stabilität dieses Land Sinn machen. Was meint ihr?"

Nach kurzer Rücksprache meinte Sonja: „Das Land ist okay, aber ich kann mich mit dem Gedanken, später anders auszusehen, noch nicht vertraut machen."

„Sonja, ich versichere dir: es ist fast unmöglich, dich noch attraktiver werden zu lassen, aber hinsichtlich deines zukünftigen Aussehens musst du dir keine Sorgen machen. Der Chirurg ist ein Künstler und wird deine Physiognomie mit deiner persönlichen Ausstrahlung in Einklang bringen.

Da wir in den nächsten Wochen alle sehr eingespannt sein werden, bitte ich Maria, ihre Arbeit hier in den nächsten Tagen wieder aufzunehmen."

„Bist du sicher, dass wir ihr vertrauen können? Denn schon die kosmetischen Veränderungen von uns und all die anderen Aktivitäten werden sie doch misstrauisch machen."

„Maria ist die einzige Person, der ich voll und ganz vertraue und von der ich weiß, dass sie sogar ihr Leben für mich geben würde."

Dass ein Mann wie Ron, von dem ich glaubte, dass er, mit Ausnahme sich selbst, niemandem so großes Vertrauen entgegenbringen würde, solch eine Aussage tätigte, erstaunte mich. Hier musste eine besondere Bindung bestehen. Aber ich wollte nicht weiter in ihn dringen.

„Dann lass uns den Ablauf festlegen. Du organisierst den Termin bei diesem Chirurgen. Dann fliegst du nach Antigua und wenn du zurück bist lassen wir die Pässe machen."

„Nicht ganz. Wenn ich in Antigua alles erledigt habe fliege ich weiter nach Panama. In Panama City eröffne ich fünf Konten auf den Namen Ramiro Rodrigez zugunsten des Unternehmens Securitate Internationala. Ich lasse durchblicken, dass ich gebürtiger Kolumbianer bin und aus steuerlichen Gründen Bürger von Antigua wurde. Der Verdacht seitens der

Banker, dass ich möglicherweise die Führungsperson eines kolumbianischen Drogenkartells bin, ist gewollt. Ich werde jeweils fünfhunderttausend Dollar auf die Konten einzahlen und eine Überweisung von circa fünfundzwanzig Milliarden avisieren. Ich werde sicherstellen, dass es keine Probleme geben wird, diesen Betrag, unmittelbar nach Eingang, auf benannte Konten zweier Banken in Mexiko City weiter zu transferieren. Am Tag dieser Transaktion bin ich anwesend und unterschreibe, dass ich das Konto mit sofortiger Wirkung nach Abzug der Gebühren und Überweisung von fünf Millionen Dollar auf ein Konto des Geschäftsführers auflöse.

Danach fliege ich weiter nach Mexiko, wo ich dasselbe Spiel auf zehn weiteren Banken wiederhole. Diesmal jedoch laufen die Konten auf die World Wide Trust Company und auch mein Name hat sich geändert. Die Überweisungen gehen auf die Bahamas. Anschließend fliege ich weiter auf die Bahamas mit derselben Vorgehensweise und der Dragon Agency als Empfänger. Letztes Ziel ist Singapur.

Ich komme dann zurück und kümmere mich um eure Pässe.

Ich werde in dieser Zeit auch versuchen, mit den zehn besten SPEZIALISTEN weltweit, mit anderen Worten meinen Berufskollegen, Kontakt aufzunehmen. Wir müssen sie auf unsere Seite ziehen, bevor wir das Unternehmen starten."

„Und wie willst du das bewerkstelligen?"

„Wenn alles gut geht, verfügen wir über genügend Kapital, um ihnen einen hochdotierten Exklusivvertrag für die nächsten zehn Jahre anzubieten, der sie verpflichtet, uns als alleinige Arbeitgeber zu akzeptieren und es verbietet, andere Verträge anzunehmen. Eine Zuwiderhandlung führt zur Eliminierung durch die Kollegen, die dafür einen Extrabonus erhalten."

„Ron! Auch wenn es mir schwer fällt das zu sagen, auch im Hinblick auf deine Vergangenheit, aber ich bewundere dich. Ich habe noch nie jemanden kennengelernt, der so klar und strukturiert wie du seine Pläne umgesetzt hat. Ich bin überzeugt, dass du als Führungspersönlichkeit, gleichgültig in welcher Berufssparte, zu den Besten gehört hättest. Ich bin froh, dass du es warst, der den Auftrag hatte, meine Familie auszulöschen."

KAPITEL 3

Die nächsten Wochen vergingen wie im Flug. Maria kehrte zurück und bald waren sie und Ramona ein Herz und eine Seele. Ron flog nach Antigua, um mit der Umsetzung unseres Planes zu beginnen. Sonja und ich verbrachten eine Woche in einer Schweizer Schönheitsklinik. Wider Erwarten bereitete es kaum Schwierigkeiten, Ramona auf unser verändertes Aussehen vorzubereiten und als wir aus der Klinik zurückkamen, war sie absolut begeistert. Denn im Märchen hatte uns ein Zauberer in einen fremdländischen König und eine Königin verzaubert. Glücklicherweise hatten wir bisher, mit Ausnahme der Skilehrer von Ramona, noch keine persönlichen Kontakte, denen unser verändertes Äußeres hätte auffallen können.

Als Ron braungebrannt zurückkehrte, waren wir mehr als gespannt, wie seine Mission verlaufen war.

„So wie du aussiehst hast du einen tollen Urlaub in der Sonne verbracht, während wir uns mit einem Klinikaufenthalt zufrieden geben mussten", frotzelte ich. „Aber im Ernst. Wie ist es gelaufen?"

„Kennen wir uns?", entgegnete Ron auf unser verändertes Aussehen anspielend.

„Gut seht ihr aus und gleichzeitig absolut authentisch. Mein Urlaub war phantastisch. Ich lag nur in der Sonne und habe mir von hübschen Mädchen meine Drinks servieren lassen. Nebenbei war ich dann als Einwohner von Antigua in Panama, Mexiko und auf den Bahamas unterwegs. Es ist alles zu unserer Zufriedenheit erledigt. Allerdings brauche ich jetzt erst einmal einen Tag Erholung von meinem anstrengenden ‚Urlaub‘.“

So verbrachten wir einen geruhsamen Tag, an welchem uns Maria, sofern das überhaupt möglich war, noch mehr als sonst verwöhnte. Auf unser verändertes Aussehen wurden wir von ihr nicht angesprochen. Es schien, als wäre sie mit Rons Vergangenheit vertrauter als wir. Das schöne Wetter hatte eine Dauerkarte, der Kamin verbreitete eine gemütliche Wärme und die Drinks schmeckten in Anwesenheit von Ron einfach besser. Er strahlte eine beruhigende Ruhe aus und wir mussten uns eingestehen, dass wir froh waren, ihn wieder bei uns zu wissen.

„Wir fahren morgen nach München. Ich habe gestern noch einige Telefonate erledigt. Eure Pässe sind in Vorbereitung, wir benötigen aber noch aktuelle Passbilder. Es wird sich dann klären, ob ihr bereits vorhandene Namen annehmen müsstet, oder frei in der Namensauswahl seid. Da ihr noch keine Pässe habt, werden wir bei meinem Vertrauensmann wohnen und ihr habt die Gelegenheit, mal wieder unter Leute zu kommen.“

„Wovon hängt es ab, ob wir unsere Namen aussuchen können?“, wollte Sonja wissen.

„Die sicherste Art der Passfälschung besteht darin, die Identität eines verstorbenen Kindes anzunehmen, das heute in eurem Alter wäre und dessen Sterbeurkunde nicht mehr existiert, ebenso wenig wie Eltern oder Verwandtschaft. Diese Methode ist zwar sehr aufwändig und verteuert das Ganze, entspricht aber der professionellsten Arbeit.“

„Interessant. Kann Ramona mitkommen?“

„Selbstverständlich. Es wird Zeit, dass auch sie etwas Neues sieht und München bietet genügend Möglichkeiten, ein Kind zu bespaßen. Und Maria kommt auch mit. Sie kann dann abends bei Ramona bleiben, wenn wir uns noch ein wenig Vergnügen gönnen. Ich muss euch jedoch bitten, mich in München Paolo zu nennen. Schließlich verdanke ich diesen Namen und einen meiner Pässe meinem Münchner Bekannten und verstehe dies als höfliche Geste ihm gegenüber."

Die riesige Penthouse-Wohnung des Fälschers, der sich auch noch ein Atelier anschloss, musste in München ein Vermögen gekostet haben. Das erinnerte mich an die Worte meines Vaters: Mit ehrlicher Arbeit ist noch niemand reich geworden!

Nachdem wir unsere Zimmer bezogen hatten, besprachen wir bei einem köstlichen Rotwein die Details.

Ich war Kanadier mit chinesischen Wurzeln mütterlicherseits, lebe aber schon einige Jahre in Deutschland, wo ich ein Projekt eines großen deutschen Konzerns manage. Sonja ist ebenso Kanadierin mit deutschen Wurzeln. Ramona ist in Kanada geboren, jedoch bereits als Säugling, auf Grund meines Berufes, mit Sonja und mir nach Deutschland gekommen. Wir beabsichtigten nun vorwiegend in Kanada zu bleiben und eine Immobilie zu erwerben.

Sollten Wunschnamen in Frage kommen, was zunächst noch eruiert werden müsste, einigten wir uns bei mir auf Benjamin Li Clark, bei Sonja auf Elisabeth Clark, und Ramona wurde zu Anana, was in der Inuit-Sprache so viel wie „die Schöne" bedeutet. Die Herstellung der Papiere würde mindesten zehn Tage dauern und wir wären als Gäste über den gesamten Zeitraum herzlich willkommen.

Wir nahmen das Angebot nach kurzer Rücksprache jedoch nur für die Dauer von zwei Tagen an. Unser Gastgeber sollte uns benachrichtigen, sobald er seine Arbeit abgeschlossen hätte. Wir würden dann die Pässe abholen.

Als wir uns durch die Münchner Innenstadt treiben ließen, merkten wir erst, wie sehr wir das vermisst hatten. Ron entdeckte im Internet noch einen Indoor-Spielplatz, in welchem sich Ramona, zukünftige Anana, über drei Stunden vergnügte.

Gegen Abend war Ramona erschöpft, satt von Currywurst mit Pommes und glücklich. So dauerte es nicht lange, bis sie, als wir wieder zurück waren, zufrieden einschlief und wir sie der

Obhut von Maria überlassen konnten, um den Rest des Abends in München zu genießen.

Auch der nächste Tag war angefüllt mit shoppen, spielen, Snacks, Seele baumeln lassen, bevor wir uns wieder Richtung Davos auf den Heimweg machten.

Wieder zurück berichtet uns Ron, als wir entspannt vor dem Kamin dem Züngeln der Flammen zusahen:

„Ich vergaß zu erwähnen, dass ich übrigens bereits in Panama die Kontaktaufnahme mit meinen Berufskollegen vorangetrieben habe."

„Wie geht das?", wollten wir wissen.

„Weltweit erscheint in allen großen Tageszeitungen eine Annonce, in der Fachleute für Haushaltsauflösungen gesucht werden. Über Chiffre nehmen diese dann Kontakt auf und hinterlegen ein Postfach, über das die weitere Abwicklung getätigt wird."

„Besteht denn da nicht die Gefahr, dass bei Abholung von Unterlagen aus dem Postfach ihre Identität aufgedeckt werden kann?"

„Keiner wird dieses Postfach persönlich leeren. Ein zufällig ausgewählter Passant wird, nachdem sich der entsprechende Experte davon überzeugt hat, dass die Umgebung mit großer Wahrscheinlichkeit nicht überwacht wird, das Postfach leeren und den Inhalt an einem verabredeten Punkt dem Experten übergeben. Ich habe in Paris schon seit einiger Zeit ein Postfach gemietet. Die Antworten, welche bei den verschiedenen Tageszeitungen eingehen, werden mir auf dieses Postfach weitergeleitet."

„Und wie geht es dann weiter?"

„Ich werde übermorgen, dann sind zwei Wochen seit Erscheinen der Annonce vergangen, nach Paris fliegen. Dort werde ich, nachdem ich die besten Kollegen herausgefiltert habe, Prepaid Handys kaufen und diese zusammen mit einem Anschreiben an die entsprechenden Postfächer verschicken."

„Was willst du schreiben?"

„Ich gebe ihnen ein Datum und eine Uhrzeit bekannt, zu welcher ich über die versendeten Handys zu einer Konferenzschaltung einlade. Das Angebot: Ein Exklusivvertrag für die Dauer von zehn Jahren mit einer jährlichen Zahlung von fünf Millionen Dollar und einem Extrabonus für geleistete Aufträge. Aufträge, die nicht von uns erteilt wurden und trotzdem durchgeführt wurden, führen zum Ableben. Alle werden informiert, dass es sich um ein Team der Besten handeln wird. Mit Abschluss der Vereinbarung dürfen keine neuen Aufträge mehr angenommen werden. Sechs Wochen nach Abschluss wird das erste Jahreshonorar überwiesen.

So werden wir die besten meiner Berufskollegen unter Vertrag nehmen. Einerseits werden wir über sie erfahren, ob unsere New Yorker Freunde bezüglich unserer Angelegenheit einen Auftrag erteilen wollen. Andererseits können wir sie auch für Aufgaben, deren Erledigung uns notwendig erscheint, einsetzen."

„Genial. Gibt es auch einmal etwas, an was du nicht denkst, oder sogar übersiehst?"

„Ich bemühe mich, das zu verhindern."

„Am liebsten würden wir mit dir nach Paris fliegen", warf Sonja ein, die durch den Ausflug nach München Morgenluft gewittert hatte.

„Ihr müsst euch noch etwas gedulden, bis eure Papiere fertig sind. Bis dahin genießt noch die Ruhe. Es wird nicht mehr lange dauern, bis es so rasant werden wird, dass ihr euch manchmal diese Ruhe wünschen werdet."

Und Ron wusste in diesem Moment nicht, wie schnell seine Prognose wahr werden würde.

KAPITEL 4

„Ich werde in Paris bleiben und die Anwerbung meiner Kollegen von dort aus beaufsichtigen. Sobald ihr die Nachricht bekommt, dass die Pässe fertig sind, lasst ihr euch von Davos mit dem Taxi nach München fahren."

„Wie erreicht mich dein Bekannter?"

„Ich besorge dir vor meiner Abreise noch ein Handy, dessen Nummer ich meinem Bekannten zukommen lasse. Die Bezahlung der Pässe habe ich schon geregelt. Außerdem gebe ich euch noch fünfzigtausend Euro für laufende Ausgaben."

„Es ist mir irgendwie peinlich, dass du immer alles bezahlst und uns auch noch Geld zur Verfügung stellst."

„Kennst du den Witz des Tages?", entgegnete Ron.

„Nein."

„Sagt ein Milliardär zum Anderen: Es ist mir peinlich, von dir Geld zu leihen."

Wir lachten herzlich, obwohl der Gedanke, den ich unterbewusst immer wieder verdrängte, möglicherweise bald über eine solch unermessliche Summe verfügen zu können, mich noch immer ängstigte.

„Sobald ihr eure Pässe habt fliegt ihr nach Paris, wo wir uns treffen. Ich wohne dort im Ritz und lasse euch eine Suite auf meinen Namen, ich bin als Mister Hügli unterwegs, reservieren. Man gönnt sich ja sonst nichts! Während Sonja und Ramona, oder besser gesagt Elizabeth und Anana, die folgenden Tage Paris genießen können, fliegen wir beide nach Singapur, um dort auf fünf verschiedenen Banken Konten zu eröffnen, bei denen wir beide weisungsbefugt sind."

Die Tage bis zum Anruf, dass unsere Papiere fertig wären, vergingen in quälender Langsamkeit. So erschien es uns fast wie eine Befreiung, als wir uns, nach einer tränenreichen Verabschiedung von Maria, mit unseren wenigen Habseligkeiten auf dem Weg nach München befanden.

„Schön euch wiederzusehen", wurden wir vom Gestalter unserer neuen Identitäten begrüßt und gebeten, am bereits eingedeckten Tisch zum Kaffee Platz zu nehmen.

„Bedient euch. Ich hole euch die Papiere. Leider war es in der Kürze der Zeit nicht möglich, geeignete bereits vorhandene Identitäten ausfindig zu machen. Ich habe jedoch dafür gesorgt, dass eure Vergangenheit durch entsprechende Papiere zu euren Namen passt. In den Pässen, die jeder Überprüfung standhalten werden, sind eure Wunschnamen zum Tragen gekommen."

Die Pässe, die wir dann erhielten, und die mit entsprechenden Stempeln bereister Länder versehen waren, sahen aus, als wären sie bereits seit einigen Jahren in Gebrauch gewesen.

„Man könnte meinen die sind echt."

„Das sind sie auch", erhielten wir zur Antwort. „Was habt ihr nun vor?"

„Wir müssen noch Trolleys für unser Gepäck kaufen und für morgen einen Flug nach Paris buchen."

„Dann schlage ich vor, ihr übernachtet bei mir. Während ihr auf Einkaufstour geht, buche ich eure Flüge. Die Pässe habe ich ja."

So nutzen wir den Tag nicht nur zum Einkaufen, sondern auch, um Ramona auf ihren neuen Namen vorzubereiten. Ein Glück, dass Kinder meist bereit sind, den Märchen ihrer Eltern zu glauben.

Die Passkontrollen an den Flughäfen, die uns jedes Mal das Herz bis zum Hals schlagen ließen, verliefen ohne Probleme. Und trotz der Angst, die Pässe könnten als Fälschungen erkannt werden, fühlten wir uns mit unseren neuen Identitäten der Allgemeinheit wieder zugehörend.

Im Ritz wurden wir standesgemäß empfangen. Die Suite, die Herr Hügli für uns gebucht hatte, war weit über hundert Quadratmeter groß. Auf dem mit Blumen dekorierten Tisch befand sich in einem Eiskübel eine Flasche Champagner mit den besten Empfehlungen des Hotels und den Wünschen für einen schönen Aufenthalt.

Dies erinnerte mich sofort an meinen letzten New Yorker Hotelaufenthalt und die sich anschließenden Ereignisse.

„Daran könnte man sich gewöhnen", meinte ich zu Sonja.

„Ja. Aber wenn wirklich alles reibungslos verläuft, dann lass uns mit all dem Geld nicht größenwahnsinnig werden."

„Ich kann mir nicht vorstellen, dass wir beide uns so verändern würden. Aber es ist nichts dagegen einzuwenden, trotzdem das Jetzt und Hier zu genießen."

„Gefällt euch Paris?", wollte Ron, der einige Stunden später nach einem kurzen Anruf in unserer Suite auftauchte, wissen.

„Viel gesehen haben wir ja noch nicht. Aber die Suite ist bombastisch."

„Ich habe für heute zum Dinner einen Tisch bestellt. Anana, möchtest du mit uns zum Abendessen kommen, oder sollen wir für dich ein Kindermädchen bestellen? Dann kannst du dir zum Essen aussuchen, was du willst, mit dem Kindermädchen spielen und sogar fernsehen, wenn du möchtest."

„Toll. Dann bleibe ich lieber hier. Aber darf ich im Bett von Mama und Papa schlafen? Und woher weißt du meinen neuen Namen?"

„Ich glaube schon, dass deine Eltern dir das erlauben werden und du weißt doch, dass ich ein Zauberer bin. Deswegen wusste ich deinen neuen Namen und ich finde ihn sehr schön."

„Habt ihr euch an eure neuen Namen bereits gewöhnt?", wollte Ron wissen, nachdem wir die Vorspeise, ein Octopus Carpaccio, genossen hatten.

„Es wird vielleicht noch eine Weile dauern. Aber wir leben wieder."

„Dann lasst uns darauf anstoßen. Santé Ben, Santé Liz! Ich verwende gleich die Kurzform eurer Namen, wenn es euch recht ist."

„Warum nicht. Aber wir sind schon gespannt darauf, was du uns Neues erzählen kannst."

„Wie besprochen habe ich bei meinen Berufskollegen, es gingen tatsächlich dreiundzwanzig Rückmeldungen ein, die Spreu vom Weizen getrennt. Verblieben sind acht. Das Anschreiben und die Handys sind bereits unterwegs. Wir werden am Dienstag, also übermorgen, nach Singapur fliegen. Den Termin zur Konferenzschaltung habe ich auf Donnerstag zehn Uhr mitteleuropäischer Zeit festgelegt."

Als der Hauptgang kam, ich hatte mir Wildhasenkeule mit Ravioli bestellt - ein Gedicht-, unterbreitete Ron Liz, ich muss mich wirklich noch an ihren Namen gewöhnen, den Vorschlag, die nächsten Tage Paris zu erkunden. Auf Wunsch würde das Hotel auch für die gesamte Aufenthaltsdauer ein Kindermädchen zur Verfügung stellen. Da er ein Konto auf einer Pariser Bank hätte, würde er ihr auch seine Kreditkarte, die eine Deckung bis fünfzigtausend Euro aufweisen würde, zusammen mit seinem Pin Code überlassen. So könnte sie an jedem Automaten Geld abheben.

Bei der Nachspeise, eine Überraschung des Patissiers, selbstgemachte Pralinen, waren Ron und ich bereits gedanklich auf dem Weg nach Singapur.

„Nehmen wir Business oder First Class?", wollte Ron von mir wissen.

„Ich glaube, mit Business Class sind wir auch noch gut bedient."

„Okay! Dann genieße morgen mit Liz Paris, bevor wir übermorgen fliegen. Die Buchungen übernehme ich."

„Singapur war ein Traum", berichtete ich Liz nach unserer Rückkehr, die jedes noch so kleine Detail von mir wissen wollte.

„Ron hatte eine Deluxe Suite im Marina Bay Sands gebucht. Von der Dachterrasse hast du einen großartigen Blick über die Stadt und der auf der Terrasse befindliche Pool vermittelt dir den Eindruck, als würde sich das Wasser des Pools über die Stadt ergießen. Die Stadt pulsiert und überall begegnet dir ein unaufdringlicher Service. Überrascht war ich, dass die Verantwortlichen der von uns aufgesuchten Banken keinerlei Erstaunen über die Höhe der zu erwartenden eingehenden Zahlungen zeigten, obwohl sich Ron nur auf fünf Banken konzentriert hatte. Auf diesen Banken sind wir nun beide über die volle Höhe des Guthabens weisungsberechtigt.

Die Konferenzschaltung mit seinen „Berufskollegen", an der er mich teilhaben ließ, verlief wie eine normale Geschäftsbesprechung. Letztendlich willigten alle in das Abkommen ein, sobald die erste Jahreszahlung in sechs Wochen auf den entsprechend genannten Konten eingegangen wäre. Die mündlich ausgehandelten Vertragsverpflichtungen wurden von allen akzeptiert.

Ich fühle mich, als würde ich in einem Film mitspielen, obwohl das alles Wirklichkeit ist, und bin dir unendlich dankbar, dass du zu mir stehst. Ich weiß nicht, was ich ohne dich tun würde."

„Schatz. Auch ich habe ehrlich gesagt Angst davor, was unser neues Leben an weiteren Überraschungen für uns bereithält. Bisher geht alles so schnell, dass man das Geschehene noch nicht realisiert hat, wenn bereits der nächste Schritt erfolgt. Aber eines können wir mit Gewissheit sagen: langweilig ist es nicht. Ich liebe dich, und gemeinsam werden wir alles durchstehen."

„Was werdet ihr gemeinsam durchstehen?", wollte Ron wissen, der gerade zu uns stieß und die letzten Worte gehört hatte.

„Vergesst nicht, gemeinsam bezieht sich auf uns drei", meinte er schmunzelnd.

Als wir ihm dann unsere Gefühle offen legten, war sein Lachen nicht abwertend sondern aufmunternd.

„Das Leben ist immer ein Risiko. Ich kann euch verstehen, aber ihr werdet sehen, wie viel Spaß es macht Ziele zu verwirklichen. Und wir haben bereits in der Schweiz Visionen gehabt, welche Möglichkeiten uns zukünftig offenstehen. Jetzt müssen wir nur noch den Rest unseres Planes verwirklichen und nichts wird uns dann noch aufhalten können.

Bevor wir den Startschuss geben, werde ich mit dir zusammen noch kurzfristig zehn europäische Banken aufsuchen, um auch hier Konten zu eröffnen. Wenn der Deal mit den Chinesen erfolgreich ist, werden wir über Peking die Gelder auf diese Banken transferieren. Wenn nicht werden wir den Transfer direkt von Singapur aus vornehmen."

Und so waren die nächsten Tage damit ausgefüllt in mehreren europäischen Staaten Konten zu eröffnen, während Liz und Anana Paris immer mehr zu ihrer Lieblingsstadt werden ließen, zumal Anana Disneyland zu ihrem Hauptausflugsziel erkoren hatte.

KAPITEL 5

„Lasst uns den Startschuss für kommenden Montag festlegen", schlug Ron nach unserer Rückkehr vor.

„Dann haben wir, bevor ich nach Panama fliege, noch zwei Tage Zeit, in Ruhe alles nochmals durchzugehen. Ich werde bereits am Donnerstag in Panama eintreffen, um mit den Bankdirektoren die für Montag geplante Transaktion durchzusprechen. Wir bleiben in ständigem telefonischen Kontakt bis ich nach Abschluss unseres Planes aus Singapur zurückgekehrt bin."

„Okay! Ich werde die Überweisungen nach Panama am Montagmorgen in die Wege leiten. Einen Restbetrag von unter einer Milliarde werde ich auf dem Konto belassen. Vielleicht können wir, wie bereits besprochen, dadurch das Bekanntwerden des ziemlich leergeräumten Kontos für kurze Zeit verzögern."

Paris, Montag 02.00 Uhr
Überweisung von 128 Milliarden Dollar vom Konto der „Mächtigen" auf den Cayman Islands, das in der Zwischenzeit bereits auf 128 Milliarden und 487 Millionen Dollar angewachsen war, auf fünf Panamaische Banken. Vorgenommen von Ben in der Suite eines Pariser Luxushotels.

Panama City, Montag 09.00-18.00 Uhr

Überwachung der eingehenden Zahlungen durch Ron. Überweisungen seitens der Panamaischen Banken auf die angegebenen Konten der entsprechenden Banken in Mexiko City. Unmittelbare Auflösung der Panamaischen Konten nach Abzug der Bankgebühren und dem abgesprochenen Bonus an die Direktoren. Um achtzehn Uhr Ortszeit gab es keine Konten mehr, die auf die Firma Securitate Internationala und deren Geschäftsführer Ramiro Rodrigez liefen.

Mexiko City, Dienstag 09.00-18.00 Uhr

Gleiches Procedere wie in Panama City. Gespräch mit Ben 19.00 Uhr.

„Habe zeitlich nur bei sechs Banken die Weiterüberweisung auf die Bahamas und die Löschung der Konten überwacht und durchgeführt. Bisher verlief alles reibungslos. Ich versuche morgen Vormittag die restlichen vier Banken zu erledigen und fliege dann weiter auf die Bahamas."

Mexiko City, Mittwoch 09.00-18.00 Uhr

Überwachung der Transaktion und Auflösung der verbliebenen vier Konten. Weiterflug von Ron auf die Bahamas.

Nassau Bahamas, Donnerstag 09.00-18.00 Uhr

Ablauf wie üblich. Weiterleitung der Gelder nach Singapur. Um 18.00 Uhr waren die Überweisungen getätigt und die Konten gelöscht.

„Alles in trockenen Tüchern. Ich fliege morgen noch nach Singapur, um den Eingang der Gelder zu überwachen. Von dort werde ich die Überweisungen an meine Berufskollegen tätigen, um eine möglichst schnelle Vertragsbindung im Hinblick auf die Reaktion unserer ‚Geldgeber' zu bewirken. Voraussichtlich bin ich nächsten Dienstag zurück."

„Ich kann mir vorstellen, welchen Stress du hast. Aber hättest du geglaubt, dass alles so reibungslos über die Bühne geht?"

„Ja. Wir sehen uns dann nächste Woche. Du könntest zwischenzeitlich einen Makler beauftragen, der in der Umgebung von Paris einen Landsitz für uns sucht, der möglichst rasch beziehbar ist."

„Wird erledigt. Dann bis nächste Woche."

Die Idee, dass wir nicht ewig in dieser Hotelsuite bleiben können, hätte mir, nachdem ich weit weniger in den Ablauf des Geschehens involviert war als Ron, auch selbst kommen können. Als Entschuldigung vor mir selbst konnte ich nur anbringen, dass meine Gedanken sich stets um unseren Plan bewegt haben und mir bei Weitem die Ruhe und Abgeklärtheit von Ron fehlten. Okay! Vielleicht war ich auch kein so guter Organisator wie Ron. Aber ich schwor mir, bis zu dessen Rückkehr bereits ein Haus in Aussicht zu haben. Und wenn ich sämtliche Pariser Makler auf die Suche schicken würde.

Und tatsächlich gelang es mir, eine riesige, fünfhundertfünfzig Quadratmeter große Eigentumswohnung in der Nähe der Seine im sechzehnten Arrondissement zu finden, in die wir sofort einziehen könnten. Der Preis war jedoch überirdisch und ich war gespannt, was Ron dazu sagen würde. Der Schnitt war ideal, da Ron eine separate Wohnung mit eigenem Zugang hätte.

Als Ron am darauf folgenden Mittwoch eintraf, war die Begrüßung überschwänglich. Auch Anana freute sich riesig, dass ihr Zauberer wieder zurück war. Für den Abend buchten wir im Hotel eine kleine Lounge, in der wir dinieren und feiern konnten.

„Wir sind so was von neugierig. Erzähle uns alles, was du erlebt hast", bat Liz Ron.

Und so verlief der Abend zunehmend feucht und fröhlicher, nachdem Anana von der Hotel-Nanny zu Bett gebracht worden war. In dem Bewusstsein, das Schwierigste hinter uns gebracht und mit der Schadenfreude, unsere Geldgeber mit ihren eigenen Waffen geschlagen und ihrer wirtschaftlichen Grundlage beraubt zu haben, mussten doch mehrere Flaschen Champagner daran glauben.

„Ich habe übrigens ein Domizil für uns gefunden. Aber es kostet über sechs Millionen Euro."

„Wir müssen uns mit der Tatsache vertraut machen, dass wir nun über einhundert Milliarden Euro verfügen. In Anbetracht unserer zukünftigen Aktivitäten müssen wir auf ein repräsentatives Äußeres achten. Insoweit macht euch keine Gedanken über den Kaufpreis. Wenn du sagst die Wohnung ist geeignet, dann nehmen wir sie. Während ich mich die nächsten Tage etwas erholen werde, bevor wir den chinesischen Deal in Angriff nehmen, kannst du den Kauf abwickeln und mit Liz zusammen beginnen, die Wohnung einzurichten. Ich habe in Singapur übrigens die Überweisung von fünfzig Millionen auf unsere französische Bank veranlasst. Von hier aus kannst du den Kaufpreis überweisen und dich entsprechend bedienen."

Während sich Ron die darauffolgenden Tage erholte, wickelten Liz und ich den Kauf der Wohnung und deren Einrichtung ab. Gänzlich untätig zu sein war aber nicht mit Rons innerem Motor in Einklang zu bringen. So organisierte er eine Telefonkonferenz mit seinen von ihm angestellten Berufskollegen.

„Als erste Frage: Können alle den Eingang ihres ersten Jahresgehaltes bestätigen?"

Ein vielfaches „Ja" war die Antwort.

„Dann begrüße ich euch im Club der Besten der Besten. Ich gelte, wie möglicherweise einigen von euch bekannt ist, als EXPERTE für Haushaltsauflösungen. Wenn nicht bereits geschehen werden international in den nächsten Tagen über Tageszeitungen oder das Darknet Spezialisten gesucht werden, die meiner lebend habhaft werden sollen. Wahrscheinlich werdet ihr dann aufgefordert, mich einer bestimmten Zielgruppe zu übergeben. Auch wenn der Auftrag an mehrere von euch ergehen sollte, so nehmt ihr ihn gegen eine Anzahlung von einer Million Dollar an. Da ihr die nächsten zehn Jahre eine Festanstellung bei mir habt, braucht ihr euch um euren Ruf nicht zu sorgen, wenn ihr den Auftrag nicht ausführt. Ich erwarte jedoch eine sofortige Meldung, wenn ein solcher Auftrag eingeht. Um pünktlich euer Jahreshonorar und zusätzliche Aufträge durch mich zu erhalten, ist es natürlich eine Notwendigkeit und in eurem Interesse, dass mir ein langes Leben beschert ist. Alles klar?"

Wieder ertönte ein einstimmiges „Ja", bevor die Verbindung beendet wurde.

Es war erstaunlich, wie kurz und präzise die Telefonate mit Rons Berufskollegen abliefen. Sie vermittelten den Eindruck, dass Menschen, die als Auftragsmörder tätig waren, nicht allzu vieler Worte bedurften, um sich auf vorgegebene Situationen einzustellen.

Ron, der mich während des Telefonats beobachtet hatte und aus meiner Mimik seine Schlussfolgerung zog, meinte zu mir:

„Ihre Reaktion ist vorhersehbar. Es wird nicht mehr lange dauern, bis sie mich jagen. Aber wir werden sie lehren, sich zu fürchten.

Allerdings sollten wir trotz der Sicherheit durch mein zukünftiges Team noch eine weitere Sicherheitsvariante einbauen."

„Woran denkst du?"

„Durch meine frühere legale Tätigkeit weiß ich, dass es kleinste Peilsender gibt. Sie können unter der Haut implantiert werden, so dass im Falle einer Entführung die betreffende Person leichter zu orten ist.

Ich glaube nicht, dass es dazu kommt, aber ich versuche stets, alle Eventualitäten in meine Planung einzubeziehen. Ich werde daher, was mich betrifft, einen solchen Sender besorgen und mir implantieren lassen.

Für dich scheint es mir nicht so notwendig, da du ja nicht mehr unter den Lebenden weilst, aber es wäre auch nicht verkehrt."

„Und wie funktioniert das?"

„Ähnlich wie bei einem Herzschrittmacher. Nur viel kleiner. Ein Peilsignal wird dauerhaft abgegeben und die Batterie muss etwa alle drei Jahre gewechselt werden. Solltest du das auch wünschen, besorge ich die Peilsender und Empfangsgeräte für uns beide."

„Ich glaube und hoffe auch, dass es nie zum Ernstfall kommt. Aber ich schließe mich an."

„Ich verspreche dir, das Ortungsgerät deines Peilsenders nie an Liz weiterzugeben, wenn du mal heimlich einen trinken gehst", meinte Ron scherzhaft.

Und so waren wir beide bereits drei Wochen später mit Peilsendern versehen, an die uns zukünftig nur eine kleine Narbe erinnern würde.

KAPITEL 6

Ein Tag zuvor - Chaossitzung der Mächtigen

„Wie konnte das passieren? Die Deckung auf unserem Konto auf den Caymans weist noch nicht einmal mehr eine Milliarde Dollar auf. Kann es eine Fehlüberweisung sein? Wer ist dafür verantwortlich? Wie können wir unser Geld wieder zurückbuchen? Was soll jetzt werden?"

Die Fragen, die wie Sprechblasen aus den geröteten und entsetzten Gesichtern der Mitglieder sprangen, schienen den Raum zu füllen.

„Meine Herren. Auch wenn es schwerfällt, beruhigen Sie sich. Wir müssen uns Klarheit darüber verschaffen, wie das Leerräumen unseres Kontos möglich war und welche Schritte wir einleiten müssen, um den Schaden möglichst zu begrenzen.

Erste Frage: Wer hat als erster den Verlust unseres Vermögens bemerkt. Und wann?

Zweite Frage: Wie war es möglich?

Dritte Frage: Wem war es möglich?

Vierte Frage: War es einer von uns?"

Die Worte des Seniors verursachten zunächst Totenstille bevor sich lautstarke Empörung breit machte, bis Mister Eightwood das Wort ergriff.

„Ich war der Erste, dem der Fehlbetrag unseres Kontos bei einer Routineüberprüfung gestern Abend auffiel. Um diese Zeit habe ich auch keinen der dortigen Direktoren telefonisch erreichen können. Ich berief daher sofort unsere heutige Versammlung ein. Zwischenzeitlich fand ich heraus, dass die Gelder online auf verschiedene panamaische Banken transferiert wurden. Ich konnte, wenn auch nicht legal, herausfinden, dass sämtliche Konten, auf denen Geld eingegangen war, bereits wieder gelöscht waren. Die Überweisungen wurden an eine Gesellschaft mit Namen *Securitate Internationala*, als deren Geschäftsführer ein Mister Ramiro Rodrigez verantwortlich zeichnete, getätigt. Der Direktor einer der Banken gab mir im Vertrauen zu verstehen, dass er vermutete, es würde sich bei der Firma um eine Scheinfirma des kolumbianischen Drogenkartells handeln.

Ich habe diese Nacht kein Auge zugetan und bin bei meinen Überlegungen zur Ansicht gelangt, dass das nicht der Fall sein kann. Wie käme ein Drogenkartell auf unser Geheimkonto und könnte dann auch noch in der Lage sein, entsprechende Überweisungen vorzunehmen? Ich bin zu dem Schluss gekommen, dass dieser Vorgang nur durch Insiderinformationen bewerkstelligt werden konnte."

„Also doch einer von uns?", kochte das Misstrauen wieder hoch.

„Nein. Denn wer von uns sollte daran Interesse haben? Wir alle sind vermögend. Das Konto auf den Caymans diente doch vorwiegend der Beeinflussung der globalen Wirtschaft und der Ausdehnung unserer Macht. Und ein Einzelner von uns kann das nicht erreichen."

„Ich vermute, dass der von uns beauftragte EXPERTE, der für das Ableben der Familie Kramer in Deutschland verantwortlich zeichnet, Herrn Kramer vor dessen Tod den Grund dafür, mehr oder weniger freiwillig, entlockt hat. Wahrscheinlich besaß Herr Kramer doch noch eine Sicherungskopie, die sich nun in den Händen des EXPERTEN befindet und mit deren Hilfe, den Detailinformationen des dahingeschiedenen Herrn Kramers und der Hilfe eines IT-Fachmannes er die Transaktion durchführen konnte."

„Das klingt einleuchtend. Was sollen wir nun unternehmen?"

„Ich schlage vor, wir machen uns auf die Suche nach Spezialisten, die unseren Experten ausfindig machen und entführen. Er wird dann Leuten übergeben, die in Kriegseinsätzen unseres Landes nicht zimperlich mit Foltermethoden umgegangen sind. Vielleicht können wir auf diese Art wieder zu unserem Geld kommen. Im Übrigen habe ich den Restbetrag unseres geplünderten Kontos auf ein Fiktivkonto unserer Bank transferiert. Es ist mir ohnehin nicht klar, warum nicht das gesamte Konto abgeräumt wurde. Für die Zukunft benötigen wir ein neues Geheimkonto und einen neuen Vertriebsweg zur Verschleierung unserer Einnahmen. Sind alle damit einverstanden?"

Schon fast erleichtert durch die Hoffnung, die Gelder doch noch zurückzuerhalten, stimmten alle Anwesenden zu. Schließlich waren sie die Mächtigsten. Da sollte es doch gelingen, mit einem Auftragskiller kurzen Prozess zu machen.

Und so erschien, wie Ron bereits vorhergesagt hatte, in internationalen Journalen und im Darknet die Bekanntmachung:

Spezialisten für Haushaltsauflösung gesucht

Immer wieder erstaunlich, wie präzise Rons Vorhersagen waren, dachte sich Ben. Denn kaum war die Suche nach Spezialisten eingeleitet, meldeten sich alle aus Rons Team, um es ihm mitzuteilen.

„Wir müssen unseren Plan mit den Chinesen nochmals kurz durchsprechen", ließ Ron verlauten, dem eine eintägige Ruhephase genügte, um sich zu langweilen.

„Ich treffe mich, wenn die Chinesen darauf eingehen, mit dem chinesischen Wirtschaftsminister in Peking und umreiße ihm, dass eine Gruppe amerikanischer Wirtschaftsbosse mittels eines riesigen Etats das globale Wirtschaftsgefüge beeinflusst. Zudem ist einer von ihnen persönlicher Wirtschaftsberater des Präsidenten. Dadurch werden zum Beispiel auch Zollabkommen und internationale Handelsbeziehungen beeinflusst. Wir haben dafür gesorgt, dass dieser Etat nicht mehr zur Verfügung steht und werden dafür sorgen, dass diese Gruppe in Zukunft keine politischen Wirtschaftsentscheidungen mehr beeinflusst und die führenden amerikanischen Finanzinstitute eine Pressemitteilung veröffentlichen werden, zukünftige Geschäfte nur noch nach ethisch moralischen Grundsätzen zu tätigen. Sollte dies nicht der Fall sein, wird es zum überraschenden Ableben einer oder mehrere Personen dieser Gruppe kommen. Des Weiteren verhelfen wir der Volksrepublik China zu einer Staatseinnahme von zwölf Milliarden Dollar. Als Gegenleistung erwarten wir nach Einzelüberweisungen von je zwölf Milliarden Dollar auf die Bank of China eine Weiterleitung dieses Betrages, abzüglich zehn Prozent, auf eine unserer europäischen Banken. Somit ergibt sich bei zehn Überweisungen und deren Weiterleitung abzüglich zehn Prozent der genannte Betrag für die Volksrepublik China. Die Ausstellung eines chinesischen Passes als zweite Staatsbürgerschaft und ein diplomatischer Status würde unseren Handel abrunden.

Bist du einverstanden, wenn ich dies als Schreiben der chinesischen Botschaft, adressiert an den chinesischen Handelsminister, zukommen lasse?"

„Ja. Soll ich mitkommen?"

„Nein. Du musst eventuell kurzfristig nach Singapur fliegen und die erste Überweisung vornehmen, sollte der Deal klappen."

Und so ging kurz darauf ein Schreiben in der chinesischen Botschaft mit besagtem Inhalt ein. Zugefügt war lediglich, dass der Absender am zehnten des Folgemonats im *Mandarin Oriental Hotel in Peking* für zwei Tage anwesend wäre. Sollte es zu keinem Treffen kommen, würde der Absender wieder zurückfliegen. Die inhaltliche Verifizierung des Schreibens könnte vor Ort erfolgen.

Zwischenzeitlich bestätigten vier von Rons Team, einen Auftrag zur Aufspürung des EXPERTEN und dessen Auslieferung erhalten zu haben. Der Betrag von fünfhunderttausend Dollar Vorkasse wäre ebenfalls überwiesen worden.

Daraufhin richtete Ron an Mister Eightwoods Privatadresse folgendes Schreiben:

Sehr geehrter Mr.Eightwood,
Wie sie richtig vermutet haben, bin ich der Urheber ihres Missgeschicks. Zu meiner Ergreifung sollen sie eine nicht unbeträchtliche Summe ausgelobt haben. Ich fordere zwei Dinge von ihnen und ihren Komplizen.
Erstens: Sie ziehen den Auftrag, meiner habhaft zu werden, zurück.
Zweitens: In einem öffentlichen Kommuniqué geben sie, unterzeichnet von allen Mitgliedern des Zirkels, bekannt, zukünftig nur noch Finanzgeschäfte auf ethisch moralischer Grundlage zu tätigen. Es versteht sich von selbst, dass sie sich auch daran halten werden.
Sollten sie diesen Forderungen nicht nachkommen, und diese Warnung wird nur einmalig ausgesprochen, wird es zum Ableben einzelner Mitglieder kommen, bis meine Forderungen erfüllt sind.
Gezeichnet
Der EXPERTE

KAPITEL 7

In einer erneuten Sitzung der Mächtigen schlugen deren Gefühlsausbrüche erneut Wellen, die sich durch die breite Fensterfront in die Schluchten der tief darunter liegenden Straßen ergießen wollten, nachdem Mister Eightwood das an ihn gerichtete Schreiben bekannt gegeben hatte.

„Was bildet dieser Killer sich eigentlich ein?"

„Was glaubt er, wer wir sind?"

„Wir werden ihn jagen wie einen Hasen."

„Was sollen wir tun?"

Unzählige Fragen und Kommentare füllten den Raum.

„Meine Herren", mahnte Mister Eightwood zur Ruhe.

„Ich schlage vor, wir lassen uns durch dieses Schreiben nicht einschüchtern. Im Gegenteil. Wir haben ja bereits Spezialisten auf ihn angesetzt. Ich empfehle, das Honorar im Erfolgsfall auf weitere vier Millionen zu erhöhen. Dies wird das Engagement sicherlich noch weiter fördern. Sind alle damit einverstanden?"

Und so erschien erneut in den entsprechenden Medien folgende Mitteilung:

Erfolgshonorar der Spezialisten wird von eins auf vier erhöht

„Du scheinst bei unseren Auftraggebern nicht sehr beliebt zu sein", meldeten sich die Mitglieder seines Teams bei Ron.

„Das Erfolgshonorar wurde von einer auf vier Millionen Dollar erhöht."

„Haben diejenigen, die mit dem Auftrag betraut wurden, ihre Anzahlung erhalten?"

Dies wurde von allen bestätigt.

„Dann mache ich euch folgenden Vorschlag: Legt ein gemeinsames Konto an, auf welches ihr sowohl diese Gelder, als auch Honorare, welche ihr zusätzlich von mir für erteilte Aufträge erhalten werdet, einzahlt. Da die meisten Aufträge durch einzelne durchgeführt werden, bekommt ihr alle am Ende eines Jahres zu gleichen Teilen die entsprechende Auszahlung. So könnt ihr besser als Team agieren und es kommen keine Neidgefühle auf.

Ich habe bereits einen ersten Auftrag: Es geht um die Liquidierung von Professor Mitchell, der an der Harvard University doziert. Für diesen Auftrag erscheint mir Peter am geeignetsten. Erstens könnte er vom Alter her Student sein, und zweitens ist er US-Bürger. Ich könnte mir zum Beispiel vorstellen, dass Professor Mitchell bei einer Studentenparty unter unerklärlichen Umständen vom Dach eines Gebäudes stürzt. Aber das soll nur ein Vorschlag sein. Die Art und Weise der Durchführung überlasse ich selbstverständlich Peter. Es wäre hilfreich, aber nicht Voraussetzung, wenn der Plan am Dreizehnten des Folgemonats zum Abschluss kommt. Im Vordergrund steht jedoch ein erfolgreiches Gelingen. Okay, Peter?"

„Alles klar. Ich bin bereits unterwegs und halte dich über Ablauf und Termin auf dem Laufenden."

Als Ron mich über den Auftrag, den er erteilt hatte, unterrichtete, liefen mir eiskalte Schauer über den Rücken. War ich gerade dabei, meine Zustimmung zu einem Mord zu erteilen? Und was würde Liz davon halten?

„Ich weiß, was in dir vorgeht. Auch wenn die erste Tötung eines Menschen durch mich im Kriegseinsatz erfolgte, hatte ich damit zu kämpfen. Aber vergiss nicht, dass dieser Mensch bedenkenlos nicht nur zustimmte, dich umbringen zu lassen, sondern auch in der Ermordung deiner Frau und deiner Tochter kein Problem gesehen hat. Es ist zudem der einzige Weg, etwas zu verändern, denke an die Pressemitteilung, welche sie veröffentlichen sollen. Und ich werde nicht mehr zum Abschuss freigegeben."

Ron hatte Recht. Dieser Mann war einer derjenigen, die meine gesamte Familie beseitigen lassen wollten. Hoffentlich würde Liz das ebenso sehen. Aber die Reaktion von Liz war erstaunlich.

„Er wollte unsere Prinzessin, ein kleines Kind, töten lassen! Er hat kein Recht zu leben!"

Als ich Ron von Liz Reaktion erzählte meinte er:

„Wenn es um ihre Kinder geht sind Mütter erbarmungsloser als jedes Raubtier."

Und langsam begriff auch ich, dass wir fortan in einer anderen Welt leben würden.

„Wir fliegen am Achten gemeinsam nach Singapur. Von dort fliege ich am Zehnten weiter nach Peking und bin gespannt, ob die Chinesen mit mir Kontakt aufnehmen werden."

Als wir in unserem Hotel in Singapur eintrafen wurden wir an der Rezeption bereits wie Stammgäste begrüßt und in unserer Suite wartete, wie bereits gewohnt, eine Flasche Champagner auf uns.

Einen Tag später flog Ron weiter nach Peking, von wo aus er unmittelbar nach dem Einchecken Kontakt mit mir aufnahm.

„Bei der Anmeldung im Hotel verlief alles völlig normal. Ich hatte nicht den Eindruck, als würde mir besondere Aufmerksamkeit zuteil. Sehen wir, was morgen passiert. Übrigens hat mich Peter angerufen und mir mitgeteilt, dass der Termin am Dreizehnten für seine Aktion eingehalten werden kann."

Aber auch am Abend des Folgetages berichtete Ron keinerlei Besonderheiten. Und als der Termin zur Kontaktaufnahme nach einem weiteren Tag verstrichen war, rief er mich an um mir mitzuteilen, dass er am späten Abend wieder nach Singapur zurück fliegen würde.

Als Ron bereits ausgecheckt hatte, kam ein Herr auf ihn zu, den er für den Hotelmanager hielt.

„Guten Abend Herr Hügli", dies war der Name, unter welchem Ron sowohl seinen Flug, wie auch das Hotel gebucht hatte.

„Wären Sie so freundlich mir zu folgen? Sie werden in einem unserer privaten Konferenzräume bereits erwartet."

In diesem Moment glaubte Ron daran, dass unser Plan doch erfolgreich verwirklicht werden könnte. In dem Raum, zu dem ihn der Hotelmanager geleitete, warteten vier Personen auf ihn. Es war unschwer zu erkennen, dass es sich um Wirtschaftsminister Wang und drei Bodyguards handelte, von denen er auch unmittelbar nachdem der Hotelier den Raum verlassen hatte nach gefährlichen Gegenständen, die das Leben des Ministers hätten bedrohen können, durchsucht wurde.

„Verzeihen Sie die Unannehmlichkeiten, Herr Hügli. Aber das Schreiben, welches mir über die Botschaft zugestellt wurde, klang sehr abenteuerlich. Ich bin gespannt, was Sie uns zu erzählen haben. Denn sollte sich Ihre Geschichte als unwahr erweisen, würden Sie sich an einem verlängerten Aufenthalt in unserem Land erfreuen."

„Bevor ich meine Mitarbeiter bitte, unsere Unterhaltung ungestört fortsetzen zu können, kann ich Ihnen etwas zu essen oder trinken bestellen?"

„Nein. Danke."

Nachdem Ron dem Minister, der schweigend zugehört hatte, unser Vorhaben, die Möglichkeit, dieses Wirtschaftskartell unschädlich zu machen und noch zwölfeinhalb Milliarden Staatseinnahmen für China zu generieren, dargelegt hatte, unterbreitete er ihm auch unsere Forderungen.

„Unglaublich! Aber wie wollen Sie beweisen, dass das alles der Wahrheit entspricht?"

„Sollten Sie an dem Deal interessiert sein, würde ich meinen Aufenthalt hier tatsächlich gerne um einige Tage verlängern. In dieser Zeit werde ich die Überweisung der ersten Tranche in Höhe von zwölfeinhalb Milliarden Dollar auf ein von Ihnen benanntes Konto in Peking vornehmen. Dieser Betrag würde dann nach Abzug der zehnprozentigen Provision auf ein von mir benanntes Konto in Europa weiter überwiesen werden. Es folgen neun weitere Transaktionen dieser Art. Immer wenn der Eingang einer Tranche auf unserem Konto bestätigt wird, erfolgt die nächste Überweisung auf das Konto in Peking. Was die Zerschlagung des Wirtschaftskartells angeht, so werden Sie morgen vom überraschenden Ableben des persönlichen Wirtschaftsberaters des amerikanischen Präsidenten erfahren, der sich im Moment noch bester Gesundheit erfreut. Ich hoffe, ich konnte Ihnen deutlich machen, dass es sich nicht um Phantastereien handelt."

„Das haben Sie. Ich schlage vor, sie veranlassen die Überweisung. Nach Eintreffen des besprochenen Betrages werde ich für dessen Weiterleitung auf das von ihnen angegebene Konto sorgen. Den morgigen Nachrichten sehe ich mit Spannung entgegen. Wir werden uns, sobald die erste finanzielle Transaktion durchgeführt ist, erneut treffen um zu besprechen, inwieweit wir Ihnen bei Ihren weiteren Forderungen entgegen kommen können."

Und so bezog Ron erneut seine Hotelräumlichkeiten, von wo er mich umgehend informierte.

„Es scheint zu klappen. Ich gebe dir nun das Konto der Bank of China in Peking durch. Morgen überweist du die erste Tranche. Bleibe noch solange in Singapur, bis die Bestätigung unserer Bank in Paris vorliegt, dass das Geld eingegangen ist. Dann fliegst du wieder zurück. Ich werde möglicherweise noch einige Tage länger in Peking bleiben, um unseren Deal mit Minister Wang zum Abschluss zu bringen."

Und so machte ich mich fünf Tage später, nachdem ich Ron den erfolgreichen Eingang des Geldes auf unsere Pariser Bank melden konnte, wieder auf den Heimweg.

KAPITEL 8

Harvard University Cambridge

Wenn Peter seinen Auftrag am angestrebten Termin zum Abschluss bringen wollte, so blieben ihm nicht einmal drei Wochen Vorbereitungszeit. Auf dem Flug nach Boston gingen ihm die verschiedensten Szenarien durch den Kopf. Die Anregung von Ron war ebenfalls ein Ansatzpunkt.

Sich einen Studentenausweis zu besorgen war die leichteste Übung. In einem vorwiegend von Studenten aufgesuchten Pub erleichterte er einen der Studenten um seinen Geldbeutel, in welchem sich auch dessen Studentenausweis befand. So wurde, mit Peter's Foto versehen, aus ihm ein Jurastudent.

Am gleichen Abend brachte er in Erfahrung, dass es ein studentisches Organisationskomitee gab, welches für die Ausrichtung von Abschlussfeiern, Grillabenden, Tanzpartys und Events jeglicher Art zuständig war. In der Hoffnung, dass Ron die zusätzlich anfallenden Kosten seines Auftrages übernehmen würde, fand sich am nächsten Tag ein Päckchen ohne Absender im Büro des Organisationskomitees.

Die Mitglieder des Komitees kamen aus dem Staunen nicht mehr heraus, als sich der Inhalt des Päckchens als ein an sie

gerichtetes Schreiben und zweihunderttausend Dollar in bar
entpuppte.

Sehr geehrtes Komitee,
dieses Päckchen ist für Sie sicherlich überraschend, aber ich möchte
eine Bitte damit verknüpfen.
Der Dreizehnte des nächsten Monats ist für mich ein Gedenktag, der
zukünftig meiner Universität gewidmet sein soll. Es wäre daher mein
Wunsch, dass Sie die beiliegenden Scheine zur Ausrichtung einer
Party an diesem Tag verwenden würden. Zu dieser Feier sollten auch
acht meiner ehemaligen Professoren (Liste liegt bei), denen ich viel zu
verdanken habe, eingeladen werden. Mir ist bewusst, dass ich Ihnen
einen sehr engen Zeitrahmen zumute, bin mir aber sicher, dass Sie
diese Herausforderung meistern werden.
Sollte es Ihnen gelingen, ein denkwürdiges Fest zu organisieren, so
würde ich Ihnen eine regelmäßige finanzielle Unterstützung zur Feier
dieses Gedenktages zukommen lassen.
Gezeichnet
Ein ehemaliger Kommilitone

Selbstverständlich tauchte in der beigefügten Liste auch der
Name von Professor Mitchell auf.

Als Student auf dem Campus konnte Peter verfolgen, wie
rasch das Organisationskomitee seine Wünsche in die Tat
umsetzte. Auch die Räumlichkeiten, in denen die Party
durchgeführt werden sollte, waren ideal geeignet. Im obersten
Geschoss einer der Universitätsgebäude befand sich die Aula,
der sich eine riesige, zum Großteil überdachte Terrasse
anschloss, die im Sommer ebenfalls für Feiern benutzt wurde.

Die bald stattfindende Party war Tagesgespräch auf dem
Campus. Und auch die eingeladenen Professoren, die alle ihr
Kommen zugesagt hatten, rätselten, wer wohl dieser ehemalige
Student und jetzige Sponsor sein könnte.

Die Party war ein voller Erfolg. Die Studentenband gab alles, was sie hatte. Die Stimmung wurde immer ausgelassener. Der Lärmpegel war kaum noch zu übertrumpfen.

Gegen Mitternacht fand Peter endlich die Gelegenheit, Professor Mitchell, der sich zu diesem Zeitpunkt mit niemandem im Gespräch befand, von anderen unbemerkt anzusprechen.

„Guten Abend, Professor Mitchell. Ich möchte Sie nicht stören. Aber ich soll Ihnen eine private Botschaft des Sponsors des heutigen Abends überbringen. Wären Sie so nett, mich auf die Terrasse zu begleiten, wo wir etwas ungestörter sind und die Lautstärke etwas erträglicher ist?"

Neugierig folgte der Professor Peter zu einer abgelegenen, nicht sofort einsehbaren Stelle, die Peter bereits vorher ausgesucht hatte.

„Nun. Verraten Sie mir: Wer ist dieser geheimnisvolle Sponsor? Und welche Botschaft sollen Sie mir überbringen?"

Noch bevor er eine Antwort erhielt fühlte der Professor sich in die Luft gehoben und über das Geländer gestürzt. Die Überraschung ließ nicht mal mehr einen Entsetzensschrei zu, der aber bei dem bis hierher dringenden Lärm kaum gehört worden wäre.

Zurück in der Aula vergewisserte sich Peter, dass keinem etwas aufgefallen war und niemand Professor Mitchell vermisste, bevor er sich vom Campus entfernte. Sich vom Tod Professor Mitchells nach dessen Sturz zu überzeugen hielt er nicht für notwendig, zumal er sich nicht der Gefahr aussetzen wollte, dabei überrascht zu werden.

Zurück im Hotel schickte er eine Nachricht an Ron:

Auftrag termingerecht ausgeführt

Boston Herald

Tragischer Tod eines Harvard Professors

Professor Mitchell, ein angesehener Dozent der Harvard University und persönlicher Berater des Präsidenten in Wirtschaftsfragen, erlag gestern seinen Verletzungen, die er sich nach einem Sturz von einer Dachterrasse eines Universitätsgebäudes zugezogen hatte. So kam es zu einem tragischen Ende einer zu diesem Zeitpunkt stattfindenden Feier. Die genauen Umstände, die zu dem Unglücksfall führten, sind noch nicht geklärt.

Vier Wochen später wurden die polizeilichen Ermittlungen eingestellt. Da die Umstände zwar mysteriös, aber keine Fremdeinwirkung nachweisbar war, wurde der Sturz als Tod ohne Fremdeinwirkung zu den Akten gelegt.

KAPITEL 9

„Sie sind ein gefährlicher Mann, Herr Hügli", sprach Minister Wang bei einem erneuten Treffen Ron an.

„Um ehrlich zu sein: ich habe zunächst am Wahrheitsgehalt Ihrer Geschichte gezweifelt. Aber das pünktliche Eintreffen des abgesprochenen Betrags und das überraschende Ableben des persönlichen Wirtschaftsberaters des amerikanischen Präsidenten haben mich von Ihren Fähigkeiten überzeugt. Den weiteren finanziellen Transaktionen steht nichts im Weg. Ihr Anliegen einer zweiten Staatsbürgerschaft und eines diplomatischen Status der Volksrepublik China stehe ich jedoch skeptisch gegenüber. Gestatten Sie die Frage, wozu Sie dies benötigen?"

„Gerne. Wir möchten in Europa mit unserem Kapital legal in Immobilienprojekte und Start Up's investieren. Bei der Höhe der Beträge, die uns zur Verfügung stehen, wird sicherlich die Nachfrage kommen, woher die Gelder stammen. Als chinesische Geschäftsleute, möglicherweise noch mit diplomatischem Status, wird im schlechtesten Falle die Frage von Neidern laut, ob China die europäische Zukunft beeinflusst. Des Weiteren würden bürokratische Hemmnisse schneller aus dem Weg geräumt."

„Wie ich sehe haben Sie die Abwicklung gut durchdacht. Ich werde sehen was ich tun kann."

Die weiteren Verhandlungen zogen sich über vier Tage. Am Ende standen folgende Ergebnisse:

Ron und Ben erhielten eine zweite Staatsbürgerschaft.

Gegen Zahlung weiterer zwei Milliarden Dollar wurden sie zu Mitgliedern des diplomatischen Corps. Die Papiere für ihre Staatsbürgerschaft und Ausweise, die sie als Mitglieder des diplomatischen Corps auswiesen, würden ihm beim nächsten Besuch ausgehändigt werden.

Sie erhielten beide die Möglichkeit, das Land in Begleitung eines Lehrers, der ihnen die chinesische Sprache vermitteln sollte, zu bereisen.

Zum Schluss der Verhandlungen stellte Minister Wang Ron die Frage:

„Herr Hügli. Ich weiß, dass Geld, das wir Ihnen anbieten würden, für Sie kein Beweggrund wäre, eventuell für uns tätig zu werden. Aber könnte ich eventuell mit Ihrer Hilfe als chinesischer Staatsbürger in schwierigen Fällen rechnen?"

„Minister Wang. Mein Team und ich werden uns nicht in politische Gegebenheiten, gleichgültig welchen Staat es betrifft, einmischen. Eine Ausnahme von dieser Regel würden wir eventuell nur bei dauerhaften massiven Verletzungen humanitärer Grundsätze sehen."

„An was denken Sie da?", wollte Mister Wang wissen, dessen Gesichtszüge plötzlich entgleist wirkten, da ihm bewusst war, dass humanitäre Grundsätze in seinem Land einen anderen Stellenwert einnahmen als in der westlichen Welt.

„Zum Beispiel Völkermord, Massenvergewaltigungen, Kindersoldaten oder Versklavung ganzer Stämme."

Zufrieden lächelnd lehnte sich Minister Wang zurück.

„Dann wünsche ich Ihnen für die Zukunft viel Erfolg. Sollten Sie Ihre Reise und ihr Sprachstudium in unserem Land antreten würde ich mich freuen, Sie wieder zu sehen."

Nachdem Minister Wang gegangen und Ron seine Suite aufgesucht hatte, fiel die Anspannung der letzten Wochen, die ihm nicht einmal bewusst geworden waren, da sein Adrenalinspiegel keine Ruhepausen zugelassen hatte, von ihm ab. Sein Körper verlangte Entspannung.

Nach einer wohltuenden, ausgedehnten Massage fiel er in einen traumlosen Schlaf, der erst nach zwölf Stunden durch ein leises Klopfen an der Tür beendet wurde.

„Zimmerservice. Kann ich Ihnen das Frühstück bringen?"

„In zwanzig Minuten bin ich soweit."

Das üppige Frühstück war eine Mischung verschiedenster Esskulturen. Asiatisch, britisch, kontinental, amerikanisch. Tee, Kaffee, Kakao. Säfte jeglicher Art. Eine Flasche Champagner im Eiskübel. Alles, was das Herz begehrte. Serviert von einer Servicekraft, die bemüht war, ihm alle Wünsche zu erfüllen.

„Sagen Sie bitte an der Rezeption Bescheid, sie möchten mir den nächsten möglichen Flug nach Paris in der First Class buchen."

Noch während des Frühstücks meldete sich die Rezeption, dass sein Flug am gleichen Abend um dreiundzwanzig Uhr dreißig gebucht sei. Die voraussichtliche Ankunftszeit wäre gegen sechs Uhr morgens Ortszeit. Der Transfer zum Flughafen würde durch das Hotel vorgenommen und als Gast der chinesischen Regierung, die sowohl für die Hotelkosten, als auch den Flug aufkommen würden, müsste er mit keinerlei Wartezeiten oder Kontrollen beim Einchecken rechnen.

So bestand für Ron die Möglichkeit, während des Fluges noch einige Stunden zu schlafen. Als er Ben einige Stunden später anrief, nahmen die drei gerade das Frühstück zu sich.

„Lasst euch nicht stören. Ich komme morgen früh in Orly an. Du brauchst mich nicht abzuholen, ich nehme ein Taxi. Aber ihr könntet schon mal das Frühstück vorbereiten."

„Wie ist es gelaufen?"

„Erzähl ich euch alles morgen."

„Spann uns nicht auf die Folter! Hat alles geklappt?"

„Alles gut. Ausführlich morgen. Grüß die beiden."

Am Flughafen kam er sich vor wie ein Staatsgast, dem alle Ehren und Vorzüge zuteilwurden. Wie geplant konnte er sogar einige Stunden schlafen und als er in der Pariser Wohnung zum Frühstück auftauchte waren seine Batterien wieder voll aufgeladen. Liz und Ben wollten jede noch so kleine Begebenheit in allen Einzelheiten geschildert wissen. Zum Ende des Frühstücks und seiner Schilderung brachte er jedoch die Sache auf den Punkt:

„Wir haben jetzt alles erreicht, was wir wollten. Ihr drei habt eine gute falsche kanadische Staatsbürgerschaft und eine echte chinesische. Und ich habe erstmals eine echte Staatsbürgerschaft, seit ich freiberuflich tätig bin.

Unser Vermögen beträgt nach Abzug der Kosten etwa einhundert Milliarden Euro.

Wir können uns zukünftig ein Leben im Luxus leisten, ohne jemals Geldsorgen zu haben. Ihr siedelt zum Beispiel nach Kanada und genießt euer Leben. Alternativ könnten wir versuchen, einige unserer Ideen zu verwirklichen.

Gleichgültig wie ihr euch entscheidet, werde ich eure Entscheidung respektieren und, wenn nötig, euch auch in Zukunft immer zur Seite stehen. Bedenkt, dass eure Tochter demnächst in die Schule kommt und ein zu Hause als Ruhepol braucht.

Ich, für meine Person, habe mich bereits entschieden! Ich bin unabhängig und nicht dafür geeignet, ein Leben in Ruhe genießen zu können. Daher werde ich auch weiterhin ein Auge auf unsere ,amerikanischen Freunde' haben und im Bedarfsfall regulierend eingreifen. Meine Berufskollegen, die wir engagiert haben, würden sich wahrscheinlich ohne Aufgabe vor Langeweile gegenseitig das Leben nehmen.

Die neue Aufgabe, die ich mir gestellt habe wird sein, auch wenn sie unmöglich erscheint, in einigen afrikanischen Ländern deren Bewohnern ein menschenwürdiges Leben zu ermöglichen.

Lasst euch Zeit mit eurer Überlegung. Es drängt euch nichts, außer dem Alter eurer Tochter. Vor deren Einschulung müsst ihr wissen, wie es weiter gehen soll.

Ich werde mich mit meinem Team treffen und sie in meine Entscheidung einbinden, da mein Vorhaben gewisse Risiken birgt. Das heißt, jeder von uns muss damit rechnen, sein Leben zu verlieren. Aber: No risk, no fun!"

Etwa zur gleichen Zeit
Dringlichkeitssitzung des Zirkels der Mächtigen
Einziger Programmpunkt: überraschender Tod des Mitgliedes Professor Mitchell

Die Spannung im Raum wartete nur darauf, sich wie ein einschlagender Blitz zu entladen. Es herrschte betretene Stille, als Mister Eightwood das Wort ergriff.

„Ich möchte Sie über den aktuellen Stand unserer Nachforschungen in Kenntnis setzen. Bisher ist es uns noch nicht gelungen, den Verbleib unserer Gelder zu ermitteln. Die Spur verliert sich auf Banken in Mexiko. Auch hier existieren keine Konten mehr und der Weg des Geldes ist ab hier nicht mehr weiterzuverfolgen. Auch gab es bisher noch keine Erfolgsmeldung seitens der von uns beauftragten ‚Spezialisten'.

Aber die heutige Zusammenkunft dient einzig dazu, uns darüber klarzuwerden, ob dem Tod unseres Kollegen ein Unfall zugrunde liegt, oder ob der EXPERTE seine Drohung wahrgemacht hat. Die polizeilichen Ermittlungen laufen noch. Aber soweit ich in Erfahrung bringen konnte, bestehen keine Verdachtsmomente für ein Fremdverschulden. Allerdings verfügen die untersuchenden Beamten nicht über die Information, dass seitens des EXPERTEN eine Morddrohung gegen uns ausgesprochen wurde. Verständlicherweise können wir dies den ermittelnden Beamten nicht mitteilen.

Wir müssen uns daher einigen, wie wir persönlich diesen Todesfall einstufen. Mord oder Unfall. Sollten wir Unfall als Todesursache annehmen, so verfahren wir weiter wie bisher,

Kommen wir zum Schluss, dass es sich um Mord handelt, müssen wir unser weiteres Vorgehen überdenken.

Folgen wir der Forderung des EXPERTEN, brechen die Suche nach ihm ab und veröffentlichen wir eine entsprechende Pressemitteilung? Oder intensivieren wir unsere Bemühungen, seiner habhaft zu werden? Es muss uns jedoch klar sein, dass die Möglichkeit besteht, dass dieser davon erfährt und es zu einem weiteren Anschlag kommen kann. Zumal wir ja die gewünschte mediale Veröffentlichung ebenfalls nicht tätigen werden.

Denn sollten wir auf die an uns gestellten Forderungen eingehen, dann würde unsererseits das Bankenwesen, wie wir es kennen, auf den Kopf gestellt. Keine Investmentbanken, keine Kredite ohne Sicherheiten, Beratung zu Gunsten der Kunden, keine riskanten Geschäfte, die im Falle eines Scheiterns durch Finanzhilfen der Staaten abgefedert wären, keine illegalen oder am Rand der Legalität getätigten Geschäfte. All das, was in der Vergangenheit unseren Gewinn vermehrt hat, wäre Schnee von gestern.

Lassen Sie uns versuchen, zu einer Entscheidung über unsere weitere Vorgehensweise zu kommen."

Nachdem einige Stunden die verschiedensten Möglichkeiten diskutiert und wieder verworfen worden waren, kam das Gremium zu folgendem Schluss, den Mister Eightwood zusammenfasste:

„Wir betrachten den Tod unseres Kollegen zunächst als Unfall. Dessen ungeachtet erhöht jeder von uns seine persönliche Sicherheitsstufe. Den Forderungen des EXPERTEN wird nicht nachgekommen. Das Erfolgshonorar der SPEZIALISTEN wird um weitere zwei Millionen Dollar erhöht."

Sichtlich zufrieden verließen die Mitglieder des Gremiums die Versammlung.

KAPITEL 10

Ron hatte ebenfalls ein Meeting seines Teams einberufen.

Man war sich einig, hinsichtlich der kommenden Zusammenarbeit und dem gegenseitig notwendigen Vertrauen, vom förmlichen „Sie" auf das vertraute „Du" zu wechseln.

„Hallo Leute! Zuerst zu dir Peter. Du hast einen hervorragenden Job gemacht. Ihr habt mich wissen lassen, dass ihr euch für ein gemeinsames Auftragskonto entschieden habt. Ich werde unverzüglich das Honorar für diesen ausgeführten Auftrag zuzüglich angefallener Spesen überweisen.

Für zukünftige Aufträge möchte ich unser technisches Equipment gerne erweitern. Durch meine Vergangenheit bestehen immer noch Beziehungen zur NSA. Es gibt eine geheime Forschungsabteilung, die für Drohnenentwicklung und Entwicklung im Bereich der elektronischen Kommunikation zuständig ist. Hier kommt der SCS, der Special Collection Service, ins Spiel, der mit hochentwickelter Abhörausrüstung die weltweite Telekommunikation überwacht.

Warum ist das für uns interessant?

Wir werden uns deren Technik zu Nutzen machen. Eine ihrer neuesten Entwicklungen ist eine Drohne in Kleinstformat, die von einer Biene nicht zu unterscheiden ist und aus einer

Entfernung von einem Kilometer bedient werden kann. Ausgerüstet ist sie mit einer Kamera und Wärmesensoren. Der Stachel kann hochwirksames Gift injizieren. Ich werde uns die Baupläne für diese Todesdrohne besorgen und nachbauen lassen. Zur weiteren Ausstattung wird eine Überwachungsdrohne gehören, die aus einer Höhe von bis zu dreitausend Metern gestochen scharfe Bilder übermittelt.

Nun zu meinem eigentlichen Anliegen. Wir alle sind Profis. Aber ich weiß, dass keiner von uns Kinder versklaven oder sie zwingen würde zu morden. Neben vielen andern Scheußlichkeiten ist das auf dem schwarzen Kontinent viel zu oft der Fall. Auch wenn es einem Kampf gegen Windmühlen gleichkommt, werde ich versuchen, daran etwas zu ändern. Mein erstes Ziel wird die Terrorgruppe Boko Haram sein. Ihr wisst, dass euer Leben in Gefahr ist, wenn ihr mich unterstützt. Solltet ihr bei einem solchen Unternehmen nicht dabei sein wollen, ist euer Zehnjahresvertrag davon nicht betroffen. Wer mitmacht erhält jedoch nochmals eine zusätzliche Jahresprämie von drei Millionen Dollar.

Kommt einer von euch bei einer solchen Aktion ums Leben, wird sein Anteil einer von ihm genannten Person überwiesen, plus einem Betrag von zwei Millionen als eine Art Versicherung im Todesfall.

Was meint ihr dazu?"

Nach kurzer Beratung gab es ein einstimmiges Votum.

„Du bist verrückt! Aber es scheint spannend zu werden. Zumal keiner von uns davon ausgegangen ist, jemals vom Saulus zum Paulus zu mutieren. Und den Spaß, diesen Schweinen gehörig ins Handwerk zu pfuschen, möchten wir uns allen gönnen.

Wann soll es losgehen?"

„Es wird noch einige Monate dauern, bis ich im Besitz der Technik bin und meine Quellen der Kommunikationsüberwachung reaktiviert habe. Aber wir werden regelmäßige Treffen zur Planung durchführen."

Man hätte meinen können, Rons Team wäre in einen Jungbrunnen gefallen. Das war endlich eine Herausforderung, die all ihre Fähigkeiten in Anspruch nehmen würde.

Als Ron uns über den Ablauf seiner Teamsitzung berichtete teilten wir ihm mit, dass auch wir eine Entscheidung getroffen hätten.

„Wie du schon richtig bemerkt hattest: wir müssen an Anana und ihre Zukunft denken. Daher haben wir beschlossen, dass Kanada unsere neue Heimat werden wird. Wir werden aber von unserer neuen Heimat aus zwei Projekte angehen.

Ich werde in deutschen Großstädten als kanadisch/chinesischer Unternehmer den sozialen Wohnungsbau fördern. Das heißt bezahlbarer Wohnraum mit bis zu zweitausend Wohnungen, die eine gehobene Wohnausstattung zu erschwinglichen Preisen bieten. Sowohl architektonisch, als auch von Seiten der Infrastruktur soll auf eine Wohlfühlatmosphäre geachtet werden. Integriert sind Spielplätze, Kindergarten, Arztpraxen, Einkaufsmöglichkeiten und alles, was das Leben erleichtert. Der Mietpreis soll sich fünfunddreißig Prozent unter den ortsüblichen Mieten bewegen. Trotzdem ist eine Rendite von zwei Prozent zu erwirtschaften.

Liz hat sich entschlossen ein Charity-Projekt in Indien zu gründen oder zu unterstützen, das sich für Kinder einsetzen wird.

Es ist uns klar, dass diese Projekte unsere Anwesenheit vor Ort zeitweise notwendig werden lassen. Aber wir werden es so koordinieren, dass wir niemals gleichzeitig unterwegs sind. Die Schulferien von Anana werden wir dann gemeinsam mit ihr in den entsprechenden Staaten verbringen. Wir hoffen, dass wir ihr dadurch eine multikulturelle Sichtweise vermitteln können."

„Das hört sich super an. Wenn du aber als Investor in Deutschland auftrittst musst du noch an deiner Sprache arbeiten. Du kannst unmöglich akzentfreies Deutsch sprechen.

Wisst ihr denn bereits, in welcher Region Kanadas ihr eure Zelte aufschlagen wollt?"

„So weit sind wir noch nicht. Bisher waren das nur grundsätzliche Überlegungen."

„Ich mache euch folgenden Vorschlag: Anana hat ja noch ein Jahr Zeit, bevor sie in die Schule kommt. Wir müssen alle vier nochmals nach China, um unsere Pässe und Papiere abzuholen, die uns als Angehörige des diplomatischen Corps ausweisen. Es wäre weiterhin nützlich, wenn wir die Sprache einigermaßen beherrschen würden. Daher könnte ich mir vorstellen, wir nutzen die Zeit zu einer mehrmonatigen Chinareise in Begleitung eines Sprachlehrers, der auch als unser Reiseführer tätig wird. Die nächsten zwei Wochen muss ich noch einiges organisieren, aber dann könnten wir uns auf den Weg machen. Einverstanden?"

„Deine Vorschläge überraschen immer wieder. Aber wir glauben, ein bisschen Abstand und eine solche Sprachreise werden uns allen gut tun. Vorschlag angenommen."

Wie immer war Ron der Organisator. Nachdem er mit Zahlung eines höheren Millionenbetrags in den Besitz der Pläne zum Bau einer Überwachungsdrohne und einer Minidrohne gekommen war und Leute für deren geheimen Nachbau angeworben hatte, stand unserer Reise nichts mehr im Weg.

Über die chinesische Botschaft wurden unsere Reisepläne und unsere Ankunftszeit weitergeleitet.

Und so vergingen die nächsten sechs Monate wie im Flug. Aber dieses Land, seine Kultur und seine Bevölkerung kennen zu lernen war ein Erlebnis, auch wenn Herr Li, unser Lehrer, uns mehrere Stunden täglich mit Strenge unterrichtete. Anana lernte überraschend schnell, Liz und ich quälten uns wesentlich mehr. Ron, der zweimal die Reise unterbrechen musste, um von Paris aus den Bau der Drohnen zu überwachen und den Kontakt zur SCS zu intensivieren, war jedoch der Überflieger. Er saugte die Sprache geradezu in sich auf. Und so waren Liz und ich nach Abschluss unserer Reise in der Lage, Gesprochenes gut zu verstehen, aber die Konversation verlief noch immer etwas stockend. Anana sprach problemlos und bei Ron hätte man glauben können, dass er schon jahrelang in China gelebt hätte.

Als wir zurückkamen, ausgestattet mit unseren chinesischen Ausweisdokumenten, hatte der Herbst Einzug gehalten. Die Blätter färbten sich und wir genossen das Gefühl, wieder zu Hause zu sein. Gleichwohl es ja nur eine Zwischenstation darstellte.

Ron war wieder in seinem Element. Das technische Equipment war fertiggestellt. Auch in den Besitz eines Giftes zu kommen, das in der Lage war, innerhalb von fünfzehn Minuten einen Herzstillstand hervorzurufen, wenn es unter die Haut gelangte, stellte auf Grund seiner früheren Beziehungen keine Schwierigkeit dar. Und so berief er eine neue Teamsitzung ein.

Zwischenzeitlich im August durchgeführtes Meeting der Mächtigen

„Meine Herren. Es sind nun einige Monate seit unserem letzten Treffen vergangen. Aktueller Stand: unglücklicherweise haben wir noch immer keinerlei Kenntnis über den Verbleib unseres Geldes. Auch die von uns beauftragten Spezialisten konnten keinen Erfolg im Aufspüren des EXPERTEN erzielen.

Zwar wurden unsere Sicherheitsmaßnahmen erhöht. Aber es gab keinerlei Lebenszeichen des EXPERTEN, der uns ja angedroht hatte, bei Nichtveröffentlichung eines entsprechenden Kommuniqués, nach dem Leben zu trachten. Angesichts der bisher vergangenen Zeit neige ich zu der Annahme, dass der Tod unseres Mitglieds, Professor Mitchell, ein Unglücksfall war. Die Drohung des EXPERTEN diente wohl eher der Einschüchterung, um entsprechenden Maßnahmen unsererseits entgegenzuwirken.

Auch wenn ich die Hoffnung habe, dass dieser Verbrecher doch noch aufgespürt wird - jeder macht einmal einen Fehler - wird es schwierig werden, unser Geld zurück zu bekommen.

Aber lassen wir uns nicht entmutigen! Setzen wir unsere Geschäfte noch intensiver fort, um einen neuen Vermögensgrundstock zu schaffen."

Mister Eightwood nahm unter lang anhaltendem Beifall der Anwesenden wieder Platz. Hätten sie geahnt, was in Rons Teamsitzung im darauf folgenden Herbst besprochen wurde, wäre ihnen der Aufbruch nach ihrem Meeting sicherlich nicht so leicht gefallen.

KAPITEL 11

Teamsitzung der Spezialisten und des Experten

„Aktuelle Meldung des Tages: unser technisches Equipment ist vollständig. Auch ein schnell wirksames Gift, das etwa fünfzehn Minuten nach Verabreichung wirkt, steht uns zur Verfügung. In den letzten Monaten habe ich mir Gedanken über unser Vorgehen gegen diese Terrorgruppe gemacht.

Über Echelon, das ist ein System, das zum Abhören und zur Überwachung von über Satellit geleiteten privaten und geschäftlichen Telefongesprächen und Internet-Dateien dient, informieren wir uns über Zeit und Ort der Zusammenkünfte des Führungskaders der Boko Haram."

„Wie willst du in dieses System eindringen?"

„Eindringen ist nicht möglich. Aber ich habe jemanden vor Ort, der diese Aufgabe für uns übernimmt und mich auf dem Laufenden hält."

„Wenn wir vor Ort sind werden wir mit unserer Überwachungsdrohne die Zusammenkünfte beobachten und bei geeigneter Gelegenheit durch unsere Drohne eine Bombe über dem Ziel abwerfen. Mögliche Überlebende oder Führungskräfte, die wider Erwarten nicht bei der

Zusammenkunft anwesend waren, würden wir persönlich liquidieren.

Unsere gelungene Aktion wird durch Flugblätter bekannt gemacht werden, verbunden mit der Warnung, dass zukünftig alle Führungskräfte dieser Terrorgruppe mit Vergeltungsmaßnahmen zu rechnen hätten.

Bevor wir mit dieser Aktion starten, können wir unser technisches Spielzeug bei einer Aktion in den Staaten testen.

Ihr habt mir berichtet, dass die Herrschaften in den Staaten ihr Bemühen, meiner habhaft zu werden, nicht eingestellt haben. Zudem haben sie die an sie gestellte Forderung ebenfalls nicht erfüllt. Wir werden daher das Ableben eines weiteren Mitglieds zu bedauern haben. Zum genauen Ablauf werde ich euch noch instruieren."

Und so wurde Echelon erstmals getestet, um sich über den normalen Tagesablauf von Mister Eightwood zu informieren. Ron brachte in Erfahrung, dass Mister Eightwood einmal im Monat einen Kurztrip nach Florida unternahm, um seinem geliebten Golfsport nachzugehen. Dort besaß er, wie Rons Recherchen ergaben, ein luxuriöses Herrenhaus in der Nähe von Miami auf Bay Harbor Islands mit Blick auf den Golfplatz.

Ron und drei weitere Mitglieder seines Teams, die bereits Golferfahrung besaßen, beschlossen, kurz bevor Mister Eightwood seinen nächsten Golfausflug plante, in dem Hotel des von ihm bevorzugten Golfplatzes einige Tage Urlaub zu verbringen. Hier wollten sie mit einem Pro durch Privatstunden ihr Golfspiel verbessern. Auf diese Weise könnten sie mit der Überwachungs- und der Killerdrohne am unauffälligsten in die Nähe der Zielperson gelangen.

Das Mitführen der Drohnen im Flugzeug als Diplomatengepäck, welches nicht durchsucht werden durfte, sollte als Mitglied des diplomatischen Corps der Volksrepublik China kein Problem darstellen.

Ron und sein Team fanden sich vier Tage vor der voraussichtlichen Ankunft Mister Eightwoods in besagtem Golfhotel ein, das sich mitten auf dem Platz befand und dessen

Restaurant bei Loch neun gleichzeitig Pausenanlaufstation für die Spieler darstellte.

So konnten sie sich mit den Drohnen, deren Bedienung über Geräte erfolgte, die wie ein iPad aussahen, unauffällig von der Terrasse des Restaurants aus vertraut machen. Die Überwachungsbilder wurden gestochen scharf auf die Bedienungsgeräte übertragen, trotz etwa eintausend Metern Höhe. Hierbei wurde ein beliebiger Golfer als Testperson ausgewählt um zu eruieren, wo der Einsatz der Killerdrohne erfolgen sollte. Durch das Spiel mit ihrem Pro lernten sie den Platz kennen.

„Ich glaube, der beste Einsatz unserer Killerdrohne liegt bei Loch sechzehn. Der Abschlag ist umgeben von Palmen und Ziersträuchern, so dass unsere ‚Biene', die dann den Stich ansetzen wird, nicht auffällt. Je nach Kleidung sollte der Stich in der Nackenregion oder noch besser, wenn er Golfshorts trägt, in die Wade erfolgen. Am besten beim Abschlag, da sich dann alle auf den Schlag konzentrieren werden und der Stich, beziehungsweise unsere Drohne, nicht auffallen wird.

Wir werden alles hier von der Terrasse aus abwickeln. Wie immer gebt ihr mir Sichtschutz gegenüber den anwesenden Gästen. Jaques, du übernimmst die Bedienung der Überwachungsdrohne und gibst das Kommando, wann ich die Killerdrohne losschicke. Du lenkst mich solange, bis ich mit meiner Drohne Sichtkontakt habe. Wenn alles erfolgreich verläuft, schafft es unsere Zielperson nicht mehr bis Loch achtzehn."

Die vier genossen bei Golfspiel und entspannter Atmosphäre die Tage im sonnigen Florida bis Ron am Abend des vierten Tages verkündete:

„Mister Eightwood ist heute angekommen und hat für morgen neun Uhr eine Tee-Time gebucht. Er spielt in einem Dreier-Flight. Das bedeutet, wenn sie nur zu dritt spielen werden, dass die voraussichtliche Ankunftszeit bei Loch sechzehn zwischen zwölf und dreizehn Uhr dreißig liegen wird. Die Überwachungsdrohne lassen wir um elf Uhr dreißig starten. Unsere Killerbiene, deren Stachel wir diesmal mit dem Gift präparieren, schicken wir los, sobald unsere Überwachungsdrohne uns anzeigt, dass der letzte im Flight bei Loch fünfzehn beim Einlochen ist und Jaques mir das Einsatzkommando gibt.

Um unauffällig zu bleiben habe ich für uns morgen eine Tee-Time um neun Uhr gebucht. So sind wir nach neun Loch, nach denen wir uns eine längere Pause gönnen werden, gegen elf Uhr auf der Terrasse des Restaurants. Lasst uns noch einen Whiskey auf ein erfolgreiches Gelingen trinken."

Den nächsten Tag spielten alle vier hervorragend Golf. Dies sprach deutlich dafür, dass sie als Profis in der Lage waren, sich nur auf eine Sache zu fokussieren.

Noch bevor sie auf der Terrasse ankamen startete Jaques die Überwachungsdrohne. Auf der Terrasse angekommen kommentierte er, nachdem sie ihre Getränke erhalten hatten, die Bilder auf dem Bedienungsgerät.

„Sie sind jetzt bei Loch vierzehn auf dem Fairway.

Mister Eightwood trägt Golfshorts. Er hat seinen persönlichen Caddy dabei. Ein riesiger Schwarzer, gut durchtrainiert."

„Das ist kein Caddy. Der Schilderung meines Partners zufolge ist das sein persönlicher Bodyguard", ließ Ron verlauten.

„Typischer Altherrengolf. Fünfmal Probeschlag und dann doch meilenweit vorbeischießen", kommentierte Jaques unverdrossen weiter.

„Unser Mister Eigthwood ist auch kein begnadeter Golfer. Mit seinem Ableben wird die Golfwelt sicher nicht in Resignation verfallen", war sein bissiger Kommentar.

„Zwischenzeitlich nähern sie sich dem Grün auf Loch fünfzehn.

Sie sind am Einlochen. Unsere Zielperson wird auf Grund seiner an diesem Loch benötigten Schläge als Zweiter auf Loch sechzehn abschlagen."

Die Killerdrohne war unterwegs.

„Ich hab sie im Bild. Du kannst die Überwachungsdrohne abziehen."

Auf dem Bild, das Ron übertragen bekam, waren die drei Männer deutlich zu sehen. In der Nähe des Abschlags, verdeckt durch lockeres Buschwerk wartete die Drohne auf ihren Einsatz. Als Mister Eightwood sich auf seinen Abschlag konzentrierte bemerkte er kaum den Stich in der Wade.

„Einsatz beendet. Jaques, wir gehen zum Parkplatz und sammeln unbemerkt unsere Spielzeuge ein. Bestellt in der Zwischenzeit noch etwas zu trinken. Wir warten dann in aller Ruhe ab, was passiert."

Es dauerte wirklich nicht lange, bis sie in der Ferne die Ambulanzsirene hörten, die sich rasch dem Golfplatz näherte.

Die vier blieben noch drei weitere Tage, um das Gelingen ihres Planes beim Golfspielen und kühlen Drinks zu feiern. In den regionalen Journalen war dann zu lesen:

Tod auf dem Golfplatz

Ein bekannter Banker aus New York, der schon seit Jahren seine knappe Freizeit in seiner Villa auf Bay Harbor Islands verbrachte, erlag gestern auf dem Golfplatz einem plötzlichen Herztod. Sofort eingeleitete Rettungsmaßnahmen waren erfolglos.

Es wurde Zeit, wieder nach Hause zu fliegen.

KAPITEL 12

Meeting der Mächtigen

„Unser heutiges Treffen findet anlässlich des überraschenden Todes von Mister Eightwood statt."

Mister Cunningham, der Senior der Gruppe, hatte einvernehmlich den Platz des verstorbenen Mister Eightwood eingenommen.

„Glücklicherweise sind wir alle mit dem Ablauf unserer Tätigkeiten für ausgewählte Klienten vertraut. Die verdeckten Überweisungen der Provisionen auf unser neues Konto sind bestens angelaufen. Das kurzfristig aufeinanderfolgende, nicht zu erwartende Versterben unserer Kollegen lässt den einen oder anderen von uns daran denken, ob nicht doch der EXPERTE seine Hand im Spiel hatte. Ich habe mich zwischenzeitlich mit George, dem Vertrauten und Bodyguard unseres Kollegen, unterhalten. Er lässt keine Zweifel daran aufkommen, dass der plötzlich eintretende Herztod auf dem Golfplatz ein natürlicher Tod ohne Fremdeinwirkung war. Er habe sich während des gesamten Spiels stets in unmittelbarer Nähe befunden und keine besonderen Vorkommnisse registriert.

Ich hoffe, mögliche Zweifel beseitigt zu haben und schlage vor, unsere Geschäfte wie bisher weiterzuführen.

Wie Sie wissen bin ich jetzt das letzte verbleibende Gründungsmitglied unseres Zirkels und es ist die Zeit gekommen, Sie in das letzte Geheimnis einzuweihen.

Es existiert eine sogenannte ‚Graue Eminenz‘.

Diese Person hatte bereits in jungen Jahren den eigentlichen Plan, unseren Zirkel ins Leben zu rufen. Auch heute noch setzen wir wirtschaftspolitische Veränderungen auf seinen Rat hin durch. In der Vergangenheit haben wir Sie stets im Glauben gelassen, dass die Ratschläge zu Veränderungen einzig durch eines der Gründungsmitglieder eingebracht wurden. Da diese Person auch weiterhin anonym bleiben möchte, würde im Falle meines Ablebens mein Nachfolger einen Hinweis vorfinden, wie er mit dieser Person Kontakt aufnehmen kann.

Bitte drängen Sie mich nicht, Ihnen deren Namen zu verraten. Es wäre ohnehin zwecklos. Auch aus unseren Personalunterlagen ist nicht ersichtlich, wer diese Person sein könnte, da er bis zu diesem Zeitpunkt in keiner Führungsposition tätig war. Die betreffende Person hat sich schon länger aus unserem Projekt zurückgezogen, nachdem er seinen Anteil geltend gemacht hat.

Sollte es keine weiteren Fragen geben, würde ich den Termin für unser nächstes Meeting in zwei Monaten festsetzen.“

Zwei Wochen später - Meeting Rons Team

„Zunächst möchte ich euch meinen Geschäftspartner Ben vorstellen, der zwar nicht in unserem Metier tätig ist, jedoch mein vollstes Vertrauen genießt und über jede unserer Aktionen informiert sein wird“, leitete Ron das Treffen ein.

Obwohl sich Ben bewusst war, dass alle Anwesenden keine Probleme damit hätten, das Leben einer entsprechenden Zielperson zu verkürzen, fühlte er sich in deren Kreis nicht unwohl.

Nachdem er sich mit jedem bekannt gemacht hatte, verabschiedete er sich jedoch, um die folgende Teamsitzung den „Fachleuten" zu überlassen.

„Ich habe eine neue Aufgabe für euch", eröffnete Ron das Treffen.

„Zum besseren Verständnis möchte ich euch erklären, warum mir das Ableben einiger Leute am Herzen liegt. Wie bereits gesagt möchten diese Leute meiner habhaft werden. Im Gegenzug habe ich ihnen ein Ultimatum gestellt. Erstens: die Suche nach mir aufzugeben, was bisher nicht erfolgt ist. Zweitens: Veröffentlichung in den Medien, zukünftig gewisse Geschäftspraktiken zu unterlassen, was ebenfalls nicht erfolgt ist. Sollte das Ultimatum nicht angenommen werden, muss mit dem plötzlichen Versterben der einzelnen Mitglieder gerechnet werden.

Ich vermute, dass der Tod zweier Mitglieder nicht mit mir in Verbindung gebracht wird, da wir zu professionell vorgegangen sind.

Ihr werdet daher jeweils als Zweierteam in die Staaten fliegen. Eure Aufgabe besteht darin, eine möglichst lückenlose Überwachung folgender Personen vorzunehmen. Es handelt sich um Mister Baker, Mister Cunningham, Mister Parker und Mister Warren. Alle sind CEOs führender Investmentbanken. Versucht in den nächsten drei Wochen Routinen in den Tagesabläufen herauszuarbeiten. Unser nächstes Treffen werden wir in New York haben. Wie üblich werden alle Ausgaben von mir übernommen. Also gönnt euch ein schönes Hotel."

Als Ron mich unterrichtete, mit welcher Aufgabe er sein Team nach New York geschickt hatte, waren die Bauchschmerzen, die mich bei einer solchen Nachricht noch vor Wochen mit der Wucht eines Tornados überkommen hätten, einem leichten Grollen gewichen. Es war mir klar, dass Rons Team nicht vorhatte, den Tagesablauf der betreffenden Personen als Prominentenstory zu veröffentlichen.

„Ich habe auch eine Neuigkeit für dich. Nächste Woche fliegen wir nach Montreal. Ich habe bereits mit einem Makler Kontakt aufgenommen. Zehn Minuten von Montreal entfernt, in Laval, steht ein kleiner, von Wasser umgebener Landsitz zum Verkauf. Die Bilder versprechen einen Traum. Gleichzeitig können wir uns um die baldige Einschulung von Anana kümmern. Wir freuen uns darauf. Wann wir zurückkommen kann ich dir nicht sagen. Aber ich bin sicher, dass du bei deinem Vorhaben meine Hilfe am wenigsten benötigst. Wir bleiben telefonisch in Verbindung."

Und so trennten sich zunächst unsere Wege.

„Wie weit seid ihr?", wollte Ron von seinem Team erfahren, als er in New York eingetroffen war."

„Wir können dir noch nicht sagen, wer wann seinen nächsten Urlaub macht. Aber eine gewisse Routine des Tagesablaufes, inklusive der Wochenenden, zeichnet sich ab. Wir haben dir für jede Person ein Protokoll erstellt."

Bei deren Durchsicht fiel Ron auf, dass Mister Warren und Mister Baker ein gemeinsames Hobby hatten. Jedes zweite Wochenende flogen sie mit ihrem Privatflugzeug nach Las Vegas, um sich mit ihren dort stationierten Sportwagen ein Rennen zu liefern. Der Aufenthalt im Casino mit wechselnden jungen Damen war in diesem Fall nur zusätzliche Zerstreuung.

„Welche Teams waren für die beiden zuständig?"

William, Oliver, Jacob und Isabella, die einzige Frau im Team, erklärten sich verantwortlich.

„Seid ihr persönlich in Vegas gewesen?"

„Nachdem wir in Erfahrung gebracht hatten, wohin der Flug gehen sollte, haben wir die nächste Maschine nach Vegas genommen. Es war nicht schwierig, im Hangar für Privatmaschinen, getarnt als Reporter und mit entsprechendem Kleingeld, Informationen über die beiden einzuholen.

Sie steigen regelmäßig im Four Seasons Hotel ab. Am Tag nach ihrer Ankunft begeben sie sich auf die Racing Las Vegas Rennstrecke. Mister Warren besitzt einen Porsche 991 GT3 und

Mister Baker einen Ferrari 458. Sie beschäftigen eigene Mechaniker, die die Fahrzeuge betreuen und entsprechende Leistungssteigerungen und Modifikationen vornehmen. Die beiden fahren dann auf der für sie gesperrten Rennstrecke Rennen gegeneinander. Das Rennen geht über dreißig Runden und der Sieger erhält vom Unterlegenen einhunderttausend Dollar. Wenn möglich findet dieses Event jedes zweite Wochenende statt."

„Okay! Die beiden sind unsere nächsten Zielpersonen. Die Observierung von Mister Cunningham und Mister Parker kann abgebrochen werden. Die beiden Teams, die für sie eingeteilt waren, können wieder nach Hause fliegen. Die anderen werden mich hier unterstützen."

Man konnte dem Rest des Teams ansehen, dass sie nicht glücklich über Rons Entscheidung waren, wieder nach Hause zu müssen. Lieber wären sie an der folgenden Aktion beteiligt gewesen.

„Ihr vier werdet die beiden Zielpersonen weiter observieren. Ich benötige noch zwei, drei Tage um die technische Ausstattung zu besorgen und fliege dann nach Vegas. Dort werde ich mich mit den Örtlichkeiten vertraut machen. Ihr werdet benachrichtigt, wenn ich alles vorbereitet und über das dortige Streckenmanagement in Erfahrung gebracht habe, an welchen Terminen die Rennstrecke für die beiden gesperrt sein wird."

„Wir sehen uns in Las Vegas und euch anderen einen guten Rückflug", verabschiedete sich Ron.

Ron beabsichtigte ein ähnliches Vorgehen, wie er es bei Ben - früher Mario - zu dessen geplantem, tödlichen Unfall durchgeführt hatte. Die Schwierigkeit bestand nur darin, dass es sich um zwei Fahrzeuge handelte. So konnte nur durch eine Kollision und eine daraufhin erfolgende Explosion der Fahrzeuge der Anschein eines „natürlichen" Ablebens durch Unfalltod hervorgerufen werden.

Das Besorgen der entsprechend benötigten Ausrüstung stellte, zumal er solche Teile nicht zum ersten Mal benötigte, keine Schwierigkeit dar.

In Vegas testete er die Rennstrecke, die normalerweise allen offen stand, mit verschiedenen Sportwagen, die dort zu diesem Zweck gemietet werden konnten. Im Hinblick darauf, dass die Strecke für dieses besondere Rennen gesperrt sein würde, suchte er eine zum Überholen enge, gefährliche Kurve, möglichst nicht einsehbar. Zufrieden stellte er fest, dass keine Streckenüberwachung durch Kameras existierte.

Die einzige Schwierigkeit bestand eigentlich nur noch darin, die technische Manipulation der von den Mechanikern gut bewachten Fahrzeuge am Vorabend des Anschlages durchzuführen.

„Ich gebe euch in New York eine Adresse, bei der ihr gefälschte Presseausweise für ein französisches Rennsportmagazin besorgt. Wählt einfach ein beliebiges aus. Aber nur für Isabella und Oliver. Ihr könnt darauf warten. Das ist eine Kleinigkeit. Anschließend kommt ihr nach Vegas. Alles Weitere besprechen wir hier", wies Ron telefonisch sein restliches Team an.

Es war doch immer wieder nützlich, alte Kontakte zu pflegen, dachte sich Ron. Dem kleinen, indischen Antiquar in der Bronx, der sich nebenbei mit Fälschungen beschäftigte, hatte er vor längerem eine Gefälligkeit erwiesen, wofür er sich dessen Dankbarkeit für immer gesichert hatte.

Nach dem Eintreffen seiner Leute erläuterte er ihnen seinen Plan.

„Ich werde an den Fahrzeugen unserer Zielpersonen technische Veränderungen vornehmen, die Geschwindigkeit, Bremswirkung und Lenkung beeinflussen. Die Steuerung erfolgt über einen Auslöser, welcher manuell bedient wird. Ich brauche aber genügend Zeit, um diese Arbeiten vornehmen zu können. Und jetzt kommt ihr ins Spiel. Ihr müsst, auf welche Weise auch immer, mit den Mechanikern in Kontakt kommen, so dass ich am Vorabend des geplanten Unfalls ungestört arbeiten kann.

Isabella und Oliver treten als Reporter auf. Isabella, die bei der Kontaktaufnahme nicht nur bezaubernd wie immer, sondern einfach umwerfend aussehen wird, ist Flirtversuchen nicht abgeneigt. William und Jacob, ihr müsst euch etwas einfallen lassen. Wie viel Vorlaufzeit benötigt ihr?"

„Gib uns zwei Tage. Dann können wir dir mehr sagen", erwiderte Isabella.

„Wir könnten sofort einsatzbereit sein. Die Mechaniker vom Team Warren fahren komplett auf mich ab und wollen meinen ‚Geburtstag' mit mir feiern. Den Tag habe ich noch nicht verraten. Soll eine Überraschung werden", berichtete Isabella nach Ablauf der Frist.

„Und mit einem der Mechaniker aus dem Team Baker habe ich weitläufige, jüdische Verwandtschaft. Außerdem sind sie neidisch auf das Team Warren, die von der bezaubernden Isabella schwärmen. Ich habe daher versprochen es zu arrangieren, dass sie ebenfalls zu deren Geburtstag eingeladen werden", ergänzte Jacob.

„Super gemacht! Fassen wir den nächsten Racing-Termin der beiden ins Auge."

Und dann war es soweit. Ron hatte die technischen Veränderungen an den Fahrzeugen unbemerkt vornehmen können und befand sich mit seinem Team, die ihn gegenüber möglichen Zeugen abschirmen und den Streckenverlauf der letzten achthundert Meter beobachten und berichten sollten, auf seiner Position. Von hier aus würde er Einfluss auf das weitere Fahrverhalten der Fahrzeuge nehmen.

„Ich bin heute super drauf. Meine Mechaniker haben mir versichert, dass ich dich heute schlagen werde. Bist du bereit, das Preisgeld auf zweihunderttausend Dollar zu erhöhen?", fragte Mister Warren seinen Freund.

„Kein Problem. Um mich zu schlagen, hättest du schon gestern aufstehen müssen", entgegnete dieser lautstark, bevor sie ihre Fahrzeuge bestiegen.

„Der Abstand der beiden beträgt etwa siebzig Meter, Warren führt", meldete sich Oliver, der als letzter Beobachtungsposten vor dem Anschlagsort die Strecke beobachtete.

„In der nächsten Runde ist es soweit, gib mir rechtzeitig den Abstand durch", ließ Ron den anderen wissen und konzentrierte sich auf seine Aufgabe.

Er musste gleichzeitig Warren's Wagen vor der Kurve etwas verlangsamen, während er Baker's Auto mit Vollgas hineinjagte und mit dem anderen Fahrzeug kollidieren ließ.

„Sechzig Meter Abstand", war die ruhige Stimme von Oliver zu vernehmen.

Rons Hände über den Tastaturen bewegten sich wie im Schlaf. Ein ohrenbetäubendes, blechernes Knirschen, das an eine Autopresse erinnerte, bestätigte ihm, alles richtig gemacht zu haben. Unmittelbar danach löste er die Explosion aus, die beide Fahrzeuge in einer Flammenhölle verschwinden ließ.

„Rückzug!", wies Ron das Team an.

Die Nachricht über den Unfall verbreitete sich bei den Insidern wie ein Lauffeuer. Allerdings waren sowohl die Verantwortlichen für die Rennstrecke, als auch die Stadtverwaltung aus Imagegründen bemüht, den Vorfall möglichst nicht publik werden zu lassen.

„Wir alle sind Profis. Aber ich gebe neidlos zu: Du bist der beste von uns", äußerte sich Jacob auf dem Rückflug nach New York gegenüber Ron. Was von den anderen bestätigt wurde.

KAPITEL 13

Krisensitzung der Mächtigen

„Wir müssen den Tatsachen ins Auge sehen. Obwohl wir bisher geglaubt haben, dass es sich bei den ersten beiden überraschenden Todesfällen um unglückliche Umstände gehandelt hätte, können wir bei vier, kurz aufeinander folgenden Ableben unserer Kollegen nicht mehr davon ausgehen. Realistisch gesehen müssen wir uns eingestehen, dass der EXPERTE seine Hand im Spiel hat", eröffnete Mister Cunningham die Sitzung.

Der darauf folgende Tumult war unbeschreiblich. Man konnte nicht glauben, wie die Angst, möglicherweise der nächste auf der Liste zu sein, Männer, die ohne Bedenken das Leben von Millionen Menschen beeinflussten, zu einem zitternden Häufchen Elend verwandeln konnte.

„Was sollen wir tun?"

„Sollen wir seinen Forderungen nachgeben?"

„Warum hatte keiner der Spezialisten bisher Erfolg?"

„Wie können wir uns schützen?"

„Wie ist es überhaupt möglich, dass die Behörden alles als ‚natürlichen' Tod bewerten?"

Fragen über Fragen prasselten auf Mister Cunningham ein.

„Ruhe meine Herren. Es gibt nur zwei Möglichkeiten, diesem Morden Einhalt zu gebieten. Entweder wir gehen auf die Forderungen des EXPERTEN ein und verändern unser bisheriges Geschäftsgebaren. Oder wir können den Experten ausschalten."

„Das Ausschalten ist bisher nicht gelungen. Wieso sollte es dann möglich sein, bevor der nächste von uns das Zeitliche segnet?", erfolgte ein Zwischenruf.

„Meine Herren. Ich habe Ihnen bei der letzten Sitzung von der Existenz des Gründervaters berichtet. Mit diesem bin ich bereits in Kontakt getreten. Er vertritt die Meinung, dass die Erfolglosigkeit unserer angeheuerten Spezialisten in der Tatsache begründet ist, dass diese bereits seitens des Experten angeworben wurden – mit dem von uns gestohlenen Geld.

Er unterbreitet folgenden Vorschlag: Wir erhöhen die Summe für die Ergreifung des EXPERTEN auf vierzig Millionen Dollar. Die Wahrscheinlichkeit, dass sich bei dieser Summe ein Verräter unter den angeheuerten Spezialisten befindet, ist sehr hoch. Zumal sich dieser mit Sicherheit im direkten Umfeld des EXPERTEN befindet.

Ich plädiere dafür, diesen Vorschlag anzunehmen und bitte nach Beratung um Abstimmung."

Es vergingen Stunden, in denen das Für und Wider dieses Vorschlags besprochen und abgewogen wurde. Schließlich einigte sich die Mehrheit darauf, den Vorschlag anzunehmen. So erschien, wie in diesen Fällen üblich, folgende Annonce in der internationalen Presse:

Erfolgshonorar für Spezialisten wurde auf vierzig erhöht

Bei einer Teamsitzung, die Ron einige Wochen später einberief, wurde er darauf angesprochen:

„Wir wissen zwar nicht, welchen persönlichen Machtkampf du mit diesen Leuten austrägst, aber dein Kopfgeld hat sich mit vierzig Millionen drastisch erhöht. Vielleicht solltest du abwechselnd immer einen von uns als persönlichen Bodyguard dabei haben. Schließlich wollen wir doch, auch in eigenem Interesse, dass du die nächsten zehn Jahre unbeschadet überstehst."

„Eure Fürsorge rührt mich", gab Ron ironisch zurück.

„Aber ich bin gewohnt, auf mich alleine aufzupassen."

Bens Anruf aus Kanada unterbrach Rons seit Tagen andauernde Überlegung, welche Maßnahmen er hinsichtlich der Erhöhung seines Kopfgeldes durch den Zirkel der Mächtigen ergreifen sollte.

„Wie geht es dir? Bist du immer noch in Paris? Was machen deine Unternehmungen?"

„Viele Fragen auf einmal. Aber ja. Mir geht es gut. Und wie läuft es in Kanada?"

„Super. Wir haben den Landsitz gekauft. Phantastisch. Anana hat sich auch schon eingelebt und bereits eine Freundin gefunden. Mit der Einschulung im nächsten Jahr wird es auch keine Probleme geben. Liz geht völlig in der Gestaltung unserer Wohnräume und des Anwesens auf.

Ich habe daher beschlossen dich in Paris zu besuchen. Bei der Gelegenheit könnten wir uns auch über das von mir geplante Wohnungsbauprojekt unterhalten."

„Gute Neuigkeiten. Wann kommst du?"

„Ich habe bereits für morgen Abend einen Flug gebucht und lande um elf Uhr fünfzehn Ortszeit übermorgen in Paris."

„Dann hole ich dich ab und wir können gleich essen gehen. Ich freue mich darauf. Bis bald."

Nach dem Gespräch registrierte Ron, dass er Ben tatsächlich vermisst hatte.

KAPITEL 14

Es war bereits dreiundzwanzig Uhr, als Ron auch noch einen überraschenden Anruf von Peter erhielt.

„Kannst du zu mir kommen? Ich muss dringend mit dir reden."

Alle Teammitglieder hatten sich in den letzten Monaten in Paris angesiedelt.

„Weißt du wie spät es ist? Was gibt es denn, was nicht bis morgen Zeit hätte?"

„Ich glaube, wir haben einen Verräter unter uns."

„Bist du sicher? Wer?"

„Ich bin mir nicht absolut sicher. Aber alles weitere bei mir."

Eine Stunde später traf Ron in Peters Wohnung ein.

„Wer ist es?", wollte er schon beim Betreten der Wohnung erfahren.

„Jetzt setz dich erst einmal. Ich mache uns einen Kaffee."

Während Peter in der Küche hantierte, signalisierte Rons Unterbewusstsein akute Gefahr. Aber auch seine schnelle Reaktion, die ihn von seinem Sitz wegkatapultierte, konnte nicht verhindern, dass ihn Peter mit einem Taser außer Gefecht setzte. Noch bevor er seine Muskulatur unter Kontrolle bekam, hatte Peter ihm bereits Hand-und Fußfesseln angelegt und über seinen Mund einen Streifen Panzertape geklebt.

Trotz der noch anhaltenden Schmerzen blieb Ron vollkommen ruhig. Peter war also der Verräter. War er selbst zu vertrauensselig gewesen? Musste er sich dahingehend Vorwürfe machen? Aber an Peter hätte er nach dessen Job mit dem Harvard Professor nie gezweifelt.

„Es ist nichts Persönliches. Im Gegenteil. Ich schätze dich. Aber du weißt: Auftrag ist Auftrag. Wenn du versprichst ruhig zu bleibe, nehme ich dir das Panzertape wieder ab und setze dich wieder bequem auf einen Stuhl."

Ron, der wusste, dass er im Moment hilflos ausgeliefert war, nickte. Die erste Frage, nachdem das Tape entfernt war:

„Waren die fünfzig Millionen, die du im Laufe der nächsten zehn Jahre von mir bekommen hättest, nicht genug?"

„Dein Angebot war mehr als großzügig. Aber andererseits erhalte ich jetzt sofort vierzig Millionen. Zusammen mit den bereits von dir erhaltenen fünf Millionen komme ich für den Rest meines Lebens gut über die Runden. Zumal ich nicht weiß, ob ich die zukünftig von dir geplanten Einsätze überleben werde. Mit dem Geld ist es mir sicherlich möglich eine neue Identität aufzubauen."

„Wie lange glaubst du, dass du jetzt noch leben wirst? Die anderen werden dich jagen. Du hast jeden von ihnen um fünfundvierzig Millionen gebracht. Ich mache dir nur einmal das folgende Angebot und verspreche es zu halten: Wenn du mich freilässt, gebe ich dir drei Tage Vorsprung. Danach werde ich dich finden und töten. Deine einzige Chance besteht darin, nicht gefunden zu werden."

„Ich bewundere dein Selbstvertrauen. Aber dein Vorschlag ist nicht annehmbar. Wir werden jetzt eine kleine Spazierfahrt unternehmen. Ich habe in der Nähe von Paris ein kleines, abgelegenes Häuschen mit einem wunderbaren gemauerten Weinkeller, leider ohne Inhalt, gemietet. Ich hoffe du hast Verständnis, wenn ich dir zuvor ein Schlafmittel spritze. Keine Angst. Ist nicht tödlich oder gesundheitsschädlich. Meine Auftraggeber wünschen dich bei bester Gesundheit in Empfang zu nehmen."

Ron wusste, es hatte keinen Zweck sich zu wehren. Aber er wusste auch, dass ihm höchstens vier bis fünf Tage bleiben würden, bevor es zu einer Übergabe kam.

Am nächsten Tag wartete ich am Flughafen vergeblich auf Ron, der üblicherweise keine Unpünktlichkeit zuließ. Zunächst schob ich dessen Nichterscheinen auf die überfüllten Straßen. Als Ron sich jedoch nach etwa einer Stunde weder telefonisch gemeldet hatte noch erreichbar war, begann ich mir Sorgen zu machen. Nachdem ein Taxi mich an unserer Wohnung, die Ron zwischenzeitlich alleine bewohnte, abgesetzt hatte, fand sich auch hier kein Lebenszeichen von ihm. Ein halb gefülltes Glas Wein in der Fernsehecke, aber ein unbenutztes Bett im Schlafzimmer legten die Vermutung nah, dass Ron am späten Abend überstürzt die Wohnung verlassen hatte. Eine kurzzeitige Verwirrung wich der Erleuchtung, dass wir ja beide mit Peilsendern versehen waren. Beide Ortungsgeräte dafür befanden sich immer noch im Büro, wo wir sie damals deponiert hatten.

Ich konnte zwar das Ortungsgerät für Rons Sender aktivieren, empfing jedoch nur ein schwaches Signal.

Panik machte sich breit. Was war mit Ron? Unfall? Entführt? Ermordet? Was sollte ich tun?

In meiner Verzweiflung nahm ich Kontakt mit Rons Team auf und bat sie alle, unverzüglich zu kommen.

Obwohl nur vierzig Minuten bis zum Eintreffen aller vergangen waren, kam mir die Zeit unendlich lange vor. Nach meiner Schilderung herrschte Betroffenheit.

„Ob er einen Unfall hatte können wir schnell ausschließen. Wir teilen uns auf und rufen sämtliche Krankenhäuser an, ob Ron seit gestern eingeliefert wurde."

Kurz danach war klar, dass Ron nirgendwo registriert worden war.

Oliver ergriff das Wort:

„Ich befürchte, Ron ist entführt worden. Dafür gibt es vierzig Millionen Gründe. Die Frage ist: Wer ist in der Lage Ron, von dem wir wissen, dass er der Beste ist, zu entführen? Wer konnte Kontakt zu ihm aufnehmen? Wer veranlasste ihn zu einem plötzlichen Aufbruch so spät am Abend? Ben und seine Familie kommen nicht in Frage. Außerhalb unserer Gruppe hatte er, soweit bekannt, keinerlei Kontakte. Und ein Fremder hätte Ron niemals in seine Gewalt bringen können. Die logische Folgerung: es war einer von uns!"

„Du bist verrückt! Niemals! Wer sollte daran Interesse haben?"

„Einer oder eine, die lieber heute als morgen das große Geld wollen", entgegnete Oliver.

Die Entrüstung der anderen Teammitglieder war offensichtlich. In diesem Moment war Ben froh, bisher den Peilsender nicht erwähnt zu haben. Diese Unterlassung war eher seiner panikartigen Stimmung zuzuschreiben, als der Überlegung, einen Verräter in ihren Reihen zu haben.

„Wie soll es weitergehen?"

„Wir könnten versuchen Rons Wagen aufzuspüren. Sein Handy wird sicherlich unbrauchbar gemacht worden sein. Aber um auszuschließen, dass einer von uns beteiligt ist, schlage ich folgendes vor: Ich könnte in den Staaten einen Lügendetektor auftreiben und wir unterziehen uns alle dem Test", ergriff wieder Oliver das Wort.

„Was soll das bringen? Sollen wir alle in die Staaten fliegen? Oder willst du das Ding hierherholen? Dabei geht viel zu viel Zeit verloren", warf Peter ein.

„Du hast Recht. Deswegen teilen wir uns auf. Der Entführer muss ja mit seinen Auftraggebern Kontakt aufnehmen. Üblicherweise geschieht dies durch eine Annonce. Wir versuchen ihn dadurch zu enttarnen. Die anderen versuchen über die Verkehrsüberwachungskameras den Weg von Rons Auto gestern Abend nach zu verfolgen. Hackt euch ein, bestecht die dafür Verantwortlichen, erpresst sie, macht was immer ihr für richtig haltet, aber seht die Aufzeichnungen durch.

Ben organisiert einen Privatjet mit doppelter Besatzung. Zwei Piloten, zwei Copiloten. Auf dem Hinflug kann die eine Besatzung, die in Boston den Rückflug übernimmt, in den Bordkabinen schlafen. Nachdem Ben und ich am Flughafen den Lügendetektor in Empfang genommen haben und der Flieger aufgetankt ist, fliegen wir unverzüglich zurück. Das heißt: wir treffen uns in vierundzwanzig Stunden wieder hier. Bis dahin teilt ihr euch in zwei Zweier- und ein Dreierteam auf. Solange der Verdacht besteht, es könnte einer von uns gewesen sein, lässt keiner den anderen aus den Augen. Ben und ich organisieren jetzt alles und wir treffen uns morgen um die gleiche Zeit wieder hier. Irgendwelche Einwände?"

Das Team schien Oliver ohne Einwände als Teamchef anzuerkennen.

„Bis morgen."

Als alle gegangen waren wollte ich unverzüglich eine Privatmaschine buchen.

„Nicht so eilig", hielt mich Oliver zurück.

„Wir haben keine Zeit zu verlieren", entgegnete ich.

„Wir haben alle Zeit der Welt. Erstens fliegen wir überhaupt nicht. Und zweitens kann ich gar keinen Lügendetektor besorgen."

„Und was sollte dann das Ganze?"

„Ich bin überzeugt, dass Ron entführt wurde und einer von uns dahintersteckt. Aber wie willst du das beweisen? Alle Anwesenden haben ihre Unschuld beteuert. Sie sind jedoch davon überzeugt, dass sie sich morgen einem Lügendetektortest unterziehen müssen. Das heißt: der Entführer wird dann nicht mehr anwesend sein. Er wird im Moment vermuten, dass er noch vierundzwanzig Stunden unentdeckt bleiben wird. In dieser Zeit wird er sich dorthin zurückziehen, wo er auch Ron versteckt hält. Das ist unsere Chance, Ron aufzuspüren. Die Gruppeneinteilung erschwert zusätzlich ein unbemerktes Untertauchen."

„Genial. Und dieser Einfall ist dir plötzlich in den Sinn gekommen?"

„Um ehrlich zu sein war ich mit diesem Bluff schon einmal erfolgreich."

„Was ich in der Besprechung nicht erwähnt habe: Ron hat einen Peilsender implantiert. Ich habe gestern sofort versucht ihn mit dem Empfangsgerät zu orten. Ich habe ein schwaches Signal empfangen. Aber als du deine Vermutung, einer von uns könnte ein Verräter sein, ausgesprochen hattest, war ich froh, es bis zu diesem Zeitpunkt nicht erwähnt zu haben."

„Und das sagst du erst jetzt? Unsere Chancen Ron aufzuspüren sind gerade um ein Vielfaches gestiegen. Aber glücklicherweise hast du es vorhin wirklich nicht erwähnt. Sonst wäre der Verräter gewarnt. Ich bin überzeugt, dass Jacob die Empfangsleistung des Ortungsgerätes noch potenzieren kann, sodass wir über die Koordinaten sogar Rons exakten Aufenthaltsort ermitteln werden. Wo habt ihr das technische Equipment aufbewahrt?"

„Keine Ahnung. Aber wie ich Ron kenne hat er seine technischen Spielzeuge meist in der Nähe. In diesem Fall erlaube ich mir, seine Privaträume zu durchsuchen."

Bereits nach kurzer Zeit wurde ich fündig.

„Und was machen wir jetzt damit?"

„Sobald das Team ohne Verräter wieder zusammen ist werden wir Jacob bitten, über GPS Rons Aufenthaltsort ausfindig zu machen. Ich werde übrigens in fünf Stunden die Teams ‚aus dem Flugzeug' heraus anrufen und mich erkundigen, ob schon Fortschritte zu verzeichnen sind. Möglicherweise hat sich unser Mann, respektive Frau, bereits aus dem Staub gemacht."

KAPITEL 15

Der Raum roch etwas modrig. Peter hatte nicht gelogen. Als ich aufwachte, befand ich mich in einem gemauerten, fensterlosen Gewölbe, welches durch den Schein einer schwachen Glühbirne erhellt wurde. Eine Liege, ein Tisch, auf dem sich eine Karaffe Wasser, Baguette und Käse befanden, und ein Stuhl stellten die Einrichtung dar. Ein leichter Weingeruch haftete tatsächlich dem Raum an. Fixiert war ich durch Handschellen, die durch eine Kette mit einem eisernen Stützträger verbunden waren. Trotz allem war mein Gefängnis noch akzeptabel. Die Tür schien eine stählerne Feuerschutztür zu sein. Ein Entkommen aus diesem Raum war aussichtslos.

Peter würde mir, Profi wie er war, auch keine Gelegenheit bieten ihn zu überwältigen. Ich musste auf Ben vertrauen. Mein implantierter Sender würde mir in diesem Kellergewölbe wahrscheinlich auch keine große Hilfe sein.

Sollten keine Signale von meinem Sender empfangen werden können, wäre die einzige Möglichkeit Peter aufzuspüren über den Kontaktweg mit seinen Auftraggebern. Sollte es meinem Team, welches sicherlich durch Ben informiert worden war, nicht gelingen, mich zu befreien, musste ich eine Möglichkeit finden, bevor ich übergeben wurde, mich selbst zu töten.

Ich machte mir nichts vor. Ich wusste aus meiner Zeit bei der Army, dass jeder irgendwann unter der Folter zusammenbricht und redet. Ich hätte Ben und seine Familie genauso wie mein Team ans Messer geliefert, um anschließend doch getötet zu werden. Dann lieber selbst bestimmen, wann es soweit ist. Im Höchstfall vier Tage. Dann würde mich Peter tot in meinem Gefängnis auffinden. Bis dahin galt: Die Hoffnung stirbt zuletzt!

„Ich kann Team Jacob und Peter nicht erreichen."

Oliver schien jetzt doch etwas nervös nachdem er wie angekündigt telefonischen Kontakt mit den Teams aufgenommen hatte. Es geht keiner von ihnen an sein Handy. Ich werde jeweils ein Team in die Wohnungen von Peter und Jacob schicken."

Das Team Isabella und William meldete sich zuerst.

„Du kannst die Suche abbrechen. Wir sind in Peters Wohnung. Jacob fanden wir gut verschnürt aber unverletzt auf der Couch liegend. Peter hat ihn getasert, verpackt, die Handys zerstört und ist dann abgehauen. Ron war nicht in der Wohnung zu dem Zeitpunkt, als Peter und Jacob dort aufgetaucht sind."

„Bleibt dort. Ich komme mit Ben."

„Wann werdet ihr voraussichtlich landen?"

„Wir sind nicht geflogen. Ich erkläre es euch später. In einer halben Stunde sind wir da."

Zu Ben gewandt meinte Oliver: „Mein Plan scheint aufzugehen. Jetzt sind wir am Zug. Peter wird sich bald wünschen, wir würden ihm die Zeit lassen, seinen Verrat zu bereuen."

In Peters Wohnung angekommen wollten alle wissen, warum wir nicht geflogen sind. Oliver erklärte seinen Bluff, der ja wunderbar funktioniert hatte.

„Jacob. Bist du wieder belastbar?", wollte Oliver wissen.

„Mir ging es schon mal besser, aber ich bin einsatzfähig."

„Schön. Wir brauchen dein technisches Know-How. Ron hat einen implantierten Peilsender, über welchen wir ihn orten können. Wir haben alles Notwendige dabei. Damit kannst du seine genaue Position ermitteln. Ich glaube, dass Peters Schlupfwinkel nicht weiter als eine Stunde Fahrzeit von Paris entfernt ist. Für seine Vorbereitungen hätte er anderenfalls mehr Zeit benötigt und das wäre uns aufgefallen."

„Keine schlechte Idee", musste Jacob zugeben.

Neben all den Profis kam Bens leise Bemerkung kaum zur Geltung:

„Ist denn schon eine Annonce erschienen?"

„Ron ist gestern Abend entführt worden. Der früheste Erscheinungstermin in den Journalen ist morgen. Dann werden wir sehen, ob Peter der üblichen Routine treu bleibt."

Und so erschien tatsächlich am darauffolgenden Tag in allen international gängigen Journalen die folgende Annonce:

Arbeit des Spezialisten beendet. Wird Paket abgeholt, oder soll Zustellung erfolgen? Zustellgebühr wird gesondert berechnet. Kontaktaufnahme unter 0033 6 743257894

„Sollen wir ihn kontaktieren?", wand sich das Team an Oliver.

„Das führt zu nichts. Wir können den Anruf nicht nachverfolgen. Außerdem erwartet er das bestimmt und wird umso erstaunter sein, wenn unsererseits keine Kontaktaufnahme erfolgt.

Wie weit bist du, Jacob?"

„Wir können loslegen."

Sitzung der Mächtigen

„Der EXPERTE ist in unserer Hand. Es sieht so aus, als ob er in Europa dingfest gemacht wurde. Hier die heute erschiene Annonce. Ich plädiere dafür, ihn in die Staaten zu bringen um ihn hier von unseren Leuten verhören zu lassen", eröffnete Mister Cunningham die Sitzung.

Ausgelassener Jubel verkündete die spürbare Erleichterung der Anwesenden.

„Wie bekommen wir ihn in die Staaten?"

„Ich möchte den Transport ungern dem Spezialisten überlassen. Es wäre doch bedauerlich, wenn bei Grenzkontrollen oder sonstwo etwas schiefgehen würde, und uns unser Fisch von der Angel springt, bevor er gegessen ist."

„Und wie sollen wir den Transport bewerkstelligen?"

„Ich dachte, wir schicken eine unserer Yachten nach Belgien, um dort das Paket in Empfang zu nehmen. Unsere Verhörspezialisten können gleich mitfahren und auf dem Rückweg bereits mit der Befragung beginnen. Dem Spezialisten vor Ort gebe ich die Koordinaten eines Strandabschnittes durch, an dem wir dann das Paket in Empfang nehmen können.

Meine Herren. Lassen Sie uns heute Abend unseren Erfolg gemeinsam feiern."

Die Sitzung endete mit bestens gelaunten Teilnehmern.

Als die Melodie von Peters Handy ertönte, bezeichnenderweise der Titelsong des Western „Spiel mir das Lied vom Tod", konnte er erkennen, dass es sich um ein Auslandsgespräch, und somit um seine Auftraggeber handelte.

„Spreche ich mit dem Spezialisten?"

„Ja."

„Sie haben das Paket?"

„Ja."

„Wie sicher können wir dessen sein?"

„Würde es Sie beruhigen wenn ich Ihnen sage, dass ich ein ehemaliger Mitarbeiter von ihm bin? Zudem kann ich Ihnen versichern, dass die plötzlichen Todesfälle von Professor Mitchell, Mr. Eightwood, Mr. Warren und Mr. Baker, den beiden Rennfahrern, zwar bedauerlich, jedoch keine Unglücksfälle waren.

Wie haben Sie sich die Übergabe vorgestellt?"

„Wir schicken eine Yacht nach Belgien. Die Koordinaten des Strandabschnittes, an dem wir mit einem Motorboot in drei Tagen anlanden werden, um das Paket in Empfang zu nehmen, gebe ich Ihnen jetzt durch. Die Uhrzeit erhalten Sie telefonisch."

Nachdem sich Peter die Koordinaten notiert hatte, bemerkte er:

„Die finanzielle Transaktion muss überprüfbar sein, bevor ich das Paket übergebe."

„Keine Sorge. Mit finanziellen Transaktionen kennen wir uns aus", beendete sein Auftraggeber das Gespräch.

„Ich hatte gerade ein Gespräch mit meinen Auftraggebern. In drei Tagen werde ich dich übergeben", verkündete Peter.

„Die Räumlichkeiten kann ich leider nicht verbessern. Aber wenn du irgendwelche Wünsche bezüglich Essen oder Trinken hast, werde ich versuchen, dir diese zu erfüllen."

Es war offensichtlich, dass Peter versuchte, Ron den restlichen Aufenthalt so angenehm wie möglich zu gestalten. Aber Ron wusste, er würde Peter töten, wenn er dazu die Gelegenheit bekäme.

KAPITEL 16

Die von Jacob ermittelten Koordinaten führten das Team in die Nähe von Arpenty, einem kleinen Örtchen nahe Paris. Wir beschlossen, über unsere mitgeführte Drohne das Gelände von Rons Entführungsort zu erkunden. Da die Drohne eine Steigfähigkeit bis zu 5 Kilometer über Meeresspiegel hatte und mit einem Flüstermodus ausgestattet war, musste nicht befürchtet werden, dass Peter vorgewarnt wurde.

Im Team baute sich knisternde Spannung auf. Die von der Drohne übermittelten Bilder zeigten ein kleines, freistehendes Häuschen inmitten eines lichten Waldes, das den Eindruck einer Jagdhütte vermittelte. Zwischen Haus und Wald gab es etwa fünfzig Meter freies Gelände. Die Einfahrt, in der ein Auto zu sehen war, war asphaltiert. Die Infrarotsensoren der Drohne gaben darüber Aufschluss, dass sich zwei Personen in dem Haus befanden.

„Perfekt, um ungestört erstürmt zu werden", bemerkte Isabella.

Nach kurzer Teambesprechung wurde folgender Beschluss gefasst:

Die Drohne sollte alle zwei Stunden einen kurzen Erkundungsflug abhalten um zu klären, ob die Situation unverändert bliebe. Der Zugriff des Teams sollte gegen drei

Uhr morgens erfolgen. Man würde versuchen, die Außentür geräuschlos zu öffnen. Isabella und William sollten den Hintereingang überwachen. Alle im Team tragen kugelsichere Westen. Sollte Peter Gegenwehr leisten, würde das zum finalen Schuss seitens der Einsatztruppe führen.

Der Zugriff erfolgte wie besprochen. Nachdem der Hintereingang gesichert war, öffnete Jacob geräuschlos und ohne Schwierigkeiten die Eingangstür. Das Folgende schien sich im Bruchteil einer Sekunde abzuspielen. Noch bevor Peter wach werden konnte lag er, von Oliver und Jacob überwältigt, im Eingangsflur, das Gesicht auf den Boden gepresst, die Handgelenke fixiert.

„Überraschung!", bemerkte Oliver spöttisch, nachdem auch der Rest des Teams das Haus betreten hatte.

„Wo ist Ron?", wollte Oliver von Peter, dem er mit einer mir unbekannten Aggression die Kehle zudrückte, wissen.

„Lass ihn los. Sonst kann er dir nicht antworten", brachte ihn Jacob wieder auf den Boden zurück.

„Im Weinkeller. Es geht ihm gut."

„Mann! Tut das gut euch zu sehen. Wie habt ihr mich gefunden?"

„Das würde mich auch interessieren", konnte Peter sich nicht enthalten zu fragen.

„Mit Hilfe deines Senders und unserer technischen Ausrüstung. Die Details erzählen wir dir später. Aber was machen wir jetzt mit Peter?"

„Ihr fahrt zurück nach Paris und lasst mich mit Peter alleine. Wenn hier alles erledigt ist, komme ich mit Peters Wagen ebenfalls nach Paris zurück."

„Bist du sicher, dass du allein mit Peter bleiben willst?"

„Ganz sicher."

Während die anderen sich zum Aufbruch bereit machten, brachte Ron Peter in den Weinkeller, der zuvor ihm als Gefängnis gedient hatte.

„Du weißt, dass ich dich töten werde", sprach Ron Peter an, als sie wieder alleine waren.

Peter war Profi genug um zu wissen, dass er mit seinem Verrat sein Todesurteil besiegelt hatte. Er hatte in der Vergangenheit bereits viele gefährliche Situationen überstanden, aber hier würde sein Leben ein Ende finden.

„Es gibt für dich jedoch noch die Möglichkeit zu wählen, auf welche Weise du sterben möchtest. Solltest du kooperativ sein, verspreche ich dir, diesem Wunsch nachzukommen. Anderenfalls müsste ich dich foltern, um an die Informationen über den geplanten Ablauf der Übergabe zu kommen. Das macht mir keinen Spaß, aber es ist eine Notwendigkeit."

„Ich weiß, dass ich sterben werde. Habe leider aufs falsche Pferd gesetzt. Warum sollte ich dir nicht alle Informationen, die du wünschst, geben?"

„Erste Frage: Wie und wo war die Übergabe geplant?"

„Übermorgen. An einem belgischen Strandabschnitt, dessen Koordinaten ich noch telefonisch übermittelt bekomme."

„Zweite Frage: Wie hättest du das Geld erhalten?"

„Per Blitzüberweisung auf meine Bank in Malta."

„Das war alles. Ich werde dich am Leben lassen, bis du den Anruf entgegengenommen hast, der dir die Koordinaten vermittelt. Hast du schon einen Wunsch bezüglich der Todesart?"

Ron und Peter unterhielten sich so entspannt, als ginge es hier nicht um den Tod von Peter, sondern um irgendwelche Geschäftsverhandlungen. Und beiden war anzumerken, dass bei ihrem Geschäft der Tod ein Teil ihres Lebens war.

„Ja. Ich habe in meinem Leben bereits vieles erlebt und ausprobiert. Aber ich hätte niemals Drogen genommen, da ich das Suchtpotential als viel zu hoch einstufe. Ich mache dir folgenden Vorschlag: du besorgst mir Heroin und ich setze mir selbst den goldenen Schuss. Vielleicht habe ich dann einen gefühlt großartigen Abgang. Der alten Zeiten willen würde ich dich dann auch aus allem heraushalten, da ich, wenn ich gefunden werde, nur ein Junkie bin, der sich eine Überdosis gesetzt hat."

„Einverstanden. Ich werde alles Notwendige besorgen."

Ron hatte bereits einen Plan geschmiedet, wie die „Übergabe" erfolgen sollte und nahm mit Ben telefonisch Kontakt auf.

„Hi! In unserem Safe habe ich eine Beretta mit entsprechender Munition deponiert. Oliver wird sie später abholen. Voraussichtlich bin ich in drei Tagen wieder in Paris."

„Was hast du vor?"

„Das willst du nicht wissen."

„Kann ich dir helfen?"

„Nein. Nichts für ungut. Aber schließlich besitzt unser Team, das mich unterstützen wird, wesentlich mehr Erfahrung."

„Ist es gefährlich?"

„Nein. Das Team benötige ich nur zur Sicherheit."

„Okay. Ich erwarte Oliver. Wir sehen uns."

Im Gespräch mit Oliver wies Ron diesen an, seine Beretta bei Ben zu holen und genügend Heroin zu besorgen, um einen „goldenen Schuss" zu setzen.

„Bring mir alles hierher und informiere die anderen, sich bereitzuhalten. Wir haben übermorgen einen Einsatz an der belgischen Küste. Waffen mitbringen. Außerdem Tarnanzüge für die Nacht. Den genauen Standort und Treffpunkt teile ich euch mit, sobald ich ihn in Erfahrung gebracht habe.

Und kaufe, bevor du kommst, noch einige Leckereien zum Essen ein. Ich möchte vor dem Einsatz das Haus nicht mehr verlassen und verhungern wollen wir doch auch nicht."

Am nächsten Tag saßen Ron, Oliver und Peter, dieser allerdings mit Fuß- und Handfesseln versehen, nach einem ausgedehnten kalten Buffet entspannt zusammen, bedauerten, dass Peter die Seiten gewechselt hatte, und erwarteten den Anruf, der ihnen den Treffpunkt mitteilen würde.

Die Melodie von Peters Handy veranlasste Ron und Oliver zu einem breiten Grinsen.

„Morgen Nacht, dreiundzwanzig Uhr dreißig. Etwa dreißig Kilometer östlich von Calais. Koordinaten schicken wir auf Ihr Handy. Ein Motorboot mit vier Mann Besatzung landet an und übernimmt das Paket. Der finanzielle Transfer erfolgt nach der

Bestätigung und wird vom Hauptschiff durchgeführt. Nach erfolgreicher Überprüfung des Transfers wird das Paket aufs Schiff verbracht."

Peter, der den Anruf entgegengenommen hatte, bestätigte und beendete das Gespräch.

Nachdem Ron dem Rest des Teams Zeit und Treffpunkt der Übergabe durchgegeben hatte, wollten Oliver und auch Peter wissen, welchen Plan Ron verfolgte.

„Da weder meine noch Peters Identität bekannt ist, werde ich das Paket sein, und du, Oliver, übernimmst Peters Part."

„Soll nicht lieber ich deinen Part übernehmen?", wollte Oliver wissen.

„Das geht nicht. Es könnte sein, dass irgendwelche Fragen bezüglich meiner Identität oder Vorgehensweisen in der Vergangenheit gestellt werden, welche nur ich als EXPERTE beantworten kann. Allerdings werde ich im Notfall, trotz Handfesseln, meine Waffe ziehen können.

Freundlicherweise überlässt uns Peter seinen Laptop. Wenn bestätigt ist, dass ich die gesuchte Person bin, wirst du die finanzielle Transaktion durchführen. Peter gab mir noch sämtliche Zugangsdaten für sein Konto, sodass wir nach erfolgreichem Abschluss den eingehenden Betrag von dessen Konto auf euer Gemeinschaftskonto durchführen können. Sobald der Eingang des Geldes bestätigt ist, klappst du den Laptop zu. Das ist das Zeichen für das Team, die an Land gekommenen Männer zu überwältigen. Wir müssen vorsichtig sein, da es sich sicherlich nicht um normale Besatzungsmitglieder handeln dürfte. Ich sehe jedoch auf Grund des Überraschungsmomentes und unserer Überzahl keine Probleme.

Sobald wir die Männer überwältigt und entwaffnet haben, werden wir sie wieder mit ihrem Boot zurückfahren lassen. Aber nicht, bevor ich ihnen eine Botschaft an ihre Auftraggeber mitgegeben habe."

„So habe ich euch doch noch zu einem unerwarteten Geldsegen verholfen. Können wir im Hinblick darauf nicht doch nochmals mein Ableben überdenken?", ließ sich Peter vernehmen.

„Tut mir leid", antwortete Ron.

„Du hast mich verraten. Du kennst unsere Identitäten. Wir können dir nicht mehr vertrauen. Und du kanntest das Risiko. Vielleicht hättest du eine Chance gehabt, wenn du mein Angebot genutzt hättest, mit einem Vorsprung von drei Tagen zu fliehen. Jetzt ist es zu spät. Da morgen für dich endgültig ‚Time Over' ist, schlage ich vor wir verbringen mit einem guten Rotwein den Rest des Tages, bevor du dir deinen Schuss setzt."

„Dann machen wir das so", entgegnete Peter, der sich seinem Schicksal ergeben hatte, gleichmütig.

„Sollen wir noch irgendetwas nach deinem Tod für dich regeln?"

„Nicht nötig. Außer euch kennt mich doch keiner."

Und so erzählte Peter freizügig über Stationen seines Lebens, die an ihm vorbeizogen, bevor er Ron bat, ihn beim Folgenden zu unterstützen und bei ihm zu bleiben, bis sein Tod eingetreten sei.

„Erledigt", wand sich Ron an Oliver, als er den Raum wieder betreten hatte.

„Schmerzlos?"

„Schmerzlos."

Trotz Peters Verrat war die Stimmung gedrückt. Es schien, als hätte die Düsternis den Raum verdunkelt und den Lichtschein der Lampen geschwächt.

„Lass uns zu Bett gehen. Wir haben morgen einen anstrengenden Tag", schlug Ron vor.

Obwohl beiden der Tod kein Unbekannter war, vermissten sie, jeder auf seine Art, ihren Teamkollegen.

KAPITEL 17

Wie besprochen traf sich das Team bereits einige Zeit vor Ankunft des Bootes mit Ron, der sie über seinen Plan unterrichtete.

Als die Dunkelheit hereinbrach, legten sie sich ihre schwarzen Tarnanzüge an, kontrollierten ihre Waffen und begaben sich an dem einsamen Strandabschnitt in Position. Auch das Wetter spielte ihnen in die Karten. Wolken zogen auf. Der Mond verdunkelte sich. Der Wind frischte auf und das Brechen der anbrandenden Wellen ließ alle weiteren Geräusche verstummen.

Draußen auf dem Meer konnte man mit geschultem Auge trotz des Wellengangs Lichter eines Schiffes erkennen. War das besagtes Schiff?

Wie immer zehrte das geduldige Warten an den Nerven der meisten. Aber kurz vor der vereinbarten Zeit konnte man die Silhouette eines Motorbootes erkennen, auch wenn durch den Wellengang kein Motorgeräusch zu vernehmen war.

Als das Boot den Strand erreichte, verließen es drei Männer, die die letzten Meter durch das Wasser wateten, während der vierte das Boot unter Kontrolle hielt.

Oliver, der unter seinem linken Arm den Laptop trug und mit dem rechten Ron mit vor dem Bauch gefesselten Händen vor sich herschob, ging ihnen entgegen. Er registrierte, dass alle drei mit Pistolen ausgerüstet waren.

„Der Spezialist?", wurde Oliver gefragt.

„Ja."

„Das Paket?"

„Ja."

„Wir haben einige Fragen."

„Fragen sie."

An Ron gewandt fuhr der Wortführer fort:

„Wie viele Aufträge haben Sie, einschließlich des letzten, für unsere Auftraggeber ausgeführt?"

„Drei", antwortete Ron.

„Welche Ausdrücke werden bei der Kontaktaufnahme verwendet?"

„Haushaltsauflösung."

„Der Name ihres letzten Auftrages?"

„Kramer."

„Bestens. Das ist unser Mann! Wir können zum Geschäftlichen übergehen. Ich sehe, Sie haben einen Laptop. Hier sind die Daten, mit denen sie sich direkt mit unserem Schiff in Verbindung setzen können."

Während Oliver sich in den Sand gesetzt hatte, um mit dem Laptop auf den Knien die Transaktion durchzuführen, blieb Ron, aufmerksam und schweigend von den Männern überwacht, unbeweglich stehen. Seine Beretta war für diese unsichtbar unter seiner Jacke verborgen. Zur Ablenkung versuchte er, die Männer in ein Gespräch zu verwickeln, die ihm jedoch nicht antworteten und in ihrem Schweigen verharrten.

Profis, ging es ihm durch den Kopf. Glücklicherweise konnte selbst er, der die Positionen seiner Leute kannte, diese in der Dunkelheit nicht ausmachen.

„Transaktion abgeschlossen", ließ Oliver verlauten und erhob sich. In dem Moment, als er den Laptop zuschlug, hatte er bereits seine Waffe in der Hand. Auch Ron hatte seine

Beretta gezogen, noch bevor die Männer an ihre Waffen gelangten.

Gleichzeitig wuchsen schemenhaft Gestalten aus dem Sand, die dem im Boot verbliebenen Mann keine Chance ließen, eine Waffe zu ergreifen und auch die mögliche Gegenwehr seiner Begleiter im Keime erstickten.

Nachdem diese entwaffnet worden waren, löste Oliver Rons Handschellen.

„Mit der Ausnahme, dass wir Ihre Waffen einbehalten werden, wird Ihnen nichts geschehen. Sie können sich sofort auf Ihr Boot zurückbegeben und die Heimreise antreten. Ich möchte Sie jedoch bitten, ihrem Auftraggeber folgende Nachricht zu übermitteln:

- *Behalten Sie die Telefonnummer, mit der Sie den Spezialisten, welcher mich in seine Gewalt gebracht hatte und zwischenzeitlich das Zeitliche segnete, kontaktiert haben. Ich setze mich mit Ihnen in Verbindung, sobald ich mein weiteres Vorgehen was Sie und Ihre Kollegen betrifft überdacht habe. -*

Bitte wiederholen Sie das wörtlich."

Nach kurzer Zeit beherrschten die drei die Botschaft.

„Ich wünsche Ihnen eine gute Heimreise. Das heute war eine Warnung an Sie. Sollten Sie jemals wieder versuchen mir in feindlicher Absicht gegenüberzutreten, werden Sie das nicht überleben."

KAPITEL 18

Sitzung der Mächtigen

Den Anwesenden war die Erleichterung über die Ergreifung des EXPERTEN anzumerken. In fast schon euphorischer Stimmung diskutierten sie über die Rückführung der Gelder in der sicheren Gewissheit, dass kein Mensch den Verhörmethoden ihres Söldnerkommandos widerstehen konnte. Als jedoch Mr. Cunningham mit versteinerter Miene den Raum betrat, erstarben das Lachen und die gelöste Stimmung, die eben noch vorgeherrscht hatte.

Noch bevor Mr. Cunningham das Wort ergriff war allen bewusst, dass etwas Schreckliches passiert sein musste.

Nicht nur dessen Miene, sondern auch seine aschfahle Gesichtsfarbe und seine scheinbar um Jahre gealterten Gesichtszüge ließen sie Entsetzliches ahnen.

„Meine Herren", wandte sich Mr. Cunningham an die Anwesenden.

„Ich muss Ihnen leider mitteilen, dass die Ergreifung des EXPERTEN gescheitert ist. Im Gegenteil. Unser Kommandoteam wurde überwältigt und in Unwissenheit, dass die Übergabe des EXPERTEN durch den von uns beauftragten SPEZIALISTEN überhaupt nicht stattgefunden hatte, haben wir den geforderten Betrag von vierzig Millionen auf das angegebene Konto überwiesen. Der SPEZIALIST ist tot und der überwiesene Betrag mit Sicherheit zwischenzeitlich in den Händen des EXPERTEN.

Es kommt jedoch noch schlimmer!

Der EXPERTE ließ uns eine Nachricht übermitteln. Wir sollen über die Telefonnummer, über die wir mit dem SPEZIALISTEN zur Ergreifung des EXPERTEN kommuniziert haben, erreichbar bleiben, da er mit uns Kontakt aufzunehmen wünscht. Ich kann nicht sagen, was er von uns möchte oder uns mitteilen will. Aber eine finanzielle Forderung kann es wohl kaum sein.

Wir wissen, dass dem Ableben unserer Kollegen keine natürlichen Todesursachen zugrunde lagen. Ich vermute daher, dass er uns mitteilen will, dass unser aller Leben verwirkt sei. Zumal wir in keiner Weise auf seine Forderungen eingegangen sind. Im Gegenteil, wir haben die Jagd auf ihn eröffnet.

Ich habe daher mit unserer ‚grauen Eminenz', dem Ihnen unbekannten Gründer unseres Zirkels, Kontakt aufgenommen und um Rat gebeten. Er empfiehlt, dass wir, um nicht zu jedem Zeitpunkt um unser Leben fürchten zu müssen, dem ERXPERTEN bei Kontaktaufnahme folgenden Vorschlag unterbreiten:

Wir werden eine Mitteilung veröffentlichen, dass wir im Sinne der Bürger und zur Wiederherstellung verloren gegangener Moral im Finanzwesen zukünftig nur noch Bank- und Finanzgeschäfte nach ethischen Grundsätzen tätigen und unsere Transaktionen transparent machen werden. Des Weiteren werden wir uns, um das Ganze auch glaubhaft zu machen, als Verantwortliche mancher Krisensituation im Laufe der nächsten zwölf bis achtzehn Monate aus dem Berufsleben zurückziehen, sobald die Nachfolge abgewickelt ist. Ich hoffe, dass der EXPERTE unter dieser Voraussetzung davon absieht, uns nach dem Leben zu trachten. Für uns gilt jedoch intern, dass wir im Geheimen als Mentoren unserer Nachfolger tätig werden und so einen neuen Zirkel der Macht aufbauen können, ohne die Fehler der Vergangenheit zu wiederholen."

„Werden wir mit der vorgeschlagenen Regelung sicher sein, dass der EXPERTE keinerlei weitere Maßnahmen uns gegenüber ergreift?"

„Wie groß wird unser Einfluss als Mentoren sein?"

„Wie werden die von uns aufgebauten Netzwerke auf eine solche Maßnahme reagieren? Behalten wir weiter deren Vertrauen und Geschäftsverbindungen?"

„Meine Herren. Beruhigen Sie sich. Ich werde all Ihre Fragen versuchen zu beantworten und bin auch für Vorschläge Ihrerseits, wie wir mit der gegebenen Situation umgehen sollen, dankbar.

Unserem Einsatzteam war der EXPERTE nicht bekannt. Sie waren jedoch, nachdem sie den gesamten Ablauf der missglückten Übergabe nochmals durchgespielt hatten überzeugt, dass der EXPERTE sein Aussehen verändert hatte. Basecap tief in die Stirn gezogen, leicht getönte Brille trotz Dunkelheit, Sieben-Tage-Bart, möglicherweise auch rundere Gesichtszüge durch unterpolsterte Wangen. Lediglich über die Körpergröße von etwa ein Meter achtundachtzig waren sich alle einig. Sein Begleitteam war auf Grund der Dunkelheit, Tarnanzügen und geschwärzten Gesichtern nicht zu beschreiben.

Aber selbst wenn wir eine genaue Beschreibung hätten, würde ich davon abraten, weitere Maßnahmen gegenüber diesem Mann zu ergreifen. Bisher hat uns das das Leben von vier Mitgliedern gekostet.

Ob wir mit unserem Vorschlag den Experten dazu bewegen können, seine drastischen Maßnahmen zukünftig zu unterlassen, kann ich Ihnen erst nach einem Gespräch mit diesem mitteilen. Ich gehe jedoch stark davon aus.

Unsere Nachfolger, die wir aufbauen, werden für lange Zeit nichts anderes als ein ‚Schattenkabinett' sein. Allerdings mit einem astronomischen Einkommen. Aber wesentliche

Entscheidungen werden weiterhin von uns gefällt. Damit ist auch der Einfluss auf unsere Netzwerke weiterhin gegeben."

Nach einigen Stunden wurde die Diskussion mit folgendem Ergebnis beendet:

Mister Cunningham sollte den Anruf des EXPERTEN abwarten und ihm den von den Mitgliedern einstimmig angenommenen Vorschlag, dass sie sich nach Veröffentlichung eines entsprechenden Kommuniqués zurückziehen würden, unterbreiten. Sollte er daraufhin zusichern seine Aktivitäten einzustellen, würde intern alles wie besprochen in die Wege geleitet. Sollten jedoch seine Rachegelüste überwiegen, würde zukünftig mit allen finanziellen Mitteln und gegebenenfalls auch unter Einbeziehung von CIA und NSA seine Ergreifung, beziehungsweise seine Vernichtung, vorangetrieben.

Das Treffen löste sich auf. Nicht ohne dass die Teilnehmer sich gegenseitig noch mal Mut zusprachen und fest an die Verwirklichung ihres Planes glaubten.

Ron hatte sich bewusst über eine Woche Zeit gelassen um mit Mister Cunningham Kontakt aufzunehmen. Zumal er sich noch einen Sprachverzerrer besorgt hatte, um bei einer möglichen Aufnahme des Telefongesprächs keinerlei Hinweise auf seine Identität zuzulassen.

„Cunningham."

„Hallo Mister Cunningham. Der EXPERTE hier. Unglücklicherweise für Sie konnten Sie meiner nicht habhaft werden. Im Gegenteil. Vier Ihrer Kollegen sind in den letzten Monaten überraschend verstorben. Ich wollte Ihnen in dieser ersten und auch letzten Kontaktaufnahme mitteilen, dass Ihnen und den restlichen Mitgliedern Ihres Zirkels nur noch eine begrenzte Lebenszeit zur Verfügung steht. Nutzen Sie sie!"

Mister Cunningham war es bei diesen Worten, als würde sich ein Amboss in seinen Magen rammen und die plötzliche Schwäche in seinen Beinen hätte ihn stürzen lassen, wenn er nicht bereits gesessen hätte. Auch wenn er mit solch einem Gesprächsanfang gerechnet hatte, war es bei dieser, durch einen Zerhacker entstellten, emotionslosen Stimme um seine Selbstbeherrschung geschehen.

„Halt! Halt! Warten Sie!", schrie Mister Cunningham, der verhindern wollte, dass sein Gesprächspartner die Verbindung unterbrach.

„Wir hatten ein Treffen und wollen Ihnen folgenden Vorschlag unterbreiten."

Mister Cunningham erklärte nun, zu welchen Maßnahmen er und seine Kollegen bereit wären. Natürlich wurde die Bildung eines Schattenkabinetts nicht erwähnt.

Es herrschte eine Weile Schweigen, bevor Mister Cunningham, der die Stille nicht mehr ertragen konnte, diese mit den Worten unterbrach:

„Wären Sie bereit, auf diesen Vorschlag einzugehen?"

„Ich gebe Ihnen zwei Jahre." Mit diesen Worten unterbrach der EXPERTE die Verbindung und Cunningham ließ sich erleichtert in seinen Sessel zurücksinken.

KAPITEL 19

„Was meinst du, können wir darauf vertrauen, dass Mister Cunningham und seine ‚Mitstreiter' ihr Wort halten werden? Ist unsere Aufgabe damit erledigt? Und welche Pläne wollen wir zukünftig angehen?", wollte Ron von Ben wissen.

Beide feierten bei einem ausgiebigen Dinner in einem Pariser Gourmettempel den wahrscheinlichen Abschluss ihrer Mission.

Das Interieur der Lokalität mit gedimmtem Licht, unzähligen Kerzenleuchtern, flackerndem Kaminfeuer, das sich im Mobiliar aus edlen Hölzern widerspiegelte, dem Klavierspieler, der mit seinem Spiel Wehmut aufkommen ließ, entsprach der Stimmung der beiden.

„Ich glaube schon, dass die Angst davor getötet zu werden sie dazu bewegen wird, ihre Zusage einzuhalten. Aber es fällt mir schwer, wenn ich daran denke, dass die aufregende Zeit mit dir und deinem Team für mich jetzt zu Ende geht und ich hätte mir nie träumen lassen, dass ich dem Mann, der meinem Leben ein Ende setzen wollte, einmal sagen würde: Du bist der beste Freund, den ich jemals hatte."

Obwohl man Ron nicht nachsagen konnte, seine Gefühle nicht ständig unter Kontrolle zu halten schien es, als würde sich im Glanze des Kerzenlichtes in seinen Augen Feuchtigkeit widerspiegeln.

Ron hob sein Glas. „Dann lass uns anstoßen auf das Leben und unsere Freundschaft. Wir werden, auch wenn du nun wieder zurück nach Kanada zu deiner Familie fliegen wirst, stets in engem Kontakt bleiben. Aber im Ernst: erfüllt es dich, zukünftig ohne eine Aufgabe den Rest deines noch hoffentlich langen Lebens zu verbringen?"

Nachdem beide einen kräftigen Schluck genommen hatten um anschließend schweigend ihre Blicke den züngelnden Flammen zuzuwenden und den sanften Tönen des Pianos zu lauschen, unterbrach Ben nach einer Weile die meditationsartige Stimmung.

„Du erinnerst dich noch an den Abend in deinem Schweizer Chalet, als die Idee geboren wurde, das Konto der Mächtigen leerzuräumen? Bereits damals hatten wir Vorstellungen, was wir mit einem solchem Kapital in die Wege leiten könnten. Für mich fühlte sich das damals so unrealistisch an wie ein Hauptgewinn im Lotto.

Heute haben wir tatsächlich die Möglichkeiten, mit diesem Geld Gutes zu tun. Ich habe bereits mit Elizabeth", ich wunderte mich, wie leicht es mir fiel nicht mehr Sonja zu sagen, „darüber gesprochen. Ich würde wirklich gerne ein Projekt im sozialen Wohnungsbau durchführen, zumal ich wenigstens im Finanzbereich nicht unwissend bin. Und Elizabeth würde gerne in Indien ein Charity-Projekt für Kinder ins Leben rufen. Anana könnte dann auch schon früh die Erfahrung machen, dass eine Medaille stets zwei Seiten hat. In unserem Fall könnten wir ihr so zeigen, dass Reichtum und Armut die unterschiedlichen Seiten darstellen und dass es eine Verpflichtung gibt zu helfen.

Ich kann mir vorstellen, dass deine zukünftigen Aktivitäten etwas spannender sind."

„Nein. Ich glaube, dass eure Vorhaben auch sehr spannend sind. Meine sind vielleicht explosiver!", gab Ron zurück.

„Ich habe bereits mit meinem Team gesprochen. Wir werden die Führungsebene der Boko Haram eliminieren und im Bundesstaat Borno in Nigeria mit entsprechenden finanziellen Mitteln versuchen, eine Struktur mit Schulen, Krankenhäusern und landwirtschaftlichen Projekten aufzubauen. Hilfe zur Selbsthilfe."

„Das klingt wirklich gefährlich, denn ihr werdet in dieser Region stets mit Gewalt konfrontiert werden."

„Das ist uns klar. Aber das ist unser Leben. Ich sagte dir schon einmal: No risk –No fun! Bevor wir uns in diese Aufgabe stürzen bedarf es noch einer Unmenge Planung und Bereitstellung vor Ort von neuestem technischem Equipment. Ein Glück, dass ich einen chinesischen Diplomatenpass habe."

Während dieser Worte zog Ron ein Kuvert aus seiner Brusttasche, welches er Ben überreichte.

„Ich gebe dir vorsichtshalber eine Abschrift meines Testaments, in dem ich dich als Alleinerbe einsetze, und die Adresse meines Notars, dem das Original vorliegt. Auch wenn wir beide auf unseren weltweiten Konten abhebungsberechtigt sind, dürfte das im Falle meines Todes die unkomplizierteste Abwicklung ermöglichen."

Der Gedanke, dass Ron im Zuge seiner Aktivitäten sein Leben verlieren könnte, war Ben bisher nie bewusst gewesen. Umso erschütterter war er, als Ron, dem der Tod in den letzten Jahren ein ständiger Begleiter gewesen war, und so seinen Schrecken eingebüßt hatte, ihn zum Alleinerben erklärte.

„Garcon. Bringen sie uns die Flasche Macallan 18. Wir schenken uns selbst nach."

Ben wusste, dass jetzt nur noch ein guter Whisky seiner angeschlagenen Stimmung wieder auf die Beine helfen konnte.

„Musst du den Abend mit solch einem Scheiß Gerede verderben?"

„Ich hatte nicht geglaubt, dass du so reagierst. Aber deine Bestellung lässt mich hoffen, dass wir das schnell wieder korrigieren können."

Und so nahm der Abend, trotz der zwischenzeitlich eingetrübten Stimmung, einen fröhlichen Ausklang.

„Wann fliegst du zurück?", wollte Ron bei ihrem gemeinsamen Katerfrühstück in ihrer Pariser Wohnung wissen.

„Übermorgen", kam es recht einsilbig zurück.

„Okay. Ich bleibe noch so lange in Paris, bis meine Vorbereitungen abgeschlossen sind und das Kommuniqué unserer ‚Freunde‘ in der Presse erscheint. Bist du damit einverstanden, dass wir die Pariser Wohnung als Rückzugsort in Europa behalten?"

„Auf jeden Fall. Ich würde sie vermissen, unabhängig davon, wie häufig wir sie nutzen."

Die folgenden zwei Tage, in denen sich Ben auch noch von allen Mitgliedern des Teams verabschiedete, vergingen im Zeitraffertempo und bei seinem Abflug wusste er nicht, welches Gefühl die Oberhand behalten würde: Die Freude, seine Familie wiederzusehen, oder die Trauer des Abschiedes von Ron und seinem Team.

Als er drei Wochen später einen Anruf von Ron erhielt, dass wie zugesichert – und mit großem Medienecho – eine Veröffentlichung der Mächtigen in der internationalen Presse erschienen wäre, lag ihm diese bereits vor.

Großes Erstaunen löste ein bei der New York Times eingegangenes Schreiben der führenden Köpfe des amerikanischen Bankenwesens, dessen Authentizität bestätigt wurde, aus.
Hierin wurde versichert, dass im Interesse der Kunden und zur Wiederherstellung der Glaubwürdigkeit im Bankenwesen zukünftig nur noch finanzielle Transaktionen durchgeführt werden würden, die höchsten ethischen und moralischen Vorstellungen entsprächen.
Risikoinvestitionen und Finanzgeschäfte am Rande der Legalität würden der Vergangenheit angehören.
Unterstreichen würden die Unterzeichner dies durch ihren Rücktritt von ihren Posten im Laufe der nächsten zwei Jahre, um alle Altlasten zu tilgen und einer jüngeren Generation den Weg für einen Neuanfang freizumachen.

„Wollen wir hoffen, dass die Herren sich auch wirklich daran halten, auch wenn sie sich mit ihrem Statement selbst nicht allzu sehr belastet haben. Wir werden übrigens bereits nächsten Monat zu unserem Zielgebiet aufbrechen, um uns einen

Überblick zu verschaffen. Ich wünsche dir und deiner Familie alles Gute und viel Glück bei euren Vorhaben."

„Ich glaube, du wirst mehr Glück als ich benötigen. Passt auf euch auf und da ich dich sicher telefonisch nicht erreichen kann, gib ab und an ein Lebenszeichen von dir."

Zu diesem Zeitpunkt wusste Ben nicht, dass dies für lange Zeit das letzte Telefonat sein würde, welches er mit Ron geführt hatte.

KAPITEL 20

Zwei Jahre später

Als Ben, der gerade in die Unterlagen seines Projektes vertieft war, seinen Blick auf den Überwachungsmonitor der Toreinfahrt richtete um festzustellen, wer den Finger permanent auf den Rufknopf drückte, konnte er seinen Augen kaum trauen.

Nach zwei Jahren ohne irgendein Lebenszeichen stand Ron vor dem Tor.

„Kannst du dich noch an mich erinnern? It's me. Ron! Was hältst du davon, den Türöffner zu betätigen?"

Nachdem sich Ben von seiner Überraschung, die ihn auch hatte vergessen lassen das Tor zu öffnen, erholt hatte, eilte er Ron entgegen.

Nach einer herzlichen Umarmung konnte sich Ben jedoch nicht zurückhalten.

„Zwei Jahre, in denen ich nichts von dir oder deinem Team gehört habe. Ich wusste nicht, ob du noch lebst. Wir haben uns Sorgen gemacht."

„Können wir erst einmal reingehen? Du bietest mir einen Drink an, während ich deine Familie begrüße und mir dann euer Anwesen anschaue. Es gibt viel zu erzählen. Aber das sollten wir vielleicht bei einem guten Glas Wein heute Abend tun. Ich habe gehört, dass es auch in Kanada vorzügliche Weine geben soll. Importiert?"

„Komm rein. Ich habe einen vorzüglichen Whisky oder möchtest du lieber einen Kaffee? Elizabeth holt Anana gerade vom Sport ab. Die beiden werden bald zurück sein. Ich bin auf deren Gesichter gespannt, wenn sie sehen, wer uns besucht."

„Kaffee schließt Whisky nicht aus? Oder?"

„Nein. Auf keinen Fall. Woher kommst du heute?"

„Mit einem kurzen Zwischenstopp in Paris, wo ich noch kurz unsere Wohnung aufgesucht habe, direkt aus Nigeria."

Das Öffnen und Schließen des Eingangstores, sowie das Geräusch des sich dem Hauptportal nähernden Fahrzeuges, kündigte die Ankunft von Elizabeth und Anana an.

„Papa! Papa! Ich habe ein....."

Mitten im Satz wurde der Redefluss meiner Tochter jäh beendet, als sie unseren Gast erblickte. Nach einem kurzen Zögern des Wiedererkennens warf sie sich in dessen Arme.

„Der Zauberer ist da! Der Zauberer ist da!"

Und auch Elizabeth bekam feuchte Augen als sie Ron umarmte.

„Du lebst!", war alles, was sie im Moment sagen konnte.

Es dauerte einige Zeit bis sich die Aufregung, die Rons Besuch auslöste, gelegt hatte.

„Was haltet ihr zwei davon, wenn ihr versucht im See ein oder zwei Fische zu fangen, während ich in der Zwischenzeit nochmals zum Einkaufen fahre und Rons Appartement herrichte? Wir wollen unseren Gast doch nicht verhungern lassen. Solltet ihr keinen Erfolg beim Fischen haben, werde ich das vorsorglich beim Einkauf berücksichtigen."

Nach der Besichtigung des Hauses und des Anwesens holten sie das Boot, in welchem sich auch die komplette Angelausrüstung für zwei Personen befand, aus dem Bootshaus und fuhren auf den See hinaus. Die Stille, nur unterbrochen durch das gelegentliche Gekreische der Wildgänse, bewirkte eine wohltuende innere Ruhe, die auch nicht durch Gespräche der beiden gestört wurde.

„Ich habe einen!", rief Ron und holte die Angel ein.

„Der ist ja riesig", freute er sich.

„Ist das ein Barsch?"

„Ja. Aber ich schlage vor wir befreien ihn vom Haken und werfen ihn wieder ins Wasser. Für hiesige Verhältnisse ist das eine eher kleinere Ausgabe. Und wie ich Elizabeth kenne wird sie bei der Vorbereitung des Dinners nicht warten wollen, ob wir wirklich etwas gefangen haben.

Lass uns zurückfahren. Wir machen an der Feuerstelle am See noch ein kleines Feuer, nehmen einen Drink und warten, bis Elizabeth ihre Vorbereitungen abgeschlossen hat."

Als sie am knisternden Feuer saßen mit Blick auf den See und die umgebenden Wälder, ungestört durch andere Anwesen, konnte sich Ben nicht zurückhalten:

„Wie geht es den Anderen? Sind alle wohlauf?"

„Ja. Allen geht es gut. Sie sind noch alle in Nigeria, wo wir wohl auch noch einige Zeit bleiben werden um von uns in die Wege geleitete Veränderungen zu beaufsichtigen. Aber ich werde euch das alles später ausführlich erzählen.

Ob es dir und deiner Familie gut geht muss ich nicht fragen. Das kann man sehen. Ihr macht einen zufriedenen und glücklichen Eindruck und scheint euch hier wohl zu fühlen. Was bei diesem herrlichen Anwesen, das eine solche Ruhe und Naturverbundenheit ausstrahlt, nicht schwerfallen dürfte."

„Ja. Wir sind sehr zufrieden. Um es untertrieben auszudrücken: Es hätte schlechter kommen können."

„Kommt rein ihr zwei. Essen ist fertig", rief uns Elizabeth ins Haus.

Während des gesamten Abendessens löcherte Anana Ron mit Fragen.

„Wo wohnst du jetzt?

Zauberst du noch?

Warst du noch einmal in China und hast unseren Lehrer besucht?"

Geduldig beantwortete Ron alle Fragen.

„Ich lebe jetzt in Afrika und versuche dort mit meinen Freunden armen Menschen zu helfen. Das mit dem Zaubern klappt nicht immer, aber ich versuche mein Möglichstes. Und leider kam ich bisher nicht dazu Herrn Li zu besuchen."

„Dann machst du ja dasselbe wie Mama in Indien."

Nun war es an Ron Elizabeth fragend anzuschauen.

„Erzählen wir alles später, wenn Anana im Bett ist."

Obwohl diese sich hartnäckig mit der Begründung nicht müde zu sein weigerte, war am späten Abend der Zeitpunkt gekommen, sie ins Bett zu schicken, nicht ohne Rons Versprechen, noch einige Tage zu bleiben.

KAPITEL 21

„Anana hat mich neugierig gemacht. Erzählt mir von euren Projekten."

„Wie du weißt wollte ich schon immer ein Immobilienprojekt nach eigenen Vorstellungen verwirklichen, das modern, umweltfreundlich und von den Mietern bezahlbar ist. Ich dachte an verschiedene Wohnungsgrößen, die auch die verschiedensten Altersgruppen berücksichtigt und auf etwa fünftausend Personen ausgelegt sein sollte. Alle für die Infrastruktur notwendigen Geschäfte, Apotheke, Arztpraxen, Kindergarten, Grundschule, Schwimmbad mit Wellnessbereich, sollten vorhanden sein. Alternative Energieversorgung. Wenn möglich mit Erdwärme. Isolierendes Baumaterial. Und vieles mehr.

Es sollte eine soziale Gemeinschaft entstehen, für die zum Beispiel ein Mietpreis von unter eintausend Euro für eine einhundertzwanzig Quadratmeter große Wohnung für eine vier- bis fünfköpfige Familie machbar ist. Es würde sich trotzdem eine Rendite von ein bis eineinhalb Prozent erwirtschaften lassen.

Ich habe daher eine große, international tätige Frankfurter Anwaltskanzlei beauftragt, mit der Stadt Berlin diesbezüglich Gespräche aufzunehmen und darauf hinzuweisen, dass wir der

Presse gegenüber unser Projekt bekannt machen werden. Sollte seitens der Stadt keine zügige Bearbeitung vorgelegter Baupläne erfolgen, würden wir uns nach München orientieren.

Für die Planung konnten wir einen englischen Architekten gewinnen, den auch die Chinesen für ihr Flughafenprojekt in Peking engagiert hatten.

Wider Erwarten wurde das Genehmigungsverfahren sehr schnell abgewickelt und die Zusammenarbeit mit der Stadt gestaltet sich nach Ansicht der Anwälte erfreulich.

Momentan sind wir noch in der Bauphase, die von einem Berliner Projektmanager betreut wird, hoffen aber, das Projekt Ende nächsten Jahres fertigstellen zu können."

„Hört sich super an und ich glaube, du bist der richtige Mann um so etwas zu verwirklichen. Anana hat erwähnt, dass du in Indien zu Gange bist", wandte sich Ron an Elizabeth.

„Das ist richtig. Wir haben in Mumbai ein Charity-Projekt laufen, in welchem wir etwa dreihundert Kinder betreuen, die uns über einen von uns fest angestellten Streetworker zugeführt wurden. Dieser betreut auch Straßenkinder, die wir wegen fehlender Räumlichkeiten nicht aufnehmen konnten. In unserer Einrichtung haben wir die Genehmigung, die Kinder in der Unter- und Oberprimarstufe auszubilden. Das heißt vom sechsten bis zum zwölften Lebensjahr. Danach wechseln sie in das staatlich geförderte Schulsystem. Wir beschäftigen Lehrkräfte und haben eine Werkstatt für Schreinerarbeiten und eine Kraftfahrzeugwerkstatt zu Ausbildungszwecken, in denen die Kinder, wenn sie wollen, angeleitet werden. Und schon die Kleinsten wollen in unseren IT-Schulungsbereich. Anana und ich fliegen mindestens zweimal im Jahr nach Indien. Sie ist immer wieder über die Armut, die teilweise so offensichtlich ist, entsetzt und möchte am liebsten, dass wir unser Zentrum möglichst rasch vergrößern.

Aber genug von uns. Erzähle uns endlich alles, was du und dein Team unternommen habt. Wir wissen nur, dass die gesamte Führungsgruppe der Boko Haram vor einem Jahr ausgelöscht wurde, da das durch die gesamte westliche Presse ging. Warte! Ich hole dir den Artikel, denn da ich vermutete, dass du deine Hände dabei im Spiel hattest, hab ich ihn aufgehoben.

Gesamte Führungsspitze der Boko Haram in Nigeria eliminiert!
Der Presseagentur Reuters in New York wurde folgendes Schreiben zugestellt:
Die Führungsspitze des Boko Haram wurde komplett eliminiert. Dies soll eine Warnung sein an alle, die nicht davor zurückschrecken, Zivilpersonen zu verstümmeln und zu ermorden, Frauen zu vergewaltigen und zu versklaven, Kinder zu entführen und zu Kindersoldaten auszubilden. Solange wir können, werden wir versuchen, dem Einhalt zu gebieten.
Diese Mitteilung erfolgte ohne Unterschrift und konnte keiner Gruppierung zugeordnet werden. Laut Untersuchungen vor Ort soll es sich um eine militärisch vorgehende Gruppe gehandelt haben.
Wir fragen unsere Leser: Ist dies eine Möglichkeit, durch paramilitärische Gruppen zukünftig Terror wirkungsvoll zu bekämpfen?

Jetzt sind wir gespannt, was sich wirklich zugetragen hat und was du in dem Jahr danach gemacht hast. Man hat zumindest nichts mehr von euch gelesen."

„Du hast recht. Dafür sind wir verantwortlich. Aber ich möchte euch jetzt nicht mit den Einzelheiten langweilen."

„Mir war bisher nicht bewusst, dass du einen Hang zum Sadismus hast. Spann uns jetzt nicht weiter auf die Folter", entgegnete ihm Ben.

„Nachdem wir unseren Stützpunkt in Nigeria eingerichtet hatten, getarnt als Gruppe, die Hilfsprojekte für das Land erkunden sollten, wurde uns schnell klar, dass wir ohne die Hilfe eines Hackers, der uns Zugang zu deren Netzwerk verschafft, nicht weiterkommen. Über meine alten Kontakte bei der CIA erfuhr ich, dass es weltweit zwei Personen gibt, denen in diesem Bereich nichts unmöglich wäre. Aus Angst vor Cyberangriffen ist man sogar dazu übergegangen, hochsensibelste Daten in Schriftform aufzubewahren. Natürlich bestens gesichert. Bei den beiden Personen handelt es sich wohl um einen chinesischen und einen ägyptischen Staatsbürger, deren Identität jedoch nicht bekannt war.

Über das Darknet konnten wir mit dem ägyptischen Hacker Kontakt aufnehmen, der jetzt mit einem Jahresgehalt von fünf Millionen Dollar unser Team verstärkt. Über ihn brachten wir in Erfahrung, wann und wo das nächste Treffen der Führungsspitze der Boko Haram stattfinden sollte. Mit Hilfe unserer Drohne zerstörten wir deren Quartier, wobei die meisten Teilnehmer ums Leben kamen. Wer sich ins Freie retten konnte wurde bei einem Schusswechsel von uns getötet. Keiner hat überlebt.

Mein Team und ich hatten daraufhin beschlossen, im Land zu bleiben und tatsächlich notwendige Hilfsprojekte zu initiieren. Außerdem wollten wir mögliche Vergeltungsaktionen, die glücklicherweise nicht stattfanden, bereits im Keime ersticken. Dass ich mit euch bisher keinen Kontakt aufgenommen hatte, geschah aus Sicherheitsgründen. Mein heutiger Besuch bei euch dient natürlich dem Zweck, Sponsorengelder für unser Projekt einzufordern. Ihr könnt mich diesbezüglich für paranoid halten. Aber Sicherheit hat für mich stets erste Priorität."

„Wow! Mit Sicherheit führst du kein langweiliges Leben", ließ Ben verlauten.

„Aber ich muss euch noch etwas sagen, was euch sicherlich keine große Freude bereiten wird."

„Schlimm?"

„Ja."

„Was ist passiert?"

„Ich habe im letzten halben Jahr die Aktivitäten unserer ‚amerikanischen Freunde' durch unseren Hacker überwachen lassen.

Sie sind derzeit alle nicht mehr tätig. Die Nachfolger führen jedoch die Transaktionen, die wir unterbinden wollten, fort.

Ihr Sprecher ist ein gewisser Angelo di Monte. Ich erinnere mich, dass du mir erzählt hast, dass ihr gut befreundet gewesen seid.

Ich frage mich, ob das ein Zufall sein kann?"

Ben und Elizabeth fühlten sich wie vom Blitz getroffen.

„ Das kann ich nicht glauben. Angelo?", bemerkte Ben.

Doch aus den Tiefen seines Gedächtnisses tauchte Angelos Ausspruch, welchen er in der Bodega in Bogota von sich gegeben hatte, auf: *„Geld bedeutet auf dieser Welt Macht und Einfluss. Es ist stets besser zu den Mächtigen zu gehören, als unter diesen zu leiden."*

KAPITEL 22

Konnte es wirklich sein, dass Angelo, sein ehemals bester Freund, in diese schmutzigen Geschäfte verwickelt war?

Ben wollte es nicht glauben, aber die Zweifel nagten an ihm.

„Was schlägst du vor, was wir tun sollten?", wollte er von Ron wissen.

„Wie ich dich kenne hast du bereits einen Plan."

„Du hast recht. Da ich bereits seit einigen Wochen darüber Kenntnis habe, fasse ich nochmals unseren derzeitigen Wissenstand zusammen:

Wir wissen, dass die ehemaligen Drahtzieher offiziell nicht mehr tätig sind.

Wir wissen, dass ihre Nachfolger das gleiche Geschäftsmodell betreiben wie ihre Vorgänger.

Wir wissen, dass Angelo di Monte deren Sprecher ist.

Wir wissen nicht, ob unsere ehemaligen Zielpersonen noch im Hintergrund agieren, da sich das jetzige Geschäftsmodell in keiner Weise vom vorhergehenden unterscheidet.

Wir wissen nicht, ob die aktuellen Akteure von den Mordaufträgen an dir und deiner Familie etwas wussten.

Wir wissen nicht, ob sie über die Anschläge auf ihre Vorgänger unterrichtet wurden.

Meine Empfehlung lautet daher, wir entführen Mr. Cunningham, um von ihm die entsprechenden Antworten zu bekommen. Für mein Team und mich beginnt die Ruhephase der letzten Monate an den Nerven zu zerren."

„Willst du ihn auch umbringen?"

„Eigentlich hatte ich das nicht vor. Ich dachte, dass ich ihn, abhängig von seinen Antworten, als Bote einsetzen werde. Er wird sicherlich keine Ermittlungsbehörden einschalten, da ich ihm damit drohe, sein Leben zukünftig nicht mehr zu verschonen, wenn er nicht zu einhundert Prozent mit uns kooperieren sollte. Wir werden ihn verwanzen und zusätzlich durch unseren Hacker rund um die Uhr observieren."

„Ich befürchte, dass wir nicht darum herumkommen werden, wenn wir Gewissheit erhalten wollen.

Was meinst du, Elizabeth?"

„Ich habe euch bereits einmal gesagt: Wer es wagt, unsere Familie auslöschen zu wollen, hat keine Gnade verdient!"

„Das ist die Elizabeth, die ich kenne. Immer noch gnadenlos, wenn es um ihre Familie geht", bemerkte Ron.

„Dann sind wir uns einig. Ich werde Said, unseren Hacker, Isabella und Oliver informieren, dass wir uns in Boston treffen. Wie wir bereits in Erfahrung gebracht haben, hat Mr. Cunningham sein Anwesen auf Rhode Island, in der Nähe von Boston. Der Rest der Mannschaft kann nachkommen, sollten wir Unterstützung benötigen. Wie versprochen bleibe ich noch einige Tage hier, bevor ich mich auf den Weg mache. Ich werde jedoch in Boston sein, bevor meine Leute eintreffen, um mich um eine adäquate Unterkunft zu bemühen."

Als Ron fünf Tage später in Boston eintraf, stellte es keine große Schwierigkeit dar, ein großzügiges, luxuriöses Ferienhaus in der Umgebung zu finden, das auch auf Grund seiner Lage keine neugierigen Nachbarn zuließ. Dem Vermieter erklärte er, dass er das Haus für etwa fünf Wochen benötigte, da er sich hier mit Geschäftsfreunden treffen würde, um eine Firmenabwicklung zu tätigen.

„Nicht die schlechteste Unterkunft", kommentierte Oliver, nachdem diese eingetroffen waren.

„Wie war der Flug? Gab es Probleme?"

„Da wir ja als Teil einer Charity-Organisation auftreten, die in Nigeria Hilfsprojekte unterstützt und mit entsprechenden Papieren ausgestattet sind, wurde selbst Said, dessen Physiognomie ihn als Araber erkennen lässt, ein Umstand der die Kontrollen an amerikanischen Flughäfen stets verschärft, freundlich begrüßt. Als Grund der Reise wurden Besprechungen über Sponsorengelder angegeben."

„Okay. Wie ich euch bereits in Nigeria mitgeteilt hatte, haben meine dort durchgeführten Recherchen ergeben, dass unsere ‚amerikanischen Freunde' ein falsches Spiel spielen. Ich habe mich daher mit Ben in Kanada getroffen, um unser weiteres Vorgehen zu besprechen. Wir haben beschlossen, Mr. Cunningham, der hier auf Rhode Island lebt, zu entführen, um an weitere Informationen zu gelangen.

Dann bezieht eure Zimmer, ruht euch aus und heute Abend werden wir, wenn wir gegessen haben, das erste Brainstorming abhalten."

Am Ende ihres abendlichen Meetings standen die nächsten Schritte fest, die Ron nochmals zusammenfasste:

„Wir mieten morgen zwei zusätzliche Fahrzeuge. Said wird sich in Mr. Cunninghams sämtliche Telefonverbindungsmöglichkeiten, seinen PC, iPad und Laptop einhacken und dessen Kommunikation kontrollieren. Isabella, Oliver und ich übernehmen abwechselnd die Personenüberwachung. Ich übernehme zusätzlich die Besorgung des technischen Equipments über meine Kontaktperson in den Staaten. In einer Woche halten wir, wenn sich zwischenzeitlich nichts Außergewöhnliches ereignet, mit den neugewonnenen Daten unser nächstes Meeting ab. Jetzt schlaft euch erst einmal aus bevor wir in Aktion treten."

Beim nächsten Meeting in der darauffolgenden Woche, für das auch die Überwachung Mr. Cunninghams unterbrochen wurde, trugen die vier ihre Ergebnisse vor.

„Said. Du beginnst."

„Im Großen und Ganzen ein langweiliger Typ. Telefonate mit Bekannten vor Ort, mit der Werft, die sein Boot ausbessert, tägliche Abfrage im Internet über Börsenkurse und Handelspolitik, ab und an ein Pornokanal. Einzig ein Telefonat fiel aus der Reihe. Im Gespräch mit einer Dame gab er seine Wünsche für ein Dinner mit dunklem Nachtisch in der üblichen Lokalität bekannt, das am übernächsten Tag stattfinden sollte. Meine Recherchen ergaben, dass diese Dame für einen Escort Service tätig ist, das Gespräch wurde aber mit ihr direkt vorgenommen. Sonst keine Auffälligkeiten."

„Oliver! Isabella! Irgendwelche Erkenntnisse aus eurer Observation?"

„Wie Said bereits sagte: Ein eher langweiliger Typ. Einkaufen. Besuch der von Said erwähnten Werft. Regelmäßiges Golfspiel mit Freunden. Nie in Begleitung seiner Frau. Das Treffen vorgestern Abend, das Said ebenfalls erwähnte, fand in der Privatwohnung einer gutaussehenden jungen, dunkelhäutigen Frau statt, daher wahrscheinlich der Wunsch nach dunklem Nachtisch, und dauerte vier Stunden und achtzehn Minuten. Ihr Name: Patricia Miller."

„Mehr kann ich auch nicht hinzufügen. Unsere Ausrüstung ist ebenfalls eingetroffen. Können wir unsere bisher gewonnenen Informationen bereits verwerten? Vorschläge?", äußerte sich Ron.

„Wenn es sich bei diesem Treffen mit besagter Dame um ein regelmäßiges Geschehen handeln sollte, und davon gehe ich aus, sehe ich hier den besten Ansatzpunkt", bemerkte Isabella.

Diese Meinung wurde von allen geteilt.

„Okay. Neue Aufgabenverteilung. Said, du kontrollierst weiter wie bisher. Speziell im Hinblick auf neue Verabredungen mit Mrs. Miller. Außerdem versuchst du möglichst viele Informationen über sie in Erfahrung zu bringen. Wir brechen die Observation von Mr. Cunningham ab. Unsere neue Zielperson ist Mrs. Miller. Ich will alles wissen. Familienverhältnis, Lebensstandard, jeden Quadratmeter ihrer

Wohnung. Ausbildung. Einkommen. Ist Mr. Cunningham der einzige Kunde? Einfach alles!

Neue Lagebesprechung in einer Woche.

Wir sollten nun zum gemütlichen Teil übergehen. Ich habe für heute Abend einen Tisch im Ocean House reserviert. Direkt am Meer gelegen und die beste Küche, die regional geboten wird."

Wie immer hatte Ron nicht übertrieben. Der Blick aufs Meer war atemberaubend und ihr Dinner stand dem in nichts nach.

Dieser Abend war geprägt durch das Gefühl zusammenzugehören. Die gemeinsamen Gefahren, das Wissen, dass jeder immer für den anderen einstehen würde und das Bewusstsein, dass das Team die Familie ersetzte.

KAPITEL 23

Lagebesprechung eine Woche später

„Said, du beginnst", eröffnete Ron das Meeting.

„Ich kann euch mitteilen, dass Mr. Cunningham sich regelmäßig jeden Donnerstag mit Mrs. Miller trifft."

„Woher weißt du das?"

„Beim letzten Telefonat äußerte Mr. Cunningham keine Wünsche hinsichtlich des Dinners, gab jedoch vor: gleicher Ort, gleiche Zeit, gleicher Tag. Ich vermute, dass seine Telefonate mit Mrs. Miller deswegen so knapp ausfallen, da er befürchtet, seine Frau könne ihn belauschen. So kann er seine Anweisungen immer noch als Gespräch mit Golfpartnern erklären.

Weitere Auffälligkeiten gab es keine. Bezüglich Mrs. Miller konnte ich, nachdem mir Oliver und Isabella nach der Durchsuchung ihrer Wohnung entsprechende Informationen geliefert hatten, folgendes in Erfahrung bringen:

Sie hat eine siebenjährige Tochter, die bei ihrer Oma in Kansas City lebt. Gegenüber ihrer Mutter gibt sich Mrs. Miller als führende Mitarbeiterin in einem geheimen IT-Projekt eines Unternehmens aus, weswegen sie über ihren Arbeitsplatz telefonisch nicht erreichbar ist. Ihr monatliches Einkommen beläuft sich auf neun- bis zwölftausend Dollar. Ihrer Mutter, die nicht berufstätig ist und sich ganz der Erziehung ihrer Enkeltochter widmet, überweist sie regelmäßig sechstausend Dollar im Monat. Mr. Cunningham ist zwar nicht ihr einziger Kunde, jedoch ihr bester und am besten zahlender Stammkunde. Einmal im Monat besucht sie ihre Mutter und Tochter. Keine privaten Beziehungen vor Ort. Von meiner Seite keine weiteren Kenntnisse."

„Isabella, Oliver?"

„Ergänzend zu Saids Anmerkungen können wir bestätigen, dass die Treffen mit Mr. Cunningham stets donnerstags erfolgen. Das geht aus ihrem privaten Terminkalender hervor. Der Einbruch in ihre Wohnung verlief unbemerkt und unproblematisch. Ihre Wohnung befindet sich in einem Mehrfamilienhaus, liegt jedoch, möglicherweise aus beruflichen Gründen, in einem Eckbereich, der sehr schallgeschützt zu sein scheint. Aus den Nachbarwohnungen waren keine Geräusche zu vernehmen, obwohl im Hausflur die TV-Unterhaltung aus zwei Wohnungen mitzuverfolgen war. Die Wohnung verfügt über zwei Eingänge. Einen separaten Außeneingang, nicht einsehbar, und einen Eingang, der in den Innenflur mündet. Die persönlichen Unterlagen wie Bankverbindung und Privatpost haben wir gesichtet und an Said weitergegeben. Mrs. Miller ist siebenundzwanzig Jahre alt und Afroamerikanerin. Geboren in Kansas City, wo ihre Mutter und Tochter noch heute leben. Ihr Vater ist bei einem Unfall vor acht Jahren ums Leben gekommen. Laut ihrem Terminkalender betreut sie jede Woche etwa fünf Kunden. Die Räumlichkeiten sind geschmackvoll und nicht überladen eingerichtet. Ihren Unterlagen ist zu entnehmen, dass sie ein Jurastudium abgebrochen hat. Zeitlich fällt das mit der Geburt ihrer Tochter zusammen. Über deren Vater ist nichts bekannt. Der Umzug nach Boston erfolgte vor fünf Jahren. Sie scheint, der Korrespondenz zu entnehmen, ihre Tochter sehr zu vermissen. Die Überwachungskameras haben wir unauffällig angebracht. Die Wohnung würde sich für unser Vorhaben anbieten."

Nach kurzem Zögern äußerte sich Ron:

„Gebt mir etwas Zeit, um die Berichte zu verarbeiten. Ich werde bis morgen einen Plan ausarbeiten und diesen dann mit euch besprechen."

Und, wie nicht anders zu erwarten, hatte Ron über Nacht einen Plan entwickelt, der zwar immer noch gewisse Risiken barg, aber durchführbar erschien.

„Isabella und ich werden Mrs. Miller an einem kundenfreien Abend einen Besuch abstatten. Ich werde sie um ihre Mithilfe bitten. Im Gegenzug überweise ich drei Millionen Dollar auf das Konto ihrer Mutter. Bei diesem Besuch tragen wir Sturmhauben. Sollte uns Mrs. Miller die Mitarbeit verweigern, bleibt sie unverletzt. Wir drohen ihr jedoch, im Falle, dass sie sich mit der Polizei in Verbindung setzt, mit Bekanntmachung ihres eigentlichen Berufes, auch unter Veröffentlichung der Videoaufnahmen, nicht nur vor Ort, sondern auch in Kansas City. Die Reaktionen, die sich für ihre Familie daraus ergeben würden, könnte sie sich selbst ausmalen. Isabella sollte als Frau für Mrs. Miller deeskalierend wirken."

„Wie sieht unser weiteres Vorgehen aus, sollte Mrs. Miller die Zusammenarbeit verweigern?", wollte Said wissen.

„Abbruch des gesamten Unternehmens. Rückkehr nach Nigeria. Neue Planung. Eventuell neue Zielperson."

„Wann soll der Besuch bei Mrs. Miller stattfinden?"

„An ihrem nächsten freien Abend. Ihr habt die Daten ihres Terminkalenders. Wann wäre das?"

„Am Freitag. Das ist in drei Tagen."

„Said! Du überwachst den Telefonverkehr bis dahin. Sollte nichts Unvorhergesehenes dazwischen kommen, werden wir in drei Tagen Mrs. Miller kennen lernen."

„Hallo Mrs. Miller. Entschuldigen Sie die Störung. Mein Name ist Braxly. Ich befinde mich gerade in Boston und habe Ihre Telefonnummer von einem Geschäftspartner erhalten, der in den höchsten Tönen von Ihnen sprach. Ich fliege am Samstag wieder zurück nach New York. Wäre es möglich, dass ich kommenden Freitag Ihre Dienste in Anspruch nehmen könnte?", kontaktierte Ron am nächsten Tag Mrs. Miller.

„Das ist mein freier Tag. Aber nachdem Sie so nett darum bitten, mache ich eine Ausnahme. Welche Zeit wäre für Sie passend?"

„Tagsüber habe ich noch Besprechungen, aber gegen einundzwanzig Uhr wäre schön."

„Soll ich ein Dinner vorbereiten?"

„Nein. Nicht nötig. Bei diesen Konferenzen scheint die Hälfte der Zeit sowieso nur aus Essen zu bestehen."

„Dann erwarte ich Sie am Freitag. Bis dann."

„Ich freue mich. Besten Dank. Bis Freitag."

„Man könnte meinen, du führst öfter Gespräche mit solchen Damen", flachste Oliver.

Als Mrs. Miller zum verabredeten Zeitpunkt dem vermeintlichen Mr. Braxly die Tür öffnete, war sie bereits überwältigt, ihr Mund mit Klebeband verschlossen und mit Kabelbindern an einen Stuhl fixiert, bevor dem Schock die Angst folgte. Ihre weit aufgerissenen Augen verrieten die Panik, aber ihre Schreie waren nur ein leises, aus der Tiefe ihrer Kehle hervortretendes, durch das Klebeband gedämpftes Stammeln.

Wie verabredet wurde sie von Isabella angesprochen, die sich neben sie gesetzt hatte und ihr beruhigend ihre Hand auf die Schultern legte.

„Versuchen Sie sich zu beruhigen. Wir möchten uns zunächst dafür entschuldigen, dass wir hier eindringen und Sie überwältigen mussten. Seien Sie versichert, dass dies die einzige Gewaltanwendung Ihnen gegenüber bleiben wird. Wir werden Sie auch nicht berauben, sondern suchen nur ein Gespräch mit Ihnen und bitten Sie um ihre Mitarbeit. Dass wir Sturmhauben tragen dient Ihrer eigenen Sicherheit. Sollten Sie uns ihre Mitarbeit verweigern können Sie uns wenigstens nicht identifizieren. Ich werde Ihnen nun unser Anliegen vortragen. Danach werde ich Sie fragen, ob Sie sich ruhig verhalten werden und mit uns sprechen wollen. Sollten Sie diese Frage bejahen, so nicken Sie. Haben Sie mich verstanden?"

Mrs. Miller, die, überrascht von dem höflichen Verhalten der Einbrecher und durch Isabellas ruhige Stimme, ihre Angst etwas verloren hatte, nickte.

„Mrs. Miller. Wir wissen alles über Sie. Ihre Tätigkeit. Die Anzahl Ihrer Kunden. Mutter und Tochter leben in Kansas City. Angeblich sind Sie leitende Mitarbeiterin eines geheimen IT-Projektes. Ihre monatliche Überweisung an Ihre Mutter beträgt sechstausend Dollar. Ihr derzeitiger Kontostand beläuft sich auf sechsundvierzigtausend Dollar. Sie haben ein abgebrochenes Jurastudium hinter sich. Ich würde Sie mit weiteren Details aus Ihrem Leben langweilen. Aber Sie sehen. Wir sind bestens informiert. Unser Besuch betrifft jedoch nicht Sie, sondern einen Ihrer Kunden. Bevor ich Ihnen unser Anliegen vorbringe: Verzichten Sie auf Gegenwehr, wenn ich zunächst Ihre Fixierung etwas angenehmer gestalte?"

Mrs. Miller, überrascht über die Details, die die Eindringlinge über ihr Leben wussten, bemerkte erst jetzt, dass die Kabelbinder an Händen und Füßen sehr straff angezogen waren. Durch ein Nicken bejahte sie Isabellas Angebot, die daraufhin die alten Kabelbinder entfernte und durch neue, weniger eng anliegende ersetzte.

Jetzt übernahm Ron die Gesprächsführung.

„Mrs. Miller! Es geht um Mr. Cunningham. Ihr regelmäßiger Donnerstagabend-Besuch. Mr. Cunningham war einflussreicher Investmentbanker und hat mit weiteren einflussreichen Personen viele Leute unter Vorspiegelung falscher Tatsachen um ihre finanzielle Existenz gebracht oder gar in den Selbstmord getrieben. Wir benötigen geheime Informationen von Mr. Cunningham und planen daher, uns diese bei seinem nächsten Besuch hier bei Ihnen zu beschaffen.

Im Falle Ihrer Mitarbeit werden Sie Mr. Cunningham, der sich wie üblich nochmals vorher bei Ihnen telefonisch melden wird, bestätigen, dass Sie eine besondere Überraschung für ihn bereit halten würden. Bei dessen Ankunft befinden Sie sich bereits nicht mehr in Ihrer Wohnung. Vielleicht sollten Sie einen Besuch bei Ihrer Mutter und Tochter in Erwägung ziehen. Wir versichern Ihnen, dass Mr. Cunningham unverletzt bleibt und Ihre Wohnung ebenfalls keinen Schaden nehmen wird. Wir haben gegen Mr. Cunningham Druckmittel in der Hand, die es ermöglichen, dass er über den Zwischenfall in Ihrer Wohnung Stillschweigen bewahren wird. Allerdings dürfte er zukünftig als Kunde nicht mehr in Betracht kommen.

Als Honorar für Ihre Mitarbeit würden wir auf das Konto Ihrer Mutter den Betrag von drei Millionen Dollar überweisen. Die Kontonummer ist uns ja bekannt. Sie können Ihre Mitarbeit gerne vom Eingang des Betrages auf diesem Konto abhängig machen.

Von Ihrer Entscheidung hängt das weitere Vorgehen ab. Sollten Sie uns Ihre Mitarbeit zusichern wird der Betrag in zwei Tagen auf dem Konto Ihrer Mutter eingehen. Es würde Ihnen ermöglichen, Ihre jetzige Tätigkeit aufzugeben, das Jurastudium zu beenden, und zukünftig Ihre Tochter in einem engen Mutter-Kind-Verhältnis aufwachsen zu sehen.

Sollten Sie sich einer Zusammenarbeit versagen und die Polizei einschalten, würden wir uns gezwungen sehen, Ihre berufliche Tätigkeit, zusammen mit einem Video von Ihnen und Mr. Cunningham auf Facebook zu veröffentlichen. Die Kameras, welche wir hier installiert haben, werden wir bei unserem Aufbruch heute wieder entfernen. Natürlich würden wir auch Ihren Nachbarn und Ihrer Mutter entsprechende Informationen zukommen lassen. Wir würden Sie dann hier gefesselt zurücklassen und die Polizei in etwa einer Stunde über Ihre Situation benachrichtigen, die Sie dann befreien könnte.

Wenn Sie alles verstanden haben und versprechen nicht zu schreien, würde ich jetzt das Klebeband über Ihrem Mund entfernen."

Alleine die Aussicht darauf, das Klebeband entfernt zu bekommen, rief heftiges Nicken seitens Mrs. Miller hervor.

„Das wird nun etwas wehtun, ist aber gleich vorbei", versprach ihr Ron, der mit einem kurzen Ruck das Klebeband entfernte, noch bevor er den Satz beendet hatte.

„Wer sind Sie? Bleibe ich wirklich am Leben, gleichgültig, wie ich mich entscheide? Sagten sie eben wirklich: drei Millionen Dollar? Und ich muss tatsächlich erst mit Ihnen zusammenarbeiten, wenn das Geld eingegangen ist? Und was passiert, wenn ich das Geld annehme und trotzdem zur Polizei gehe? Wie reagieren Sie, wenn ich nicht mitspiele, aber über den heutigen Abend Stillschweigen bewahren würde?"

„Wer wir sind kann ich Ihnen aus verständlichen Gründen nicht sagen. Alles was Sie von mir gehört haben ist keine heiße Luft. Sollten Sie versprechen, über den heutigen Abend nichts verlauten zu lassen, jedoch nicht mitspielen zu wollen, lösen wir die Fixierung und verabschieden uns. Sollten Sie uns jedoch hintergehen möchten Sie nicht wissen, was dann passiert."

„Und Mr. Cunningham passiert wirklich nichts und er wird keine Maßnahmen mir gegenüber ergreifen?"

„Das kann ich Ihnen ebenfalls zusichern."

„Ich glaube, unter diesen Umständen kann ich mir eine Zusammenarbeit mit Ihnen vorstellen. Aber Sie haben sicherlich Verständnis dafür, wenn ich, wie von Ihnen vorgeschlagen, erst nach Eingang der zugesagten Summe damit beginne."

„Selbstverständlich. Verhalten Sie sich ruhig, wenn wir jetzt Ihre Fixierung lösen?"

„Versprochen."

Nachdem Isabella Mrs. Miller von den Kabelbindern befreit hatte, schlug Ron vor:

„Dann werden Sie sich am Donnerstag bei Mr. Cunninghams Anruf verhalten wie besprochen. Wir werden uns jetzt verabschieden. Verzeihen Sie nochmals unser Eindringen."

KAPITEL 24

„Vertraust du ihr?", wollte sein Team von Ron wissen, als alle wieder zusammen waren.

„Ja. Sie scheint intelligent, situationsbeherrscht und nicht allzu ängstlich zu sein. Wir werden zwar weiter ihren Telefonverkehr überwachen, aber ich glaube, die Aussicht ein neues Leben beginnen zu können und gleichzeitig immer mit ihrer Tochter zusammen zu sein, ist für sie jede Menge Motivation.

Wir werden folgendermaßen vorgehen: Said und Isabella werden als Außenbeobachter Oliver und mir, die wir bereits in der Wohnung sind, die Ankunft von Mr. Cunningham signalisieren. Dieser wird als Überraschung eine geöffnete Haustür und nach seinem Eintreten eine mit Kerzen ausgeleuchtete Wohnung vorfinden. Sobald er diese betreten hat, wird er von Oliver und mir überwältigt. Ich glaube der Einsatz eines Elektroschockers würde ihm gut tun und hinterlässt keine Spuren von Gewaltanwendung. Isabella und Said stoßen dann wieder zu uns.

Vorsorglich sollten wir eine mit Kochsalz gefüllte Spritze in Reserve haben, um ihm zu drohen, dass er bei deren Verabreichung einen plötzlichen Herzstillstand erleiden würde.

Ich glaube, dass er spätestens dann alle gewünschten Informationen preisgeben wird."

Mrs. Miller, die bei einem Telefonat am Mittwochabend den Eingang des Geldes bestätigte und auch am Donnerstag einen Flug um zweiundzwanzig Uhr nach Kansas City gebucht hatte, konnte sich die Bemerkung: „Einen Schlüssel für die Wohnung brauchen Sie ja wohl nicht", nicht verkneifen.

„Er kommt", informierte Said über Kopfhörer Ron und Oliver.

Mr. Cunningham, der die Wohnung durch die geöffnete Tür betrat und bemerkte, dass diese durch unzählige Kerzen erleuchtet wurde, war voller Vorfreude. Es war ihm jedoch nicht mehr möglich, seinen Ausruf: „Hallo! Ich bin...." zu beenden, da er in diesem Moment durch den Einsatz des Elektroschockers außer Gefecht gesetzt wurde.

Als er wieder zu sich kam registrierte er vier Personen in schwarzer Tarnkleidung, deren Gesichter durch Sturmhauben verborgen blieben. Erst als weitere Reaktion verspürte er die Schmerzen, welche durch den Einsatz des Elektroschockers bedingt waren. Da sein Mund mit Klebeband verschlossen war und die Fesselung auf einem in der Küche befindliche Stuhl ihm jede Bewegung unmöglich machte, bewegte er nur hilflos und verzweifelt, mit fragendem Blick, den Kopf von einem zum anderen.

„Mr. Cunningham! Haben Sie eine Vermutung, wer wir sind?"

Verzweifelt schüttelte dieser den Kopf.

„Ich bin der EXPERTE und die anderen Personen sind Teil meines Teams."

In diesem Augenblick war sich Mr. Cunningham gewiss, dass sein Leben zu Ende sei. Ein sich vergrößernder feuchter Fleck im Schritt seiner Hose zeugte davon, dass er sich eingenässt hatte.

„Wir haben einige Fragen an Sie. Sollten Sie diese wahrheitsgemäß beantworten und uns bei unserem weiteren Vorhaben unterstützen, so besteht die Chance, dass wir Sie am Leben lassen. Anderenfalls sind wir ja Experten für natürliche Todesursachen. Wir haben daher auch eine Spritze dabei, die nach Injektion zum sofortigen Tod führt und von Pathologen nicht nachweisbar ist. Todesursache: Plötzlicher Herzstillstand natürlicher Ursache. Haben Sie mich bis dahin verstanden?"

Mr. Cunningham nickte verzweifelt.

„Ich werde Ihnen nun das Klebeband entfernen um Ihnen Fragen zu stellen. Sollten Sie schreien wollen, werden Sie erneut mit dem Elektroschocker Bekanntschaft machen. Ich würde das jedoch als Ablehnung einer künftigen Zusammenarbeit betrachten und Ihnen nach Ihrem Aufwachen die besagte Injektion verabreichen."

Mr. Cunningham, der nun doch ein Fünkchen Hoffnung verspürte überleben zu können, schüttelte mehrfach den Kopf.

Nicht gerade mitfühlend entfernte Ron das Klebeband.

„Dann wollen wir mal loslegen.

Sind Sie noch, direkt oder indirekt, an dem sich, gegenüber früher, nicht veränderten Szenario Ihrer Nachfolger beteiligt?"

„Ja."

„Wie?"

„Alle Mitglieder unseres Zirkels wirken als Mentoren unserer Nachfolger."

„Gab es Widerstände seitens der Jüngeren?"

„Nicht bei den finanziellen Zukunftsaussichten."

„Wer ist die Führungsperson der Jüngeren?"

„Angelo di Monte."

„Ist dessen Vater in irgendeiner Form involviert?"

„Machen Sie Witze? Er ist der Gründer unseres Zirkels und, nachdem er sich zurückgezogen hatte, die eigentliche graue Eminenz, von deren Identität jeweils nur der Leiter des Zirkels Kenntnis hat."

„Welche Personen waren an meiner Beauftragung, Mario Kramer zu eliminieren, beteiligt?"

„Der Vorschlag kam von Mr. Eightwood. Ich vermute jedoch, dass dies erst nach Rücksprache mit Mr. di Monte passierte."

„Hatte Mr. di Montes Sohn Wissen von der geplanten Ermordung?"

„Das kann ich Ihnen nicht beantworten. Ich glaube nicht, da dieser meines Wissens nach zu diesem Zeitpunkt in Deutschland beschäftigt war."

„Okay. Wir werden Sie laufen lassen. Unser Gespräch wurde übrigens aufgezeichnet, sollten Sie auf den Gedanken kommen die Polizei einzuschalten. Außerdem würden wir in diesem Falle keine Sekunde zögern Sie hinzurichten. Wie schnell passiert ein Raubüberfall mit tödlichem Ausgang.

Ich erwarte von Ihnen, dass niemand von unserem heutigen Gespräch erfährt. Zu gegebener Zeit werde ich nochmals auf Sie zukommen um Ihnen eine Botschaft an Ihren alten Zirkel und deren Nachfolger zur Weitergabe mitzuteilen.

Sollten Sie sich nicht an diese Abmachung halten, ist Ihr Leben ebenfalls verwirkt.

Alles angekommen?"

„Ja, ja, ja! Ich werde mich zukünftig Ihren Anweisungen gemäß verhalten", entgegnete Mr. Cunningham, froh am Leben bleiben zu dürfen.

„Dann werden wir Sie jetzt losbinden. Sie können nach Hause fahren, und sich weiter der Reparatur Ihres Bootes und Ihrem Golfspiel widmen."

Nachdem die Kabelbinder durchtrennt waren, strebte Mr. Cunningham eilig zum Ausgang.

„Übrigens! Sie stehen die nächste Zeit unter ständiger Beobachtung", rief ihm Ron hinterher.

„Wir haben jetzt die Informationen, die wir wollten. Was jetzt?", wollte Said wissen, nachdem sie in ihr Domizil zurückgekehrt waren.

„Gönnt euch noch einige Wochen Urlaub. Wo auch immer. Dann fliegt ihr zurück nach Nigeria und löst die anderen ab, die sich ebenfalls Urlaub gönnen sollten. Wir bleiben in Kontakt.

Ich fliege wieder zu Ben nach Kanada, um mit ihm die weitere Vorgehensweise zu besprechen."

Der Schlusspunkt der Mission fand seinen Ausklang in einem feucht-fröhlichen Abend, der sich bis in die Morgenstunden erstreckte.

KAPITEL 25

Ben und Elizabeth, die bereits von Ron über dessen Ankunftstermin unterrichtet worden waren, konnten ihre Neugierde, als sie diesen am Flughafen abholten, kaum zügeln.

„Erzähle!"

„Wie ist es gelaufen?"

„Konntet ihr etwas in Erfahrung bringen?"

„Hallo erst einmal", äußerte sich Ron, der die beiden zur Begrüßung umarmte.

„Nicht so ungeduldig. Sollen wir unserer bisher gehegten Tradition, Wichtiges nach einem guten Essen bei einem schönen Glas Wein zu besprechen, untreu werden?"

„Du hast recht. Elizabeth hat bereits eine deiner Lieblingsspeisen vorbereitet. Anana übernachtet heute bei einer Freundin, so dass wir den gesamten Abend für uns haben."

„Was gibt es denn?", wollte Ron wissen.

„Nicht so ungeduldig. Lass dich überraschen", meinte diesmal Elizabeth augenzwinkernd.

Nachdem sie es sich dann nach dem Essen vor dem Kamin gemütlich gemacht hatten, war die Neugierde nicht länger beherrschbar.

„Jetzt erzähl endlich", wurde Ron gedrängt.

„Zunächst großes Lob an die Küche. Dein Coq au vin ist nicht zu übertreffen. Und auch die Crème Brûlée war köstlich.

Aber ich will euch jetzt nicht weiter quälen.

Die Einzelheiten erspare ich mir. Das Ergebnis ist folgendes:

Mr. Di Monte ist der führende Kopf, der sowohl diesen Zirkel gegründet hat, als auch der Initiator des Mordauftrages an dir und deiner Familie war."

Nach langem Schweigen äußerte sich Ben, der einerseits mit der Beteiligung von Angelos Vater gerechnet hatte, andererseits jedoch immer noch die Hoffnung auf dessen Unschuld nicht begraben wollte:

„Hat Angelo auch damit zu tun?

Lebt Mr. Cunningham noch?"

„Ja. Mr. Cunningham wurde kein Haar gekrümmt und ich kann dir versichern, dass er unser Treffen niemandem gegenüber erwähnen wird.

Wir haben ihn, Angelo betreffend, ebenfalls befragt. Er konnte dessen Beteiligung an meiner Beauftragung nicht mit Sicherheit ausschließen, vermutet jedoch, dass dieser nicht eingeweiht war.

Ich habe zwar eine Idee, wie wir weiter vorgehen könnten, würde aber gerne Vorschläge von euch hören."

Fast ohne zu zögern antwortete Elizabeth:

„Du kennst meine Einstellung. Wer meinen Mann, mich und unsere kleine Tochter auslöschen wollte hat kein Recht zu leben. Wer bereit ist, seinen eigenen Vorteil aus dem Tod anderer zu ziehen, muss auch mit den Konsequenzen rechnen."

„Und du Ben? Was meinst du?", wollte Ron wissen.

„Ich tu mich schwer. Ja. Er hat den Mordauftrag geben lassen. Aber ich bin auch heute noch davon überzeugt, dass meine berufliche Laufbahn in der Bank ohne ihn so nicht stattgefunden hätte.

Ich habe ihn ja auch persönlich kennengelernt und fand ihn außerordentlich sympathisch."

„Mag sein. Aber du warst gut in deinem Job, sonst hätten sie dir nicht angeboten, noch bevor du alles aufgedeckt hattest, in die Staaten zu kommen. Ich gehe daher davon aus, dass du, ob mit oder ohne Unterstützung von Mr. di Monte, deinen Weg gemacht hättest. Also keine falsche Bescheidenheit. Schließlich bist du heute der Initiator und Organisator eines Milliardenprojektes."

„Du hast recht. Ich schließe mich Elizabeths Ansicht an. Aber ich bin absolut dagegen, Angelo ebenfalls dafür verantwortlich zu machen. Nicht umsonst gilt der Richtspruch ‚In dubio pro reo - Im Zweifel für den Angeklagten'. Und auch wenn Angelo heute der Kopf der Nachfolgeorganisation ist, kann ich nicht daran glauben, dass er mit dem Mordauftrag etwas zu tun hatte. Genauso wie ich bezweifle, dass die Mitglieder dieser neuen Gemeinschaft über die Geschehnisse und ‚Unglücksfälle' ihrer Vorgänger aufgeklärt wurden.

Was ist dein Vorschlag?", wand sich Ben an Ron.

„Sehen wir die Sache realistisch. Unsre bisherigen Aktionen haben zwar dazu geführt, dass sich die ehemaligen Akteure zurückgezogen haben, jedoch als Mentoren weiterhin Einfluss auf die Aktivitäten der Nachfolger nehmen, in dem Glauben, es vor uns verschleiern zu können. Es hat sich also nicht viel geändert. Ich schlage daher vor, den Kopf der Schlange abzuschlagen, das heißt Mr. di Monte zu eliminieren, in der Hoffnung, dass nicht wie bei einer Hydra zwei neue Köpfe nachwachsen.

Anschließend würde ich Mr. Cunningham auffordern, seine alten und neuen Kollegen darüber zu informieren, was geschehen ist, die Nachfolger mit der Vergangenheit vertraut zu machen und darauf hinweisen lassen, zukünftige illegale oder am Rande der Legalität durchgeführte Transaktionen zu unterlassen.

Nach unserem Treffen mit ihm bin ich überzeugt, dass er dieser Aufforderung nachkommen wird.

Uns bleibt dann nur abzuwarten, ob das dann auch umgesetzt wird.

Von weiteren drastischen Maßnahmen unsererseits würde ich jedoch absehen, selbst wenn wir keinen Erfolg sehen, da ich dann bezweifle, dass wir dadurch etwas erreichen könnten.

Möglicherweise könnten wir das Gleichgewicht der Kräfte dadurch herstellen, dass wir anderen Nationen, wenn notwendig, rechtzeitig Informationen zukommen lassen."

„Damit bin ich einverstanden", meinte Ben.

Elizabeth stimmte ebenfalls zu.

„Dann muss ich mir überlegen, wie wir Mr. di Monte ins Jenseits befördern können", beendete Ron das Gespräch.

„Lasst uns nun über angenehmere Dinge sprechen."

Und trotz der geplanten Eliminierung einer weiteren Person, wurde es ein vergnügter Abend.

KAPITEL 26

„Sag mir alles, an das du dich erinnerst, als du Mr. di Monte, Angelos Vater, kennengelernt hast", forderte Ron am nächsten Tag Ben auf.

„Riesiges Anwesen, in welches ein Golfplatz integriert ist. Haus und Gartenanlage in südländischem Stil gehalten. Geschätzte Wohnfläche etwa sechshundert Quadratmeter. Ich vermute, dass die Gemälde, die im Wohnbereich zu sehen waren, Originale und keine Drucke sind. Fast komplett verglastes Nebengebäude dient als Garage für diverse Sportwagen und Luxusautomobile. Bei Loch neun des Golfplatzes ein Gebäude, das Angelo als Domizil und gleichzeitig zur Halbzeitpause beim Golf dient, um eine Erfrischung zu sich zu nehmen. Außerdem noch ein riesiges Schwimmbad, welches im Bedarfsfall überdachbar ist."

„Sicherung des Grundstückes durch Videoüberwachung, Security, Alarmanlagen?"

„Sorry. Damals kam mir nicht in den Sinn, auf so etwas zu achten. Ich erinnere mich nur, dass sich das Eingangstor beim Vorfahren automatisch geöffnet hat."

„Versteh ich. Spielen wir doch einmal verschieden Möglichkeiten durch und lassen dabei die möglichen

Sicherheitsmaßnahmen zur Überwachung des Objektes außer Acht.

Wir könnten die Golfplatzmethode, die wir bereits schon einmal praktiziert haben - Herztod durch Killerbiene - erwägen. Weiterhin Tod durch Ertrinken. Diese Möglichkeiten erfordern jedoch eine längere Observation und eine sich daraus ergebende situationsbedingte Ausführung.

Aber mir kommt eine weitere Option in den Sinn. Du sagst, Mr. di Monte ist ein Liebhaber exklusiver Automobile. Wäre es nicht Ironie des Schicksals, sein Ableben so zu gestalten, wie alles angefangen hat?"

„Was meinst du damit?"

„Mein erster Auftrag seitens der ‚Mächtigen' lautete, dich zu eliminieren und es wie einen Unglücksfall aussehen zu lassen. Obwohl ich dein Auto manipuliert hatte, hast du zum Glück überlebt. Was hältst du davon, diese Methode nochmals anzuwenden?"

„Schwarzer Humor! Ich sehe auch die Ironie, die diese Vorgehensweise in sich birgt. Aber die Durchführung halte ich für unmöglich. Woher willst du wissen, welches Fahrzeug Mr. di Monte benutzt? Und selbst angenommen du wüsstest es, wie ist es dir möglich, es entsprechend zu manipulieren? Du wirst bestimmt keine Einladung zur Fahrzeugbesichtigung erhalten. Und selbst dann hättest du nicht die Zeit, wenigstens ein Fahrzeug zu bearbeiten", entgegnete Ben.

„Das ist richtig. Aber der Gedanke daran fasziniert mich. Gib mir Zeit zum Nachdenken. Vielleicht fällt mir eine Lösung ein. Am besten, du gibst mir dein Boot und ich fahre zum Angeln. Möglicherweise bringt das Plätschern der Wellen gegen das Boot meine Gedanken in Fluss."

Als Ron zurückkehrte hatte er tatsächlich einen Plan geschmiedet.

„Warst du erfolgreich?", wollte Ben wissen, bezog sich jedoch darauf, ob Ron beim Angeln einen Fisch an Land gezogen hatte.

„Ja."

„Wie schwer ist er denn?"

„Wer?"

„Dein Fang?"

„Ich glaube, wir reden aneinander vorbei. Ich habe nicht geangelt, sondern die Ruhe zum Nachdenken genutzt. Und der Plan, den ich beginne zu schmieden, ist riesig."

„Lass hören!"

„Du hast gesagt, Mr. di Monte ist begeisterter Liebhaber von Automobilen. Da wir keine Chance haben werden, eines seiner Fahrzeuge in unserem Sinne zu bearbeiten, müssen wir das mit einem Fahrzeug tun, das Mr. di Monte erst noch kaufen wird."

„Du bist verrückt. Wie willst du ihn dazu bringen speziell das Auto zu kaufen, welches bereits manipuliert ist?"

„Dein Einwand ist berechtigt. Lösung: Ich kaufe ein seltenes Exemplar, welches nicht zu häufig produziert wurde, und von dessen Marke nur noch eine begrenzte Stückzahl vorhanden ist. Dann werde ich das Fahrzeug, mit entsprechendem Text versehen, deutlich unter Wert in international gängigen Automobilzeitschriften anbieten.

Ich kann mir vorstellen, dass zu Mr. di Montes Lektüre auch diese Journale gehören. Die Wahrscheinlichkeit, dass er sich auf solch eine Annonce meldet, halte ich für hoch. In diesem Fall würde ich das Fahrzeug präparieren und ihm zum Kauf anbieten. Sollte der Plan nicht aufgehen, überlegen wir uns etwas anderes, besitzen dann aber ein exklusives Automobil. Wobei dies eher einer Wertanlage gleichkommt, da die Wertsteigerung für solch ein Fahrzeug vorprogrammiert ist."

„Keine schlechte Idee. Hast du schon eines dieser Prachtstücke im Auge?"

„Nein. Ich werde mich im Internet auf die Suche machen."

Tatsächlich dauerte es nur eine Woche, bis Ron die ersten telefonischen Verkaufsgespräche für einen Bugatti Veyron, der sich glücklicherweise auch in den Staaten befand, führte.

Nach einer weiteren Woche war Ron stolzer Besitzer dieses Fahrzeuges, für das er 1,4 Millionen ausgeben musste.

Der Verkauf fand in Fort Lauderdale in Florida statt. Im Zuge der Kaufaktion mietete sich Ron eine großzügige Vierzimmerwohnung und eine dem Fahrzeug entsprechende Garage, in der er die erforderlichen Umbauten vornehmen konnte.

Danach flog er wieder nach Kanada, um noch einige Tage mit Ben und seiner Familie zu verbringen.

Hier verfassten sie gemeinsam den Text für die Annonce, die Ron von Florida aus in den gängigen Automobilzeitschriften veröffentlichen wollte.

Es fiel Ron schwer, sich von Ben und seiner Familie, in der er sich so wohl fühlte, zu verabschieden.

Einige Tage später konnte Ben, der sich zwischenzeitlich der Lektüre amerikanischer Automobilzeitschriften widmete, folgende Annonce finden:

Leider muss ich mich schweren Herzens von meinem Liebling trennen. Es handelt sich hierbei nicht um meine Frau, die dafür verantwortlich ist, sondern um meinen geliebten Bugatti Veyron 16.4, Baujahr 2008, schwarz, einer von nur 252 Modellen, 18300 km Fahrleistung, 1001 PS, 7993ccm, Spitzengeschwindigkeit 431km/h, Beschleunigung 2,5 sec auf 100 km/h, Allrad. Derzeitiger Wert: 1,4 Millionen Dollar. Aus finanziellen Gründen biete ich meinen Liebling dem Meistbietenden an. Mindestgebot beginnt bei achthundertfünfzigtausend Dollar.
Chiffre: 7783256

Die Zeit des Wartens hatte begonnen.

KAPITEL 27

„Wir haben ihn", meldete sich Ron telefonisch bei Ben.
„Es ist zwar nicht das höchste Angebot. Aber er wird ihn bekommen. Ich beginne mit der Modifizierung des Fahrzeuges und nehme mit Mr. di Monte Kontakt auf. Als echter Autofreak wird er keinen Fahrer mit der Abholung des Fahrzeuges beauftragen. Entweder holt er es persönlich ab, oder er wird eine Spedition mit der Abholung beauftragen. Im ersten Fall muss ich einen geeigneten Übergabeort finden, um seinen Rückweg abzuchecken. Der zweite Fall würde mich und einige meiner Leute zu einer Überwachung vor Ort zwingen, um die Gelegenheit für einen ‚Unfall' herbeizuführen."
„Viel Glück. Und sei vorsichtig."
Man konnte Rons Lachen hören als er meinte: „Keine Angst. Ich sitze schließlich nicht in diesem Prachtauto, wenn es zu einem Unfall kommt."
„Hallo, Mr. di Monte. Hier spricht Carl Bronson." Dies war eine der Identitäten, unter der Ron in Florida auch den Mietvertrag unterschrieben hatte.
„Sie haben sich auf meine Annonce bezüglich des Bugatti gemeldet und ein Angebot von 1,1 Millionen Dollar abgegeben. Herzlichen Glückwunsch. Sie haben den Zuschlag. Wie sollen wir weiter verfahren?"

„Wo befindet sich das Fahrzeug aktuell?"

„In Fort Lauderdale."

„Das ist zu weit. Könnten Sie das Fahrzeug nach Santa Barbara bringen? Ich würde den Wagen gerne persönlich entgegennehmen."

„Das ist mir wiederum zu weit. Vorschlag: Ich bringe meinen Liebling nach Amarillo. So kann ich eine letzte Fahrt genießen. Ich würde Sie am Flughafen in Amarillo abholen und sie könnten über die Route 66 zurückfahren."

„Und wie kommen Sie zurück?"

„Ich fliege zurück."

„So könnten wir es machen."

„Die Übergabe würde gegen Bezahlung durch einen beglaubigten Bankscheck erfolgen. Wäre das für Sie in Ordnung?"

„Okay. Dann lassen Sie uns nochmals telefonieren und einen geeigneten Termin ins Auge fassen."

Nachdem sich Ron sicher sein konnte, dass Mr. di Monte angebissen hatte, führte er ein Gespräch mit seinem Team.

„Ich bin in Florida und brauche schnellstmöglich vier von euch für eine Operation vor Ort. Einer davon ist Jacob. Die anderen drei liegen in eurem Ermessen. Gebt mir den Termin eurer Ankunftszeit in Fort Lauderdale rechtzeitig bekannt."

Am nächsten Tag flog Ron nach Amarillo, nahm einen Mietwagen und erkundete die Route 66 Richtung Los Angeles, um einen geeigneten Ort für seine Operation zu finden.

Zwischen Tucumcari und Santa Rosa fand sich auf gerader Strecke eine große, langgezogene Steinmauer, die wohl ein Farmer anstelle eines Weidezaunes errichtet hatte.

Die Strecke eignete sich optimal, die volle Leistung des Bugatti ausschöpfen zu können.

Auf dem Rückflug von Amarillo erhielt Ron die Nachricht, dass sein Team noch in der gleichen Nacht eintreffen würde.

„Ich habe euch Suiten im High Noon Beach Resort gebucht", begrüßte Ron sein Team.

Nach deren Check-In wurde eine Lagebesprechung abgehalten.

„Ich werde euch zunächst auf den neuesten Stand bringen", machte Ron sein Team mit der bevorstehenden Operation vertraut.

„Die ‚Unfallstelle' befindet sich etwa 170 Kilometer westlich von Amarillo. Ich würde gerne in einem abgedunkelten Fahrzeug die letzten zwanzig Kilometer hinter Mr. di Monte herfahren, um mit ihm ein paar letzte Worte zu wechseln. Sehe jedoch keine Möglichkeit, nach Fahrzeugübergabe dem Bugatti unbemerkt zu folgen, zumal ich bei dessen Geschwindigkeit nicht mithalten könnte. Habt ihr eine Idee? Ich traue Jacob technisch ohne weiteres zu, wenn er an entsprechender Stelle postiert ist, den Unfall auszulösen, was mich jedoch um das Vergnügen der letzten Worte bringen würde."

Nach kurzer Überlegung meinte Oliver, der es sich nicht hatte nehmen lassen auch an dieser Aktion teilzunehmen:

„Wenn ich an deiner Stelle das Fahrzeug übergeben würde, hättest du freie Bahn."

„Du meinst Mr. di Monte würde das akzeptieren?"

„Wenn du ihm vorher telefonisch mitteilst, dass du das Fahrzeug nicht persönlich übergeben kannst und daher deinen ehemaligen Sekretär und Vertrauten mit einer Vollmacht und den Fahrzeugpapieren schicken würdest, käme kein Verdacht auf. Zumal er sicher wild darauf sein wird, das Auto zu übernehmen."

„Das könnte klappen. Said, Isabella und Jacob könnten sich dann entlang der Strecke postieren und mich über die Annäherung di Montes auf dem Laufenden halten."

Bevor Ron Mr. di Monte wissen ließ, dass er nicht persönlich kommen könne, worin dieser kein Problem sah, wenn nur der Wagen da wäre, hatte er noch ein Telefonat mit Mr. Cunningham.

„Hallo, Mr. Cunningham. Sie wissen mit wem Sie sprechen?"

Mr. Cunningham, der diese Stimme niemals vergessen würde, antwortete mit einem ängstlichen: „ Ja."

„Es ist Zeit für die Botschaft an Ihre ehemaligen und auch neuen Kollegen. Klären sie Ihre neuen Kollegen über Ihre Vergangenheit, inklusive der ‚Unfälle' Ihrer Mitstreiter auf und weisen Ihre alten Kumpane darauf hin, sich endgültig aus allem zurückzuziehen. Diesen können Sie gerne von unserem gemeinsamen Treffen berichten. Betrachten Sie dies als letzte Warnung. Haben Sie alles verstanden?"

„Ja. Ich werde tun was Sie wünschen", kam leise die Antwort.

„Dann will ich hoffen, dass wir uns nicht noch einmal sehen", beendete Ron das Gespräch.

In einem weiteren Gespräch mit Mr. di Monte wurde das Treffen in Amarillo terminiert.

„Ich lande um 09.10 Uhr in Amarillo. Wenn Ihr Sekretär mich am Flughafen abholen könnte, dann besteht die Möglichkeit, dort das Fahrzeug direkt zu übernehmen. Ich würde mich dann sofort auf den Rückweg machen, da trotz der enormen Geschwindigkeit des Veyrons eine Zwischenübernachtung notwendig sein wird."

KAPITEL 28

Tag X

Bereits zwei Tage vor dem geplanten Treffen mit Mr. di Monte trafen Ron und seine Mannschaft in Amarillo ein. Zwischenzeitlich hatte Ron in Fort Lauderdale noch einen Jeep mit verdunkelten Scheiben gemietet, den er ebenfalls für die geplante Aktion technisch umrüstete. Ron war mit Isabella unterwegs, deren größter Wunsch es gewesen war, in dem Bugatti mitfahren zu dürfen. Der Rest der Mannschaft teilte sich den Jeep.

Noch bevor sie Amarillo erreicht hatten wechselten Ron und Oliver die Fahrzeuge, um in Amarillo nicht durch ein Wechselmanöver aufzufallen. Schließlich sollte Oliver als Verkäufer agieren.

Said, Isabella und Jacob mieteten sich unmittelbar nach ihrer Ankunft Fahrzeuge, um sich am folgenden Tag mit ihren Positionen entlang der Strecke vertraut zu machen.

„Gehen wir nochmals den Ablauf durch", forderte Ron am Abend sein Team auf.

„Oliver empfängt Mr. di Monte am Flughafen. Nimm sicherheitshalber ein Schild mit, auf dem sein Namen steht. Sobald der Verkauf abgewickelt ist, informierst du uns über den Aufbruch di Montes. Das wird etwa um 10.15 Uhr sein. Bis zu dem Punkt, wo ich im Jeep auf ihn warte, benötigt er, bei Einhaltung der Geschwindigkeitsbegrenzung, drei Stunden. Da er den Wagen testen wird, erwarte ich ihn jedoch bereits nach zwei Stunden. Isabella, Jacob und Said nehmen im Abstand von achtzig Kilometern ihre Beobachtungsposten ein und informieren mich, sobald unsere Zielperson deren Posten passiert hat. So erhalte ich ein Bild über die von Mr. di Monte gefahrene Geschwindigkeit. Sollte er zu schnell für meinen Jeep sein, so werde ich seinen Wagen bereits nach dessen Passage unter meine Kontrolle bringen. Noch Fragen oder Einwände?"

Sie waren Profis. Jeder von ihnen kannte seine Aufgab für den nächsten Tag.

Scherzhaft meinte Isabella: „Du weißt schon, dass wir für deine Unterstützung morgen überqualifiziert sind?"

Ron lachte.

„Das ist richtig. Aber soll ich auf Externe zugreifen? Nur euch vertraue ich und weiß nicht nur, dass ihr eure Aufgabe perfekt meistern werdet, sondern auch, dass jeder von euch improvisieren kann, sollte ein unvorhergesehener Zwischenfall auftreten."

„Sie sind bestimmt Mr. Bronsons Sekretär", kam ein etwa sechzigjähriger, durchtrainierter, gutaussehender Mann auf Oliver zu.

„Mein Name ist di Monte."

„Jackson", stellte sich Oliver vor.

„Ich schlage vor, sie schauen sich den Wagen an, der auf dem Parkplatz auf sie wartet. Anschließend können wir im Flughafenrestaurant bei einer Tasse Kaffee das Geschäftliche erledigen."

Als Mr. di Monte das Fahrzeug gesehen, in ihm Platz genommen und von Oliver eine kurze Einweisung erhalten hatte, konnte man seinen Enthusiasmus beinahe körperlich spüren. In diesem Moment wäre es nicht einmal Miss World gelungen, ihn von seinem neuen Spielzeug abzulenken.

Verträumt streichelten seine Hände die Armaturen und das Leder der Sitzbezüge.

Oliver fragte sich, ob Mr. di Montes Gesichtszüge bei einem Orgasmus wirklich noch euphorischer sein könnten.

„Ein Traum", war alles was dieser äußern konnte.

„Ich störe nur ungern", unterbrach Oliver dessen Verzückung.

„Wollen wir nun den Papierkram hinter uns bringen."

Schweren Herzens trennte sich Mr. di Monte und folgte Oliver. Im Café überreichte ihm Oliver die Autopapiere, die Schlüssel, eine Verkaufsvollmacht und einen bereits von Ron unterschriebenen Kaufvertrag.

Im Gegenzug erhielt er einen Bankscheck über eine Million und einhundert tausend Dollar.

„Gestatten Sie, dass ich nochmals kurz telefoniere, um meinem Chef den Vertragsabschluss mitzuteilen", bat Oliver Mr. di Monte, während er sein Handy aus der Innentasche seines Jacketts holte.

„Zu dumm. Der Akku ist leer. Ich habe heute Morgen vergessen es aufzuladen. Wären Sie so freundlich, mir kurz Ihr Handy zu borgen?"

Mr. di Monte reichte Oliver sein Handy, während er noch einen kurzen Blick in die Unterlagen warf.

„Alles in Ordnung. Der Verkauf ist abgeschlossen. Den Scheck habe ich erhalten. Deine Frau kann endlich zufrieden sein. Bis dann."

Oliver reichte das Handy zurück.

„Meinem Chef bricht das Herz. Aber aufgrund seiner Scheidung muss er sich nun von seinem über alles geliebten Auto trennen.

Ich wünsche Ihnen eine gute Rückfahrt und viel Spaß mit Ihrer neuesten Errungenschaft", verabschiedete sich Oliver.

„Es ist 10.22 Uhr. Die Zielperson verlässt im Moment den Flughafenparkplatz", wurde Ron und der Rest des Teams informiert.

„11.14 Uhr", meldete Said, der als erster Streckenposten eingesetzt war.

„Zielperson passiert und scheint sich an die Geschwindigkeitsvorgaben zu halten."

„12.01 Uhr. Zielperson scheint Tempo etwas erhöht zu haben", meldete sich Isabella, die als zweiter Streckenposten fungierte.

„12.58 Uhr. Nach Radar beträgt die Geschwindigkeit 160 Stundenkilometer. Er ist jetzt noch dreißig Kilometer von dir entfernt. Die letzten zwanzig Minuten sind nur zwei Pick-ups vorbeigefahren", wurde Ron von Jacob als letztem Kontrollpunkt informiert.

Wie immer vor Abschluss einer Aktion stieg Rons Adrenalinspiegel. Seine Sinne waren geschärft und sein Blick ruhte konzentriert auf dem Rückspiegel, in dem jeden Moment der Bugatti auftauchen musste.

„Er ist da", meldete der Sichtkontakt des Bugattis im Rückspiegel an Rons Gehirn.

Der Bugatti fuhr an Ron vorbei, in einer Geschwindigkeit, die es ihm ermöglichte, diesem zu folgen. Mr. di Monte, der wohl den Jeep im Rückspiegel entdeckt hatte, drosselte das Tempo wohl in der Annahme, dass hinter ihm eine Zivilstreife der Polizei fahren würde.

„Hallo Mr. di Monte."

Mr. di Monte schreckte zusammen, als er plötzlich, wie aus dem Nichts, angesprochen wurde.

„Habe ich Sie erschreckt? Sie kennen mich unter dem Namen Bronson. Mein Mitarbeiter hat Ihnen heute den Bugatti verkauft. Besser bekannt bin ich Ihnen sicherlich als der EXPERTE.

Ihr Fahrzeug wurde von mir modifiziert. Sie können die Türen nicht mehr öffnen. Lenkung, Bremse und Gaspedal sind durch Sie nicht mehr beeinflussbar. Nehmen Sie ruhig die Hände vom Steuer und machen es sich bequem. Über Ihr Handy Hilfe anzufordern ist ebenfalls sinnlos, da mein

Mitarbeiter am Flughafen für dessen Funktionsuntüchtigkeit gesorgt hat.

Ich werde jetzt Ihr Auto zum Halten bringen, um Ihnen in Ruhe noch ein paar letzte Worte mit auf den Weg zu geben.

Sie erinnern sich sicherlich, den verstorbenen Mr. Eightwood angewiesen zu haben, mir den Auftrag zu erteilen, Mario Kramer und dessen Familie zu eliminieren, nachdem dieser Ihre illegalen Unternehmungen aufgedeckt hatte."

Mr. di Monte ahnte, dass er nur noch wenige Minuten zu leben hatte. Verzweifelt suchte er nach einer Möglichkeit dies zu verhindern. Aber alle Anstrengungen, das Fahrzeug wieder unter seine Kontrolle zu bekommen, waren vergebens und er war gezwungen, Rons Stimme aus den Lautsprechern weiter zu vernehmen.

„Wie Sie wissen war mein erster Versuch, Mario Kramer durch einen fingierten Autounfall ums Leben kommen zu lassen, erfolglos. Ihr erweiterter Auftrag, nun nicht nur Mario Kramer sondern auch dessen gesamte Familie zu töten, hat das Blatt zu ihren Ungunsten gedreht.

Ich möchte nicht versäumen Ihnen mitzuteilen, dass Mario Kramer und dessen Familie leben und sich bester Gesundheit erfreuen. Mit dem von Ihnen und Ihren Kollegen angehäuften Kapital, das sich nun in unseren Händen befindet werden jetzt weltweit Charity-Projekte unterstützt."

Langsam nahm der Bugatti wieder Fahrt auf.

„Genießen sie Ihre letzte Fahrt. Ich werde nun Ihr Fahrzeug auf über vierhundert Stundenkilometer beschleunigen, bevor Sie mit einer Mauer kollidieren werden. Das Fahrzeug wird danach in Flammen aufgehen und keiner wird auf die Idee kommen, dass es sich nicht um einen Unfall mit tödlichem Ausgang bei überhöhter Geschwindigkeit handelt. Genauso, wie es für Mario Kramer geplant war."

Während dieser Worte flog die Landschaft an Mr. di Monte vorbei, da das Fahrzeug bereits eine Geschwindigkeit von über dreihundertachtzig Stundenkilometer erreicht hatte.

Das Letzte, was mit erhöhter Lautstärke aus den Lautsprechern dringend für Mr. di Monte zu vernehmen war, bevor der Wagen in die Steinmauer crashte, sich überschlug und in Flammen aufging, war der AC/DC Song

Highway to Hell

DANKSAGUNG

Ich bedanke mich ganz herzlich bei meiner Frau, die jedes Kapitel nachdem es geschrieben war, gelesen und kommentiert hat und durch Gespräche notwendigen Input vermittelte, bei meinen Kindern Daniela und Alexander für Korrektorat, Formatierung und weitere technische Unterstützung, bei meinen Betalesern Monika und Frau Vollmer, bei meinem langjährigem Freund René, der durch seinen desillusionierenden Kommentar nach der Lektüre der ersten dreißig Seiten wesentlich zur Fortsetzung beigetragen hat, bei allen, die zu erwähnen ich vergessen habe und natürlich bei allen Lesern meines Romans.